穿心莲

潘向黎 著

北京出版集团
北京十月文艺出版社

目录

第一章　春阴

一直都不喜欢春天。我可以找到许多理由，比如阴雨连绵，比如冷暖不定，比如开始蠢蠢欲动的小虫子，还有花粉，还有无数到这个时间就开始发作的神经病患者——他们中间的一个每到这个时候就打电话骚扰我。他是否觉得一个在家专门写作的女人，应该和他是同类？其实我是很正常的人，正常到有点乏味。我日落而作，日出而息，每天作息规律，我一日三餐，虽然素着一张脸，但每天沐浴，长发滑爽清香，除了每天无限量的咖啡，我甚至没有任何坏习惯。

每年到了春天，总是心烦，总是觉得人生无望，甚至在大祸临头的预感中浑身冰凉。

直到那天，我看到了那树梨花。

阴天里去书店，是我固定的一个节目，类似于心理治疗的一种方式。我其实不想买什么书，我只是需要到一个还算安静的公共场合，让自己离开一会儿电脑，或者听听活人的呼吸。我对书店不抱希望，对出版社，对写书的人都不抱希望。不会有我想读的书，连我自己都写不出我想读的书，我能指望谁呢。

离家最近的小书店，唯一的好处是除了晚上几乎没有人。没有什么想要的书，满眼的励志书，这是我心目中最可笑的读物，好像人生的答案真的会藏在那些书里似的，真是傻得煞有介事。还有就是胡兰成、张爱玲，不知道这一对男女有什么好让人追忆的，这样持续不断的发烧简直让人恶心。

出了书店，心里更加腻烦起来。漫无目的地乱走，突然一抬头，一树梨花。我想到了一个词：璀璨。真是璀璨，好像是用银子碾得薄薄的做出来的，上面还有月光照着。但是这么耀眼却是无心的，所以毫不做作，自在得很。不由得呆了起来。站久了，居然看到几瓣飘了下来，像绝色女子在静夜无人时的一声叹息，不要人听见的，但若听见了就不能忘记。看见那树梨花，我突然觉得，有福分看见这样的一树花朵的人，应该还有希望。

那种光线，那种湿度，那种微微的明艳和茫茫的惆怅，有一个现成的名字，叫作春阴。春阴，真是好听。本来那么俗气的"春"，加上一个"阴"字，顿时就变了一副模样，有了七分婉约姿色，还有三分让人揣想的气质。

不得意的生机，半盛半颓的三十出头，含蓄的痛楚和盼望，都可以用这个词，说尽了。

春阴。我要用这个词写一篇小说。但是看着梨花，这样纷纷开着，又细细落下，又觉得自己写不过她，倒叫人沉吟起来。

关于写作，我有一些梦想，等我挣到许多钱足够一辈子花了之后，我要写两部长篇小说。一部是贴近我的日常生活的，我连卷首献词都想好了——我很想让你们看到，生活和写作是如何互相成就的。但是我预先向你们道歉，因为你们可能看到：写作和生活如何互相打扰。

另一部应该是远离这个城市，远离正常生活的，是一个关于梦想和伤害，漂泊和回家，死亡和信念的故事。

这一部将是我毫无保留竭尽全力的作品。如果也要有一个题词，那可能是：心爱之地，心爱之人，光，均无法正视，无法看清。

但现在，我首先要养活自己，自由撰稿人其实很不自由，所以这两部作品都还离我很远。

眼下离我看见那树梨花已经过去了一阵子，梅雨开始了，这是另一种潮湿和烦闷。端午近了，我正在吃一个豆沙粽，有一个人打电话来了，这个人是我一定会写到的，但我不知道该给他起个什么名字。

写小说的时候，给人物起名字是一个让人头疼的小问题。中国人太多了，很难避免重名，有时候甚至会被认为在影射某个熟人。我知道许多作家的做法是：用英文字母代替，但是我偏偏最痛恨这种做法，既然是用母语写作，难道我们的汉字就不能解决这个问题？那些代替人名的A啊C的，好像是一些维生素。各行各业都应该有一点起码的职业道德，而且体现在一些细节上。就像政客不应该染头发欺骗选民一样，作家不应该这样给人物起名字。

他现在出现，活该他倒霉，我就叫他豆沙粽吧，但是他没有这么鼓鼓囊囊，那就叫豆沙吧。可能他会抗议，"这么土的名字啊，而且我从来不吃甜食！"但是我不管他的感受，何况等到小说发表出来，他要抗议也已经晚了。

现在，这个刚刚被命名为豆沙的男人，在我手机里说：你还生我的气吗？

什么气？——我真的忘了。

他沉默，然后说：那就好。

这时我想起来了，就在一个星期前，我们为了他应不应该和女友分手争执过，我说，人家刚刚人工流产没几天，你现在提出分手太过分了，你就不怕出人命吗？他说，这就是对方想要的效果，完全是苦肉计，这样让步一次以后就麻烦了，很可能弄得要结婚。我说，天下哪有这样的苦肉计？你把人家当什么了？他说，我也不知道，反正我不是故意的，反正最好她不要再来缠我。我说，你也喜欢过她的吧？怎么就一点点都不替她想了呢？他说，我自己都管不过来，怎么替人家想？最后我骂他可以去竞选天下最差劲的男人，符合以下条件：无情无义，没有担待，冷酷自私，外加良心让狗吃了……说是骂，但是一点不像骂，我是一边笑，一边叹息似的说，最后总结是：世界上真的会有你这样的男人啊，真还让我认识到了一个。他闷闷地说，没想到你对我评价这么低，不够义气。我对你什么时候有这么高的要求？

那么无聊的争执，其实我们根本没有在争执，都是成熟得过分的成年人，谁不懂道理？但是道理都是说给别人听的，那些魏晋名士就说："礼岂为我辈设"，说得好，我们草芥一样的小人物也可以这样自我赦免，什么道德，什么无私，什么真爱，什么责任，那都是说说而已，如果没有人相信，干脆省点口水连说也不必说了。也许天下大多数男人都这样吧，如果可能，谁不想多吃多占不承担责任，大多数女人也都这样，如果可以又有谁想温良恭俭让、一辈子老老实实按牌理出牌？只有那些歪瓜裂枣、猪不啃狗不理的主儿，才会从一而终忠贞不渝吧。人和人的区别，有时候只是有没有可能有没有机会而已。

说起来我和豆沙有什么好争的呢？我们只是借了一个话题，在各自发泄最近的不愉快而已。难怪我忘了。

我想起来了。我这样说完，有点后悔。不该承认我忘了，好像有点吃亏。

他说：我们和好吧。和我上床的女人好找，像你这样的不上床的不好找，我不想翻脸。

　　我说：好。

　　我也不想和他翻脸。吵架，不理睬，然后和好，这是第几次了？以后不要这样了，都这么老了，有点做作，有点滑稽。

　　这个时候，豆沙说：以后我们不要这样了。

　　我笑了起来。心里想的话有人替你说出来，真的很爽。有时候，我们简直像情人。但是我们这么好，就是因为我们不会是情人。这种好，在我们这个年龄，是男人和女人最好的那种好。除非我们自己搞破坏，没人破坏得了。除非我们自己把它弄混乱，一切都是清清楚楚的。像有机栽培的新鲜蔬菜那样，有百利而无一害。

　　但是这种温情，其实是最冷血的人才能维持的关系。终于知道了，我为什么一直容忍这个自私透顶、品行不端的人了，因为，我们是一样的人。

　　我从来不觉得，像豆沙这样的朋友，和薄荷有什么关系，薄荷也根本不认识他。薄荷是我的同居男友，是一家广告公司的部门经理，心平气和地开一辆公司的桑塔纳上下班，三十五岁，瘦，高，没有肌肉，轮廓清秀，嗓音柔和，谈吐得体，算得上是南方男人的代表作。

之所以给他取薄荷这样的名字，是因为许多男人身上都有一种动物的气息，尤其是接近女人的时候，那种荷尔蒙蒸腾起来的气味简直熏人。但是薄荷不一样，他身上有一种植物的清冷，那种味道有点怪，大多数人会不喜欢，但是习惯了倒觉得是特点。在性这方面他也是比较寡淡的那种人，胃口欠佳，这样倒是和我的可有可无合拍，不会一个在水里一个在火里。

其实两个人在一起，没什么是非，两个人一致就好，不一致就不好。比如一个花心一个痴情是灾难，如果两个人都花心倒成了同道，有了共同语言；再比如离婚也不一定是伤心事，如果那两个人都正好想换换口味甚至找到新的兴奋点，那简直是皆大欢喜，比一个想厮守终生另一个想挣脱枷锁的拉拉扯扯强百倍。

我们在一起有四五年了，他最大的优点就是没给我什么压力，我拥有了婚姻的大部分好处，但是没有"夫妻"这个紧箍咒的束缚；对他来说，我最大的好处是什么呢？不想结婚？不花他的钱？

我从来没有想过要花男人的钱。当初决定不上班的时候，我算过自己的积蓄，足够两年的生活。上班的时候，我和同事们就讨论过，要有多少钱才敢不上班。最后结论是：如果单身，有两年生活费就可以了，大不了钱花光了再出山；如果是结婚了，就要有三年的生活费，免得拖累别人；如果有了孩子，为了孩子的教育的连续性和心理健康，至少要有十年的生活费。因此决定不上班的时候，很庆幸自己是单身。虽然已经二十九岁了，但是我还是单身。单身，不仅使不上班的梦想容易变成现实，而且压力也减轻到最低限度，因为不需要对任何人负责，也不需要解释。如果你有饭吃，基本上你想做什么就可以做；等你没有饭吃了，你自己去挣就是了，总会挣到的，就这么简单。

之所以选择写作，是因为我无法在任何一个地方工作超过两年。如果不是因为写作，我到今天已经不知道换了多少工作了。写作就像一个好丈夫，终止了我在无数可能之间的流浪甚至放荡。

终于决定不再出去上班，就在家里写作的时候，我想起生活里经常会有的一个情景。一群朋友聚在一起，先吃饭，很麻烦地点菜，等菜上来，吃得满头大汗，最后吃完了，服务生把所有的碗碟杯筷都撤下去，桌子擦得干干净净，大家都松了口气。这时候上茶，开始聊天，觉得真好真轻松真自在，刚才那一通忙乱完全莫名其妙。

工作就像前面的吃饭，为的是等来后面的不工作。等来的时候心里真是轻松，把当白领的一些习惯像狼藉的杯盘一样统统收拾掉了，把好不容易露出来的桌面擦得干干净净。心情和房间一样洁净之后，突然闻到了一阵香气，原来是窗外楼下有一棵栀子花，不知道什么时候茂密地开了。原来上班的时候，几乎感觉不到四季的变化，每天最清楚的是今天是星期几和记事本上一连串要完成的事情，对于温度和湿度都不太敏感，不要说风和花香了。在栀子的香气里，我满足地叹了一口气。

辞了工作，把套装套上套子挂起来，把没有用完的名片整盒扔进垃圾桶，我就从这个城市巨大的传送带上跳了下来。

我庆祝自由的仪式是：一连睡了三天三夜。中间只起来吃过一顿饭。

有的人天生是花不到男人钱的。我在薄荷之前有过一个男朋友，我当时写了许多稿子，但是因为没有人脉没有名气都卖不掉，真是山穷水尽，很想有人让我靠一靠缓过那个难关的。可那个男人比我还穷，但是他照样出国旅游，钱是向他父母要的，签证的时候，他向我借了五百块，然后根本想不起来要还我，就兴冲冲地一个人飞向欧洲。在他回来之前我就决定不再理他。

等到认识薄荷，我已经有了保障，稿费，还有给一些杂志做兼职的记者、编辑的工资，我挣得和一般的同龄白领差不多，而且在过去的时间里，我习惯了花自己的钱，所以薄荷的钱还是和我无关。

第二章　总是在开头

　　这两天我已经开了三个头，然后选了其中的一个写了下去，然后又停住。

　　最后，我叹了口气，把刚写出来的半个故事全部干掉了。

　　这个小说是给一本时尚杂志写的，想写得好玩一点，不知道怎么写着写着又有点严肃起来。这样不行，我要等一等。

　　我知道，时尚杂志需要的是名牌服饰，时尚名车，昏暗的酒吧，英俊或者漂亮得不可能的男女，离奇的邂逅，漂浮的心情，然后曲折，再曲折，有没有明确的结局倒不要紧，开头要把人镇住，能抓住人看一半就可以了——买这种杂志的人，很少有人真的把一篇小说看到底的。小说在这里，是一种点缀，一种标签，类似于艺术，接近于浪漫的一种标签。

刚才这个肯定写坏了，我得想办法另外写一篇。这已经是第三个开头了，我怎么总是在开头？

我都是晚上十点以后开始写，那时候周围渐渐安静，而我的脑子开始从混沌走向清晰，有如大雨过后的天空，不，像没有一丝波纹的水面，生活里的一切都投影在上面，纤毫毕现。一般写到第二天早上，七点多，肚子就饿了。我就会出去吃夜宵。这个时间店里都是一觉醒来吃早点的人，只有我是脸色苍白、眼睛干涩地来吃我的夜宵。早点和夜宵，这不只是叫法的区别，而是揭示了完全不同的两种生活方式：吃过早点的人马上车水马龙地去上班了，而我，和人群结束了短暂的接触，马上回到自己的小窝，进入我的无知无觉的宁静时间。无数次，我打着哈欠在心里说："城市啊，你沸腾吧，我不奉陪了。"

这一天，我憋了一晚上没有进展，第二天一早就穿着在家里穿的套头衫，披上厚披肩，出去吃我的夜宵。我的夜宵通常在一家茶餐厅和一家咖啡馆中间两选一。今天我选的是茶餐厅，看到街对面等红灯的人，突然有了主意，我从包里翻出笔来，向服务生要来了几张白纸，等到我点的馄饨面和萝卜糕送上来的时候，我已经几乎写完了一个短故事。

等红灯时谁在微笑

独自坐在乐饮茶坊，他在等珊瑚。今天是周末，忙完了一星期，终于能放松了。

这里是他们经常来的地方。离他的公司近，离珊瑚的学校也不远。这里有各种饮料、小吃、简餐，这种地方，环境、味道、价格，没有哪个方面特别好，也没有哪一方面对不起人。

它胜在一个随意的气氛上：一个人来有许多新的时尚杂志可以看，两个人来可以聊天，许多人来可以在这里打牌、下棋，打心眼里不要人拘束，所以年轻人就喜欢，客人终日不多不少。

珊瑚最喜欢靠窗的第三张桌子，说是看出去最好看。现在他就坐在这个桌子，背对着门口，眼睛闲闲地看着窗外。

　　这里果然视野难得。这一家是在两条大街的交界处，一楼是服装店，二楼才是茶坊，对面是飞跨过街的空中走廊，走廊下面是一带旖旎的小店，从二楼的窗口望出去，这里正好是一个丁字，人在丁的上面，可以看一横的两个方向和一竖的延伸，有空中走廊，商店漂亮的橱窗和大门，地面有等候红灯转绿的行人，一直有，对面路上纵向的人开步走，横向路上过街的人就要立定。

　　现在轮到横向路上的人走了，纵向路上的行人就齐齐停步。突然，他看见珊瑚了。

　　她站在那排等红灯的人中间，心急地站在前面。珊瑚在那些人中间显得小小的，有些灰灰的，不像她旁边站着的那个女人，打扮得精致、时髦，整个人亭亭玉立。在这排人里面，大概所有的男人都会第一眼看到她。他也不禁再看了一眼，然后，眼皮一跳，整个脊梁"嗖"地一麻。那不是——

　　没错，真的是她。这个女人，他太熟悉了，她有个很好听的中文名字，但是除了在户口簿上从来不用，她要人家叫她"安吉拉"。她曾经是他的妻子，有五年吧，然后就不再是了。

是她坚持要分手的，但他在分手的时候还是觉得，婚姻失败两个人都有责任，而且她一向都是那样依赖于自己，一个女人家，现在要靠自己，终究让人不放心。所以当她提出要那笔钱的时候，他一口答应了，根本没有去想，对他这么一个普通白领来说，那至少是他几年的年收。

她似乎也没想到他会爽快答应，但是还是以一贯的优雅姿势收下了钱，而且没有问钱是从哪儿来的。

那以后他用了两年多的时间，才把欠朋友们的钱渐渐还清。之所以没有用更长的时间，是因为珊瑚。

他爱珊瑚。这个女孩少见的表里如一的干净，纯得像早晨的阳光。

但是不等于说他忘记安吉拉。她不是一个让人容易忘记的女人，她漂亮、聪明、能干，在学校时就是那所名校外语系的高才生，后来到外企工作后，风度越发出众，是老同学心目中的一轮月亮。

这轮月亮的光芒消失以后，虽然有了珊瑚，他也真的被打动了，但是现在的感情，怎么说呢？也有色彩，但是似乎不那么鲜明，也有滋味，但是似乎有一点点淡。他不知道，是因为强刺激过后人会有点麻木，还是因为珊瑚确实平凡了一点？

从来没有想到过她们两个人会这样出现在他面前。居然就这样并肩站在马路的对面，那么清晰，那么近，他可以清楚地看到她们的动作和表情。那种感觉，不知道该怎么说，反正不是高兴，不是轻松，也不是反面。他想：幸亏她们不认识！又想，真是的，认识又怎么了？

她穿着一身合身的套装，好像在哪本时装书上看见过，或许就是珊瑚拿给他惊叹"还有这么好看的衣服，不过肯定贵得我昏过去！"的那个牌子，很正的玫瑰红，合体的剪裁将玲珑的线条勾勒得异常清晰；她的头发是修剪得很完美的假乱，颜色似乎变了，大概是染过；至于她的脚上，不用看，一定是黑色的高跟鞋——她唯一不自信的是身高，所以一直穿高跟鞋。她还是化了妆，一丝不苟地勾画出精致的五官，最明显的是嘴唇，口红在阳光下闪着水波一样的光。她似乎很不耐烦等红灯，微微皱着眉头。

这个女人，我真的认识吗？他不禁问自己。

就站在她身边的珊瑚，看上去瘦瘦小小的，身上的打扮轮廓不是很鲜明，不知道为什么有点像个旧的布娃娃。他不禁想起两年前，她像一只小鹿突然出现在他的生活，而且不由分说地相信了他，不由分说地就爱上了他，她接受了他的一切，包括他的过去，他的债务。她不管他的拒绝，开始和他一起省钱。

她把进口护肤品换成了国产的凡士林润肤露，而且只用这一种护肤品，放弃了全部的彩妆——"这样不化妆，连卸妆的钱也省了！"她得意地说。

她不再打的，而且会把他举起来叫车的手按下去。

他们约会从来不到高级的餐厅、酒吧，都是到普通的茶坊，要不就是必胜客、肯德基，总之都是要一杯饮料就可以坐很久的地方。

印象中，她好像也没有买过什么衣服。她说："还有以后呢，等我们还清了债！"说得心平气和，好像从来没有想过，这样凭空飞来的负担，对自己有什么不公平。

只有一次，坐地铁穿过一家百货公司，她看到了一个发卡，眼睛亮了一下，但是又放下了。因为那个发卡要两百多块钱，她是绝对不会接受的。

他就自己去买了，在她生日的时候送给了她。当时，她高兴得跳了起来，说："哎呀，这是你送我的第一件礼物呢。"他不知道该说什么，只觉得喉咙口有些发干，心里明明白白地对自己说：以后要给她买很多很多好礼物，给她所有想要的东西……

马路对面的两个女人突然一起向他走来。他一惊，才知道是自己走神了。眼前的街口，是绿灯了。她们过了马路，就因为角度，看不见了。但他知道，其中的一个正在离他越来越远，另一个正在上楼，向他走来。

他突然看清楚了许多事，也看清了自己。因为爱过安吉拉，所以愿意为她付出，不管自己是否能支撑。对一个人好是有惯性的。但是这个女人利用了他对她的感情，最后榨取了一次。她是利己的，这是确凿无疑的，就像她的美丽和能干，还有蓬勃的野心和混乱的观念一样。

至于珊瑚，她像一轮小小的太阳，她的光芒都照到了她爱的人身上。但是她是单纯的，这种单纯使她虽然穿着朴素，但一个人站着等红灯的时候，嘴角始终挂着一丝微笑。尽管这样，她的模样，还是让他觉得心疼和内疚。

债早就还清了，说什么也该给珊瑚买些衣服了。她毕竟还那么年轻，而且原本是个甜甜的模样。自己怎么会那么糊涂，有时还觉得她不够出色不够引人注目呢？

眼前突然出现了黑暗。一双柔软的手蒙住了他的眼睛。

"又调皮。"他说。

松开了手，跑到他对面坐下，珊瑚不看他递过来的饮料单，先顾着说："刚才过马路的时候，我看见一个女人，好漂亮啊，就站在我旁边！"

"没有人会比你漂亮。"他微笑着说。

现在还有这样的女孩子吗？也许。任何时代总会有好人。不过，真有这样的女孩子，等待她的会是什么命运啊。

这年头，被辜负的都是真心的人，因为谁也不可能去辜负一个不真心的人，更不可能辜负一个没有心的人。所以，爱就是身不由己飞蛾扑火，是天下第一件傻事，聪明人是不干的。

可是作为一个故事，这样显得完整，显得好看，而且让读时尚杂志的人可以带着一点微笑入睡，应该比让人家失眠要符合我们的职业道德吧？

我自己，不会在睡前看这些杂志，我经常在洗手间里看这些杂志。如果看到那些狗屁不通、不知所云的文章，我总是马上把它丢到旁边，因为如果继续看下去，我的大便就会拉不出来了。除了颈椎炎、腰肌劳损、鼠标手，看坏文章就便秘，这也算是职业病吗？

《天使》杂志是一本女性杂志，他们的编辑打电话来，说有个聚会要我去参加。聚会？我没有兴趣，但是出去透透气也好，我要定期见见活人。我化了妆，穿上黑色紧身的连衣裙，在首饰筐里随手拿了七八条各种项链往脖子上一套，其中有一条蝴蝶结扎在木珠子上的实在太大了，我就把它拿下来挂在了腰上。这样就算盛装出场了。

聚会上遇到一个男人，他长得不赖，穿着也与众不同，他一看见我眼睛就一亮，然后他给我端饮料，给我拉椅子，我说话的时候他总是笑着，非常专心地听。杂志社的编辑介绍说，他刚从国外回来，在大集团有个好位置，也喜欢写作。他问我，除了写作还有什么爱好？我说没有了。他不相信，还追问，我突然笑了起来，对着这个刚刚认识的男人，我凑近了，低声说："我写情书。"他愣了一下，然后马上也笑了，他说："比起你的小说来，我更想读到你的情书啊。"我说："那可不能随便看，当真了就麻烦了。"他的反应很快，马上说："是你的麻烦还是我的麻烦？像你这样的女人，我还怕你不肯麻烦我呢。"

我再次对他粲然一笑。我在心里说：是，你说对了，我不肯麻烦你。麻烦任何人，到头来都是麻烦自己。我不怕别的，我怕麻烦。

告别的时候，那个我连名字都记不住的男人，对我说：你考虑一下，可以把我当成假想敌，给我写情书。我只当好作品来欣赏，保证不当真。

咦？这倒像个好小说的开头。题目就叫《情书》。回到家，我马上开始写了个开头——

按照约定，我给你写情书，或者说，我按照我心所愿写情书，写给某个也许存在的人，但是我把这些情书给你看。而你，不论我在这些信里说什么，都不可以当真，不可以动心。

直到我灵感枯竭再也写不下去。在这中间，如果你觉得要相信我的话了，随时可以喊停。游戏就结束。

你真的绝对不会动心？我觉得你还是低看了我，我当年可是个情书高手！

这样吧，为了公平起见，我在每封信的末尾都保留一个提醒，就像电视连续剧的片尾，"本剧纯属虚构"。

可以了吗？那么我们开始吧。

第一封

莫疑：你好吗？

虽然昨天晚上刚刚见过你，但是此刻想你的样子，却有点不确定起来。

可以肯定的是，你是高高的个子，和你跳舞的时候，我的头刚到你的肩膀。五官好像没有什么特别，脸色略略白了一点。你不经常户外运动吗？

　　虽然记不清你的样子，但是我能肯定你是个很有趣的人。不，你可能是我见过的男人里，最有趣的一个。整个晚上，你让我笑个不停，回到家里，我不得不涂上眼霜，在眼角按摩了加倍的时间。为了害怕皱纹，我很久不敢大笑了，本来我的笑已经是限量供应，可是昨天晚上，我用掉了半年的指标。

　　天哪，我怎么对你说这些？是不是比在你面前那样大笑更傻？

　　你说过，我可以只叫你名字最后一个字。你那样笑着，说，这是给漂亮女士的特权哦。我不想知道你给过多少人特权，更不想知道，你这个样子，害过多少"漂亮女士"。但是你肯定奇怪，为什么到了纸上成了"莫疑"。

　　因为我觉得你太聪明了，而聪明的人，不论男女，都会是多疑的。对我，你没有必要多疑，没有必要有一丝一毫的怀疑。

　　好了，现在，愿意接受我给你的昵称吗？

我可以叫你莫疑了吗？

莫疑。这样一叫，你好像离我很近，就在一米直径之内。啊，想起来了，你的眼睛很特别，眸子的颜色像琥珀，眼白带着淡淡的蓝。有这样一双眼睛的人，会有怎样的心肠呢？

莫愁（这是我和你通信时专用的名字）

第二封

莫疑：

谢谢你夸我，你的信也很有趣。

现在的季节非常适合户外。你说的在花园里吃饭、在阳台上喝咖啡、开车郊游、旅行……听上去都很美妙。我也觉得你是最合适的伙伴。

只有一个问题，心情。要等我有心情。

我不知道什么时候会有心情。不过，一有心情我就会通知你的。

莫愁

第五封

莫疑：你好吗？

　　谢谢你送我的礼物，这让我今天必须提前写一封信。

　　丝巾很漂亮，这种颜色和花纹都是我最喜欢的，而且非常好用，在夏天可以做空调里的薄披肩，在秋天可以当成围巾。我不相信男人给人选礼物会这么有功力，你是不是带了一个女朋友去买的呢？在我想象之中，你就是这样的人。你会随便叫上一个女朋友，给另外一个女人买礼物，如果她吃醋了，你就给她也买上一份。

　　不要否认，也千万不要改。我就喜欢你这样的做派。如果你说，你只对我一个人好，那要吓坏我了，我肯定跑得比兔子还快。我不要人家对我专一，也不要人家对我负责。我一听这两个词就头疼，以前多少男人被我赶走，就是因为他们动不动就要对我负责。我是个成人，我对我自己负责，我干吗要别人来负责？一旦进入那种一对一的关系，剩下的就是猜疑、伤害和背弃、厌倦了。正经一点的说法是：把自己的心放在别人的手上，那种风险太大，大到可以和在爱里合而为一的诱惑抗衡。

你肯定也知道的。对吗？莫疑。

那些麻烦的问题不要去想了，你对我真好。你要对我好得久一点啊，至少，在不好之前。

你说你吻过这条丝巾，我猜是这里，这个印着樱桃的一角。这颗樱桃真是娇艳，好像在笑。

对了，上封信忘了写上：本情书纯属游戏，你不要当真啊。

莫愁

第九封

莫疑：你好！

谢谢你送的茶杯。非常漂亮，釉质也很好。我起初以为是英国产的，但是反过来看到杯底写着蓝色小字"莫愁"，才知道不是。你到哪里找到这件宝贝？怎么会这么巧正好有这两个字？不要告诉我你是到哪个密定做的！不过我疑心你干得出来。你仅仅动用你百分之一的精力和聪明就可以这样取悦任何一个女人，你会做得就像这是你的志向似的。

不管怎么样，我真是惊喜。没有人送礼物让我这样高兴过。有点担心：这样高兴没关系吧？

不知道为什么，想起一个小说的名字，那个小说叫《哀愁的预感》。作者是吉本芭娜娜。许多人喜欢她的《厨房》，其实这本更好，里面那种清彻的哀伤，彻骨的无力，疗伤和救赎，让我欲哭无泪。我最感动的时候也就是欲哭无泪，因为我没有眼泪已经很久了。

那里面有一对没有血缘的姐弟，后来，——你肯定猜出来了，后来他们相爱了。没有血缘关系的兄妹啦、姐弟啦，其实都隐藏着两性间的爱恋。只是没有察觉，或者被压抑着。但无论如何，爱恋是多么好的一件事，多么美好，多么轻柔，多么让人心动啊。

此刻，我有种美妙的感觉：我爱恋的人，就是你啊。

本情书纯属游戏，你不要当真啊。

莫愁

第十七封

莫疑：

今天是我害怕的天气。一睡醒就听见雨声，雨声疲疲沓沓，整个天都阴沉着，一看就是会下上一整天的架势。我如果自杀，一定是在这种天。可是我又那么讨厌潮湿，想到人家把我的尸体拖过水淋淋的地面，肯定不如在晴朗的天气里来得爽快。于是每次又都放弃了。

前天、昨天连续两个晚上没有睡过了，都是PARTY。前一个是一个歌星的生日聚会，主办的人怕冷场，叫我们几个搞手去制造气氛。后一个是一个老同学从法国留学回来。我正好买了几套新的行头，就盛装出场去秀了秀。应该是很开心的吧，至少别人看上去我是这样。喝了许多酒，见到许多稀奇古怪的男男女女，不停地说话，回来嗓子都是哑的。

乐极生悲，今天睡醒是下午两点，居然是这样一个天气。

想到你不在，心情正式坏起来，干脆就不起床。你这次出国怎么这么久呢？我的坏心情连个喘息的机会都没有。天哪，写完这封信，我要继续睡觉。

我如果说很想念一个人，连我自己都不相信。我这种人，喝掉一杯芝华士的工夫，可以转的念头，比这瓶酒的年份还要多。何况我就是真的想你，对你和我，对这个世界，又有什么意义呢？

反过来，既然没有意义，说了也没关系。

我想念你。真的。所以我把自己灌醉了。你快回来吧。

莫愁

本情书纯属游戏，你如果因为人在旅途感情脆弱，就当真了，那只能证明你是个不折不扣的傻瓜！

看上去是一个不错的开头，但是我累了，后面的故事等以后再写吧。

我总是在开头，然后写不下去。有时候是因为突然觉得没意思，有时候恰恰相反，觉得非常有意思，不应该用来卖钱养活自己，想留到我不用想钱不钱的那一天再来精雕细刻，结果就是许多小说的开头在我的电脑里，陪我在无望的时间里蹉跎。

第三章　薄荷

关于这个男人，我有时还是会困惑。

按说我应该很了解他的，我们几乎天天会见面。虽然他每天都要加班，所以下班总在十点以后，有时候会到凌晨两三点。但不管多晚，他都会回家——家，他是这么说的。这里是我们两个租的房子，每个月一千八百块房租是他付的，而我就自觉地付了所有的煤气、水、电、电话账单，还有伙食的钱。我觉得很合理，本来他也很少在家里吃饭，不像我天天在家里吃。

他回来时我经常在电脑前忙，那是我最容易出灵感的时段，所以我很少敢停下来管他。通常我面无表情地看他一眼，就算打过招呼了，然后转过头来继续对着电脑。一开始，他就会过来从后面探过来吻我一下，后来改成拍拍我的头。然后他就自己喝清水或者啤酒，看电视，然后洗澡，上床前用手机设定明天早上的定时闹。

有时候我到半夜也收工了，就匆匆洗漱了，也爬到床上去。每个月有一两次，他会探进我的睡衣，揉搓一番，如果我有情绪我们会顺势做爱。但是这个规律最近两年好像也不灵了，他越来越累，我越来越没情绪，我们像一对七老八十的夫妻一样，自然地删掉了性爱这一项。在我们这个年龄，能这样平静地进入这种据说是男女关系最高境界的状态，你肯定也看出问题来了。那就是，我们缺乏温度。不是冷却了，而是一开始，就没有。不过这样挺好，至少我比较安心。

恋爱，我是知道怎么回事的。青涩的时候，恋爱是走着走着，突然咕咚一声掉进了一个大坑，好不容易掉到底了，却怎么都爬不出去。你甚至没有机会看清那让你掉下去的是个什么人，不，都不知道那是个人，还是一只如假包换、永远变不成王子的青蛙。后来，恋爱是你好好地走着，突然一张大网从天而降，把你劈头盖脑地整个裹进去，而且它是透明的，别人看你好好的，没有人知道你在网里挣扎得多么辛苦，等到挣脱出来，整个人已经生生被蜕了一层皮，要疼上很久很久，你还不可以哭，否则只会成为全世界的笑柄。再后来，我渐渐变得明哲保身，知道爱情不是人生唯一的意义，知道在爱情里那让你笑的，迟早会让你哭，而且当初笑得越甜，后来的眼泪越苦。

我的心里有一条标语：警惕男人！它仿佛是纯银铸就的标语牌，隔一段时间就会黯淡下去，每当这个时候，我就翻出意念的砂皮，蘸上以前的血泪，把它擦亮。这样，总算没有男人再伤害到我。

对了，薄荷最大的好处，是他不会伤害我。不是因为他高尚善良，而是，他在我的心情之外。

但是我真的困惑，他到底为什么要和我在一起？难道是因为我长得还算清秀而且看上去比较幼齿？可是他从来不带我出去见人。他看上去也有淡淡的洁癖，不至于为了满足欲望就和一个女人同居吧，哪里用得着为了牛奶去养奶牛？况且他又没什么胃口。难道是为了有个人说说心里话？我们从来不说，万一哪一天谁对谁说出一番血泪史来，只怕另一个会笑场。那么到底为什么？谁知道。我明确地知道：这里面没有爱不爱这回事。他只是在身边所有认识的女人里，经过权衡，选中了我，现在屏幕上显示"确实选中这个女人吗？"如果我们的同居不出差错而他又没有发现其他更让他动心的对象，也许在将来某一天，他会击一下"确定"键，启动结婚的程序。这是我猜的。而我，并不是每天琢磨他，有时候心思转到他身上，也是以困惑开始以困惑结束，后来就习惯不猜不理会了。男人和我们是两种动物，要立于不败之地只有一个办法：不想改变他们，也不想理解他们。

薄荷有优点，他对女人有礼貌，具体表现是：以他的收入，他对我相当大方，是我认识的所有男人里最大方的。虽然没有给我一个钻戒或者一笔钱什么的，但是每逢我的生日、相识纪念日、情人节、圣诞节、新年，他都会送一样礼物给我。我知道他的手机里都设定好了，到时候会提前一天提醒，然后他直奔离公司最近的百货公司，在那里让营业员给我挑选礼物。应该说那些年轻女孩的眼光还不错，今年我收到的礼物依次是：一个莱尔斯丹的皮包，一套倩碧的洗护经典三件套——就是广告登遍全世界的黄色肥皂、装在塑料瓶里的化妆水和玻璃瓶里的滋润液，有点像药的那一套，一条苏格兰格子羊毛围巾——不是羊绒的，但是看上去更结实。我的生日在年底，所以到时候可以一口气收到生日礼物、圣诞礼物、新年礼物。去年的这个时候，一口气收到了一条披肩、一个钱包、一瓶香水，我都有些感动了。

但是我从来不送他礼物。没有那个冲动，又不想假装。他似乎也不指望从我这里收到礼物，也许在他的字典里，礼物根本就是一件麻烦的事情，他送我是为了润滑我们的关系，或者顺便对自己有个交代——假装他是爱我的，至于收礼物，就大可不必。总之我没有送过。

以前，以前不是这样的。和木耳好的那阵子，我疯了似的给他买礼物。而且给他买的都是我能看到的最好的东西，都是我其实买不起的东西，都是我为了自己不会买的东西。我不知道，我只知道木耳那么好，那么迷人，他配得上所有最好的东西。我给他买阿玛尼西服、圣罗兰衬衣、意大利和日本的十几条领带，各个名牌的皮带，还有我能看到的最好的皮鞋，我想要他穿最漂亮的鞋，还要让他的每个脚指头最舒服。我花这些钱不但不心痛，而且很兴奋，对木耳充满感激：我从来没有给男人买过东西，也不知道给自己爱的男人买东西是这样的感觉，因为木耳，我尝到了这些滋味。那个时候，我走在街上，眼光总是敏锐地搜索那些男人用的好东西。身边的钱如果不够，我会用卡，卡里的钱没有了，我急急地等到下个月的工资，然后直奔那件看好的东西。

我是如此的病入膏肓，以至于后来暇步士皮鞋登陆中国，我看着柜台上那只懒洋洋的小狗，心想：一定很舒服，木耳一定喜欢。怎么现在才有这种鞋啊，我已经不能买给他了。然后我发现我是一个真正的贱人。木耳从来没有给我买过礼物，他只是在收我礼物的时候，眼睛放出黑水晶的光芒，扑过来吻我，他的嘴角满是清甜。我没有想过要得到他的什么礼物，就是忙着给他挑选，给他买。直到不能再买了，还觉得遗憾觉得难受。出了卖暇步士的店堂，在熙熙攘攘的街上，我站住了，这不是贱是什么？贱啊。我开始想抽自己一个耳光，后来改主意了，把自己的左手塞进嘴里，咔地咬出了血。这样会留一个疤痕，我要自己长记性。从此我不再给男人买东西，也不再想这件事。

薄荷认识我太晚了。到了这时，我已经不知道怎么给男人买礼物了，也不知道怎么付出了。

第四章　毒药

父母对子女的影响有多大，人一开始是不知道的。那就像一种慢性毒药，在你长大过程中，在你一生中缓缓发挥药性，你以为知道它的厉害了，其实还没有。这种毒药的另一个可怕之处，在于你不能寻找解药，有时候你以为吃了解药，其实任何解药都只会加剧它的发作。

很难理解？那你真幸运。可是我已经听到有人在微微抽泣，天下这样的倒霉蛋，肯定不会只有我一个。

我父母堪称那代人的典型。典型地找错了人。我母亲秀气纤细，年轻时穿布拉吉唱苏联歌曲梦想做中国的乌兰托娃，带着学舞蹈出身的人一辈子不会改变的轻盈温婉，和一种说纯真也好说幼稚也行的气质。我父亲刻板武断，头脑聪明助长了他的自以为是，而且天生的大男子主义，觉得女人就是比男人矮一头，所以母亲就应该围着他转，累死累活伺候他是应该的，经常为伺候不周而训斥她，哪怕她也是大学毕业，有一份体面的工作——从特级教师一直当到中学校长，而他倒是怀才不遇，在机关里做了一辈子，连一个正处级都没有升上。这些一点都没有妨碍他训斥她，直到他已经六十多岁，而母亲也是六十岁的人了，满头头发已经白了一大半。

说起来，母亲可能是受了那个时代的催眠，觉得好出身（其实就是穷出身）的人会善良会可靠，其实贫穷本身就是一种暴力，长期处于暴力之下长大的人怎么可能善良，怎么可能有教养，怎么可能懂得爱别人？更不要说母亲所希望的情调了，那真是天方夜谭。母亲应该嫁给一个好家庭出身、脾气温和、懂得什么叫怜香惜玉的男人，不用太有地位，有一定的经济保障，那么母亲的幸福就有胜算了。可是父亲是农民的后代，小时候受穷受惊吓，长大了又经历那么多运动和压抑，他其实不知道正常的生活是什么样的，正常的人是什么样的。他在家里像一个阴郁的暴君。妈妈和我，像他统治的奴隶。后来在书上读到，中国人只有两种处境：做稳了奴隶，和连奴隶也做不稳。我就想，谁这么了解我和妈妈的处境啊。我们就是这样的，在他心情好的时候，我们做稳了奴隶；他生气的时候，我们连奴隶都做不稳。

母亲当然是不满的，但是她天生没有离婚这个概念，没有为什么，就是不会想到离婚。那么就斗争，但是她既没有心机，又极不会吵架，常常说不完一句就开始抽泣，倒引来了爸爸的狂风暴雨。那么剩下的唯一道路就是：忍。我从小就在他们的不和中长大，听着父亲的训斥，看着父亲的脸色，还有母亲的眼泪。

我那时还不是最痛苦，因为我以为所有的婚姻都是这样的，所有的家庭都是这样的。我那时候只是费解，大人为什么要结婚？结婚有什么好，在一起互相折磨？！

小时候有一年的除夕，爸爸心情特别不好，到了吃年夜饭的时候，他嫌妈妈做的菜不好吃，鸭汤淡了，木樨肉又老了，妈妈看了我一眼，破天荒顶了一句："我们一大早顶着冷风出去买菜，然后回家忙了一整天，你吃现成的就不要挑剔了。"爸爸看了我一眼，就说："在孩子面前，你就这样和我说话吗？"他说着把筷子啪的一声拍在桌子上。

　　我早上和妈妈一起去买菜，冻得够呛，回来看见妈妈头发被风撩得乱乱的，手都冻裂了，心里一直不高兴，这时对着爸爸那张因为拉长了格外难看的脸，我突然发作了，对着爸爸喊了一声："爸爸，你不想吃就别吃！你怎么这么自私！"爸爸吃惊地看了我一眼，然后他毫不迟疑地把整张桌子一掀，放在中间的一砂锅的鸭汤，正好浇了我一头一脸。我在感到一阵烧灼的同时，心里涌上一个悲哀的念头：这是妈妈好不容易自己杀的，为了煺毛妈妈的手都烫得通红……在去医院的路上，我心里想：如果会毁容，我一定自杀。

　　那个年，我和妈妈是在医院过的。医生对我的烫伤非常吃惊，一再追问原因，妈妈和我都哭了。医生处理完了外伤，让我输液，说是需要消炎和观察。妈妈和我就在医院的走廊上过了那个年。听着外面的鞭炮声，我觉得冷极了。而妈妈握着我的手，轻轻地说："都是妈妈不好，是妈妈对不起你。我以为自己不幸福就算了，可是他这样对你……"我看着伤心的妈妈，说："妈妈，你们离婚吧。我大了，初中我就去住读。哥哥反正也不会回来了。不用考虑我们，你和他离婚吧。"妈妈一听，哭得更伤心了，好像我在她心口捅了一刀似的。

后来我才明白，妈妈爱爸爸，虽然他不爱她，甚至他也不值得她爱，但是她就是爱他。世界上有许多不可理喻的事情，母亲对父亲的感情就是其中之一。

我有个哥哥，他叫我小豆子，这个爱称是他起的，也只有他一个人叫。奇怪地，他除了一米八的身高，没有遗传爸爸的任何特点，他是个阳光的男孩子，经常为了妈妈和我，和爸爸吵架，甚至向爸爸抢过一把椅子。当时我以为爸爸会拿刀砍了他，可是爸爸没有，好像被吓住了。或者因为他是我们家的独子，是爷爷奶奶的宝贝疙瘩，爸爸其实不可以擅自处置他的。从那以后，只要他在家，爸爸就有所收敛，弄得我和妈妈对他感激涕零，每个周末他回家都受到英雄般的待遇。可惜他还是受不了家里的气氛，考大学时，本地的一个都没有报，一色的外地，北京、广州、成都，都是远远的地方，然后他去了北京。每年暑假他都不回来，只在寒假的时候回来住上十天半月，一副对妈妈尽义务不惜上刀山下火海的孝子模样，对我也是动不动就说："要不是为了你……"，天大人情似的。

　　我被浇鸭汤的那一年，他甚至连过年都没有回来，而是和同学去了新疆旅行。后来我想，如果哥哥回来过年，也许爸爸会高兴一点，就不会那样发作，拿我撒气了。对爸爸来说，一个儿子可以抵上一百个女儿。我敢肯定，如果遇到什么灾难，为了救哥哥的命，他可以毫不犹豫地让我死上一百次。这很正常，农民都是绝对的重男轻女，越穷的地方越这样，爸爸差不多是从中国最穷的山沟沟里爬出来的。这一点也让城市里长大的妈妈非常不能接受，所以她总是护着我，偷偷多给我一点优待，但是那种偷偷摸摸的举动，让我感到的凄凉多过温暖，屈辱多过安慰。母亲爱孩子，是世界上最天经地义的感情，没有一个皇帝一个总统可以剥夺，没有一部经书法律可以质疑，是什么让一个母亲爱自己的孩子都要这样偷偷摸摸？答案是：要么这是她的私生子，要么，她嫁错了人。

　　我无数次在心里发誓：长大了我绝对不要结婚。就是不要结婚。我不让任何人有可能这样对待我，哪怕这种可能是百分之一，我也决不允许。我也不要生小孩，因为我不想像妈妈这样，自己痛苦的时候，还对孩子内疚。

后来，我惊讶地发现，我的一些同学，他们的父母很恩爱很和谐，他们两代人在一起有一种说不出来的温暖和亲昵的感觉。记得有一次，我去一个同学家做客，看到她爸爸给她妈妈夹菜，说"你辛苦了"，我惊讶得忘了吃饭。然后我看到我的同学对她爸爸说："爸爸最喜欢我了，对吧？"她爸爸笑着回答："当然了，全世界爸爸最喜欢的人就是你呀。"

我马上躲进洗手间，半天不能出来。那一刻，我真是妒忌那个同学，真是从心里觉得我和妈妈可怜。这种发现没有缓解我的痛苦，而是把伤口撕得更深了。不是所有人都这么倒霉这么不快乐的，为什么是我？为什么是妈妈？我们为什么这样不幸，要被判这样的徒刑，而且看不到释放的一天？

大学里，我初恋了。那是两个功课优异的学生之间由竞争而生的敬佩，由敬佩而生的亲密。我好像忘记了自己的誓言。两个人都不懂事，都不知道一辈子不一定只会爱一个人，更不知道恋爱和婚姻是两回事，就想着毕其功于一役，于是一门心思地想互相改造，然后一起过一辈子。发现有问题就着急呀，急得直哭，急得觉都睡不着。那样用力过猛的恋爱一点都不开心，而且毫无经验的两个人越想稳定越适得其反，结果没有等到大学毕业两个人就分手了。后来有人说他一点都不帅，我有点惊讶，说实在的，我都不知道他长得到底如何。那时，因为他对我好，每天给我洗碗，我就感动得不得了，一个劲儿地想：要是和他结婚，他肯定不会像爸爸对妈妈那样对我，肯定不会。

那时候，我的要求就是这么多。我不知道，自己已经出落得多么亭亭玉立，有不少男孩子暗暗喜欢我但是不敢表白。我当时的理解是：没有人喜欢我，连有的我看上去觉得那么差的女孩子都有人追求，那么我一定是不如她了。

初恋是我想摆脱毒药的第一帖解药，但是身上的毒反而更厉害了。

真正的第一场恋爱，是和木耳。我后来想，对木耳之所以会那么死心塌地，可能因为是他带给我作为女孩子真正的自信。因为他是不少女孩子暗恋和明追的对象，而他偏偏选择了我。我真是欣喜若狂。而且他是那么英俊，那么潇洒，那么温柔有礼貌，他会给我开门，给我拉椅子，甚至帮我穿上大衣，他给我穿大衣的动作就好像是一个轻柔克制的拥抱，第一次就让我脸上发烫，晚上躺在床上还回想了半天。他当然也请我吃饭，而且他选择餐厅和菜品都那么内行，还一边和服务生轻松地开着玩笑，他的那种神态让我着迷。

我从来没有像和他在一起那样开心过。一开始约会的时候，他经常问我：你在笑什么？我说：没有啊，我在笑吗？原来我没有意识到，自己一直在笑。就是那么开心，那么激动，每时每刻都像在美梦里飞，就怕梦会醒来。

是木耳把我从一个少女变成女人的，他教会了我作为女人的快乐。他说我以前的男朋友是傻瓜。不是人家是傻瓜，我是傻瓜。我甚至对男女接触的实质性内容一无所知，连想象都缺乏。木耳的启蒙真是排山倒海，让我战栗、害羞，然后整个人像夏天夜晚吸饱了露水的花一样徐徐绽开。

我在他的爱里如鱼得水，然后有一天，鱼突然发现自己在沙漠里了，原来那汪清泉消失了。木耳是喜欢我，但是他也同时喜欢其他的女人，其他的不止一个女人。而且他不想管自己，或者说，他不是一个管得住自己的人。我如雷轰顶，像掉进冰水里，像世界末日，但是木耳觉得我很夸张，因为"这有什么不好呢？你为什么要觉得这样不好呢？"面对我的不理解，他表现出了越来越多的冷淡，最后，我就找不到他了。那时的我从惊恐、焦虑，慢慢变成了绝望。好几次，当汽车在离我几公分的地方尖叫着刹车，司机伸出头来破口大骂"找死啊你"，我都觉得淡淡地遗憾：既然知道我找死，为什么要刹车呢？真是多余。直到后来，我发现即使我死了，也不能让木耳真的痛苦。男人就是这样，如果他爱你，你的手划破一个小口子他也会心疼半天，让你恨不得多流一点血；可是一旦不爱你，你就是放弃了性命变成了一具冰凉的尸体，他也不会怜惜，更不会忏悔，只会觉得你愚蠢，不可理喻。我对他就像过了期的电影票一样毫无价值，也像落到地上的雨水，除了惹人厌烦再没有任何意义。

我的心死了，然后，我的肉身得到了拯救，我不想死了，因为没有必要。

然后我才知道，天下不像我爸爸的男人有很多，但不是只有爸爸那一种，会让女人不幸。这是我第二帖解药了，但是身上的毒发得更厉害了，我发现，我没有一刻能忘了爸爸。其实我也许不是在寻找什么，我只是在逃避，拼了命地逃避他，以及他身上那种无形的追杀一般的压力。

　　我再也不要恋爱了。我不要再忍受。那种痛楚和悲哀，那种因为最爱的人难以置信的变化带来的对人性最深的怀疑，那种坍塌和坠落，孤单和绝望，永远都不可能治愈，只能说正在经历或者经历过，如此而已。

　　唉，想这些没用的干什么，可能真是上年纪了，现在越来越喜欢回忆。不要回忆了，还要挣稿费养活自己呢。

　　打开《可乐》编辑部给我转来的一封信，我在这家杂志上用"爱无痕"的笔名做知心姐姐，回答各种小女生的情感困惑，他们是半月刊，所以我每个月回答两封信。天下为情所困的人真多，所以我专门用来收诉苦状的信箱总是满满的，他们有个编辑艺名叫萨宾娜的替我开，然后从里面选出一两封来让我当假想敌，杀鸡给猴看，来教育所有在爱里浮沉，还指望别人指点迷津、早日上岸的女生。这一次萨宾娜选的是这样一封：

　　爱无痕：你好吗？

　　　　觉得你是个有趣的女子，我希望你此刻过得还好。而我很不好。我是个二十五岁的OL，我和我的男友是大学同学，当时，他的阳光纯净使我深深爱上了他，我是认真的，一直在等我们成为社会人，在社会上站稳脚跟就结婚。我觉得和他的单纯干净相比，所谓的成功人士并不吸引我，我就是希望和这样一个还会真心付出的男孩子一起生活。可是工作三年了，现在的他好像已经不是过去的他了。我真的不知道，是不是男孩子长大了都会变混浊，还是一出校门都会被社会污染？可能是找工作时太不顺利了，他的自信受到了伤害，他变得沉闷、烦躁，对我完全失去了往日的柔情蜜意，满脑子都是职务和工资待遇，甚至老板的一个眼色也让他神经过敏，分析半天。最近他甚至说："如果有好机会，爱情不爱情的，真的无所谓。"我说："那么你是不爱我了？"他说："我连自己都不喜欢了，还怎么喜欢你？"

他说他没有其他的女朋友，我也相信，但是我真的不能接受，他难道不爱我了吗？我们之间有过多少美好的记忆啊。难道我就这样失去他了吗？我不能没有他，可是不放手又能怎么样？我们已经开始话不投机，莫名其妙地吵架了。我受不了和我爱的人这样的相处，又受不了和他分手。我该怎么办？你一向都那么犀利，希望你这次也狠狠骂我，或者骂他，好让我清醒过来。

伤心的　小圆圈

我叹了一口气。这就是生活，风花雪月像波浪，遇到生存的礁石就会被击得粉碎，只留下一堆伤心而空洞的泡沫。可是这个女子比其他失恋的人可爱，她在伤心的时候，还记得问我好不好，她没有把我当成一个埋藏心事的树洞，或者一个解决问题的人形机器，她是把我当成一个人来交流的。这样懂事的女孩子，现在已经越来越少了。我忍不住收起一向的酷辣口吻，好声好气地给她回信：

小圆圈：你好！

谢谢你关心我。我很好，不，其实应该说是我也不好，但是和你不一样，我是一向不好，已经习惯了，所以一点不伤心。你说你现在很不好，你很伤心，我想那是因为你以前都很好，一遇到不好就惊慌失措。你有那么幸福的二十四年，真是羡慕你，上帝这么偏爱你！

你说你们之间有过许多美好的回忆，这就够了。其实世间所有美好的东西最后都只能成为回忆，连我们这些大活人最后都只能成为别人的回忆，何况我们受荷尔蒙、脑垂体、地域、金钱、地位、运气和天气共同影响的那种叫爱情的飘忽不定的东西。没有什么比它更不可靠了。在我看来，你们遇到的事情实在很正常，本来是单纯的恋爱，现在被迫面对太大的压力、太具体的现实，如果还能像原来那样反而奇怪了。你是个正常的女子，知道自己要什么，已经适时做好了和一个男人共度一生的准备，而他也是个正常的男子，他还太年轻太懵懂，还有更长的路需要历练，目前还根本不能承担婚姻家庭的责任。

我不会骂你，也不会骂他，因为你们两个面临巨大的失落和不适应，已经够难受了。相信我，他也很辛苦，因为你。伤害到自己爱的人，没有一个男人会轻松，只不过这种痛，也许要等到他真正明白的某一天才突然发作。所以，不要不甘心。

我们对爱情总是没有办法。它要来的时候突然就来了，我们不能抵挡，它要走的时候就突然走了，我们也无法挽留。不是你一个人觉得受不了，没有人觉得这样受得了，可是没有人有办法。爱情结束，就像风吹过，云飘过，花凋谢，太阳落下，季节轮换，都是我们无能为力的事情。

不过，这没有什么不好。真的。你可能觉得我是站着讲话不腰疼，我知道可能要过比较长的时间，你才会同意我的这句话。

至于你的男友，如果他值得你爱，那么就值得你无怨地放手；如果你发现他不值得你爱，那么，事情更简单了，你应该离开他，而且不必为一个不值得的人难过。

如果你觉得我的话逻辑上没有问题，那么就暂时停止思考，忘了他。如果一定要伤心，也要有期限，也许有人选择难过到新的爱情砸到头上，可是我担心怨妇很难有好运气，所以还是定一个容易的时间吧，马上就要中秋了，就难过到中秋，好吗？先快乐起来，然后再指望别人。

总是坏心情但是很平静的　爱无痕

"我爱的人"，这样的字眼已经多久没有出现在我头脑里了？有的人好像可以一生不停地恋爱，他们的爱情像可再生资源一样源源不断。而我的爱，是不可再生资源，消耗了就减少，现在我爱的能量似乎耗尽了，而且在我此后短短的几十年里，不可能再产生出来了。

我不爱谁，我只怜悯。因为所有的人，其实都是可怜的。有的男人，如果我停止怜悯，我就会对他们生出恨意，因为他们明明有能力让这个世界更有生机更有温度，但是他们总是不去那么努力。我看过太多的例子，那些可怜的女人在苦苦追问，为什么他不能，为什么他不肯，可是她们爱的男人其实都是病人，这种病叫作"重症爱无力"。他们不是不肯，是不能。也许女人要解脱，只能把所有的失望合并起来，熔化掉，铸成一个大大的怜悯，晶莹剔透地挂在心上，这样，就可以心如死水地过下去，无欲无求，无是无非，哀莫大于心死，金刚不坏之身。

第五章　郁闷

雨下个不停。最近状态不好。不是因为天气，就是在家里待久了，浑身要发霉的感觉。

有多久没有见到一个活人了？不是街上擦肩而过的行人，而是和我眼神相对、可以交谈的活人。

给豆沙打电话，他也在出差，问我有什么事情，我说没有事情，也不好浪费人家的漫游费，就挂了。想想真是没有一个人可以说说话，更不要说喝杯咖啡，或者散散步了。为什么在别人的想象里，城市里到处都是人，都是热闹，随时可以发生友情或者艳遇呢？见鬼，见鬼，见鬼。

我觉得自己正在徐徐脱水，变成干花。不行。我得写一篇恋爱小说，不然我就得谈恋爱。

恋爱是两个人的事，可是恋爱小说，我一个人就可以操

纵。再美妙或者再危险的恋情也不要紧，纸面上的老虎不会
跳出来伤人的。我决定写一个恋爱小说。

我打开电脑，好像有一篇现成的小说就在指尖，我轻轻
地敲击键盘，它就流到了屏幕上。

门铃响的时候，小瓯正好在浴室里洗澡，我心想：
"肯定是找他的，怪不得在沐浴更衣呢。哼，约了人
来，也不事先说一声。"

但是我透过猫眼一看，就泄了气，一腔想数落别人
的气从嘴里呼出去，就打开了门。

银子进来的样子好像她是这里的主人似的，自己挑
了我新买的灯芯绒拖鞋穿上，一面就进来了。

"你怎么会来？也不先打个电话。"我跟在她身后
嘀咕着，明知道说了也没有用，但是她这样真的很没有
礼貌啊。上次我喝醉了，让她送我回来，她就知道了我
的住处，现在跟我来这一手。哼，就知道不能欠人家的
情！最难消受美人恩，可是，银子又不美。我经常鼓励
她说，老外看亚洲女人的眼光很另类，中国美女有那么

多类型，他们就喜欢塌鼻梁、眼距分得特别开的那款，所以她的工作重点应该放在老外身上。但是银子说她长得不够级别，漂亮得不够级别，难看得也不够，所以在中国男人和外国男人那里一样，机遇和挑战并存。

"我气死了！你知道吗？那个老男人，他居然敢说不想结婚！喂，有没有搞错，我不想结婚还差不多，怎么轮得到他不想？他以为他是谁？他把我当什么了？"

银子一边嚷嚷，一边跟在我身后进厨房，接过我给她倒的水，又跟着我回到客厅。银子一生气就是这个样子，像孩子多过像女人。

"银子，你能不能先坐下？你这样跟着我转悠，弄得我头晕。"

她坐下，但是还是滔滔不绝。我打断她说："我这里不是一个人住，你轻点声，不要吵了别人。"

银子降低了音量，开始和我分析，她的男朋友到底是故意和她较劲还是有了别的方向。

这时，小瓯从浴室里出来了。听见响动银子回过头去，顿时就傻了。小瓯看了我们一眼，向自己的卧室走去。我忙叫住他："对了，我来介绍一下。这是和我合租这套房子的，韩瓯。这是我的老同学、好朋友，银子。"

银子张开的嘴巴这才勉强合上，"吓我一跳！还以为是你神不知鬼不觉弄了个男朋友，你们同居了呢！"

小瓯像看一个浑身泥水、又往人家身上乱蹭的泥瓦工一样看了她一眼，甚至不耐烦站一秒钟，边走边说："你们聊吧。"就进自己的房间去了。

我白了银子一眼，说："你什么时候说话可以经过大脑？怎么会是男朋友？我有男朋友你会不知道？再说，你那双大眼睛也不看看，他才多大？胡说些什么？真是！"

"对不起对不起，我不是一下子糊涂了吗？是呀，他看上去比你小，不过肯定工作了吧？能租这种公寓的'立升'，肯定是个白领。"银子很快又忘记了自己的苦恼，开始关心我了——"对了，你怎么样呀？还是一个人可怎么办？都三十二了。"

我看了看那边关上的门，觉得还是不保险，就说：

"银子，我们还是出去说，好吗？我请你喝咖啡。"

"好呀，是不是星巴克？"

"我从来不去那种地方。年纪大了，不喜欢自助，喜欢有人伺候一下。"

银子讨了没趣，总算闭上了嘴。我一阵风地把银子卷出了房间，一起出了"白石清泉"公寓。

这个开头不错。但是这个女人要不要和这个男生有火花呢？希望他们有，天下所有老大不嫁的女人心里都是支持姐弟恋的，那是给自己活路。不过好像会很俗套，会不会像日本连续剧？天哪。不管它，先往下写，看看他们自己会如何发展吧。

对了，还是按照常规自我介绍一下吧。我叫芭布，当然不是本名，是我在杂志上用的名字。名字也不过是个符号，为了方便我暂时就用一下这个符号吧。身高一米六二，体重五十公斤。我在一家女性杂志当编辑。婚姻状况：单身，男朋友空缺时间：一年半。

因为喜欢白石清泉的房子，这里有许多小套房供单身人一个人住，也有许多大套房供几个人合租。我喜欢大套房，它的大空间让人觉得心胸开阔，何况一个人住难免寂寞，有人分担房租同时分担寂寞，对我是好事。于是就登记了合租。登记除了自己的情况，还要填上对自己希望的室友的要求：年龄、职业、受教育程度、性格、爱好等等。后来得到通知，是和一个叫凯蒂的女孩，一个叫韩瓯的男孩同住。我们见了面，彼此都不讨厌，于是一起签了合同。

虽然没有想到会和一个男孩子住在一起，但是因为每个人有自己的房间，在家的时间又不太一样，所以倒不觉得有太多的不方便。何况，凯蒂才二十三岁，小鸟依人迷迷糊糊很好相处，而韩瓯二十六岁，比我小整整六岁，完全可以不把他当成成年男人，因此这种生活除了新鲜就是好玩。

大家都是独生子女，唯我独尊够了，这样类似集体生活的日子也很不错，觉得一起生活得很好，比和父母在一起合拍多了。我们彼此很快就随便得像一起生活了一百年了。他们叫我"小布头"，这还算客气，吵架的时候就成了"烂布头"，凯蒂是"小甜甜"，至于韩瓯，自从接过一次他母亲的电话，我们就和他家人一样叫他小瓯。

两个月前，我们的生活发生了一点变化，凯蒂去美国留学了。她同时被四所名牌大学录取，挑了一家奖学金最高的去了。走前的几天，我们都有点难受，天天约了一起吃晚餐。最后一个晚上，我们在家里自己做了饭菜，一起吃了最后的晚餐，喝了许多酒，凯蒂说："我真舍不得你们。到了那里，不可能有好的朋友了。"韩瓯说："你又不是不回来，不就是回来的时候，我们大家都老了嘛！可以一起进养老院。"凯蒂把刺绣餐垫朝他扔过去，他一把接住，却也红了眼睛。一看他都忍不住，我们索性都不忍了，凯蒂和我都哭了。

凯蒂就这样走了。走了以后，我和小瓯天天念叨她，她在天上的时间、她到达的时间、两地的时差，小瓯都在挂历上标得明明白白，我们一直在等她的电话。结果她只来了一封电子邮件，说她平安到了。后来又来了一封，说日常生活安顿好了，功课压力很大，但是已经有了新的朋友，心情还不错。此后就再也没有音讯了。

我简直不敢相信，每天朝夕相处，才飞过一个大洋，就这样抛到了脑后？还是本来我们在她的心目中就没有真正的位置？难道现在的新人类的友情就是这样？他们很容易和任何人亲密起来，在任何环境中如鱼得水，但是谁都很难进入他们真正的内心，他们的感情是个始终包得很紧、扎着精致的小结的包袱，随时可以打开展示一下，又可以很快地收好，随身带走。

这是我的真实感受。好几次，过去的同学，后来认识的朋友，我以为会来往一辈子的人，出国留学了，或者移民，走了就没有音讯，少数还在每年圣诞节寄一张例行公事的贺卡，多数的人简直就像人间蒸发。其实，现在的人都这样了。只对身边的人付出笑脸，付出时间，一旦走开，就再不回头，再不牵挂的。大家都被训练得只生活在当下，就是此地此刻，其他的都即时删除。我为什么要把账算在年轻人身上呢？用他们那个年龄的话说，是不是老女人的变态？算了，就这样，谁叫他们做得最露骨呢。很多事情，你可以做但是不能说，只有他们是又做又说，甚至说的比做的还凶。

　　我没有和小瓯交流过感觉。我不相信他像表面上那样淡然处之，可是既然他这样，我也不想认输，我绝对不想让他觉得我大惊小怪或者不成熟，我什么也不说，好像早就知道会这样。于是，我们不再提起凯蒂，好像我们从来没有想念过她、埋怨过她，从来没有失望、不理解过一样。

　　但是，当物业管理来问我们，要不要征求新的室友的时候，我和小瓯都保持了沉默，到了付房租的时候，我们都自觉地付出了一半的房租，而不是三分之一。就是说，我们不想让别的人住进来。我不知道，这是为了我们自己的空间，还是我们在潜意识里还想把那个房间留给凯蒂。我没有问小瓯，也许他自己也说不清楚。不过幸亏他也没有问我，因为我不知道。

　　小瓯原来在一家网站工作，后来那家网站倒闭，他在家看了一个月的书，到现在的咨询公司应聘，一下子就要他了，月薪比原来的还高出两千。这小子别的不好说，聪明是绝对的。

这小子身上充满了这个年龄特有的一种混合气质，生来就很现实、成熟，同时也非常独立，懂得争取和拒绝，让我暗暗羡慕。但是小瓯不像他的一些同龄人，他不冷血，也从不忽略别人的感受。这一点，他和我们七十年代出生的人更接近些。

晚上看电视、喝闷酒的时候，我们也会有一搭没一搭地聊天，对我的这种年代分类法，小瓯是最不以为然的。他说："人都是一个一个的，从来不是一群一群的，同一年出生什么也说明不了。"

"照你的说法，人就无法分类了？可是为了归纳和叙述的方便，总要大致归个类嘛。"

"那也不能按照年代分。你们这个年纪的人里面有杀人犯，你承认和他是同类吗？"

我们经常争论的都是这样无聊的话题，我除了想知道他们这个年龄的人的想法之外，看着他认真的样子，总觉得挺有趣。

虽然他还如此年轻，但是我想，以他的聪明，他很快就会发现：我们都是被时间判了死刑、让生计押着，慢慢赴死的人，生活里任何零星的快乐都非常宝贵，因为梦想的巨大的整块纯金已经蒸发掉了，我们所能做的，就是认真地收集着生活缝隙中的星星点点的金屑，幻想着也许有一天可以铸成一朵金蔷薇。

写完这一段，我突然停了下来，回头向背后张望了一下。如果有这样一个室友，也是不错的一件事。是的，我要把他们都写成穴居动物，经常在一起，经常交谈，在一起做许多事情。但是那是不可能的，因为他们都要上班，而且如果真的整天在一起，不是变得有压力，就是滑向肉体的混沌。

我有一个以前的同事，和另一个女同事爆出办公室一夜情，那个男同事长得还算白马，而那个女同事丑得让人看她一眼都觉得抱歉，这让大家非常费解。后来听见那个男人说："天天在一起，实在太熟了……"这就是男人的逻辑。

日久不一定生情，但很容易生暧昧生混乱。如今的兔子都爱吃窝边草的，谁叫窝边草整天就在眼前晃来晃去啊。只有小王子那样的小可爱，会爱着在另一个星球上的玫瑰花。所以那是童话。

要让他们保持距离，干净一点。

一男一女生活在一起，按照传统的想象，就是孤男寡女，总是有许多不便。但是事实上，那种不便来自对别人猜疑的恐惧，或者对自己的缺乏自信。我和小瓯都不在乎别人，对自己很有把握，所以过得很自在。

想不出只要是成人，为什么男女不能同住。男人的存在可以驱散一点单身女人的阴寒气息，而且，不用因为半夜听见一点可疑的响动就打开所有的灯，躲在被子里发抖，而且他会轻轻松松地把一桶十九升的纯净水放到饮水机上去。而我也会偶尔顺便多煮一个人的饭菜，收拾一下两人共用的部分，布置得舒舒服服，女人的细心应该也让他觉得不错吧。

暧昧或者浪漫的可能？那是绝对不受欢迎的，就像我讨厌的猫和狗，不，就像我们都讨厌的苍蝇蚊子。这是我们的家，回到家里还搞紧张，让不让人活了？如果那样，我或者他，肯定有一个人会马上搬出去。更大的可能是我们两个同时搬出去，并且对对方投去鄙视的一瞥，对那种背信弃义的小人的那种鄙视的眼光。不知道我们算不算君子，至少，我对他君子，他对我也君子。

有一天，我一边看电视一边卸妆，小瓯看着我丢在茶几上的纸巾，说："在脸上很干净，其实有点脏。"那些纸巾上有粉底霜和卸妆乳的痕迹，看上去像泥巴。我说："如果你和一个女人约会，你只会看到她画完皮的样子，不用看她现原形啊。"

"可是我知道她也要现原形，当时就不觉得她好看了。"

"那你就找个真正的美女，不用化妆也漂亮的就好了。"

他扁扁嘴，然后说："其实你化了妆也没有变好看。"

"真的？"

　　"只是变得引人注目了而已。但是你本来的样子比较好，可以算是第二眼美女，至少第三眼美女。"

　　这就是我们最亲密、最接近饮食男女的谈话内容了。这样的距离，连我们自己都觉得我们可以在一起一直住下去。听说，两只小狗从小一起养大，到很大了也不需要做手术，因为它们根本不知道各自的区别，根本不会想到可以干些美妙的好事或者可耻的坏事。我有一次这样对小瓯说，他听了说："我不喜欢狗！你不会想养狗吧？"他有的时候真迟钝。

　　写到这里，豆沙的脸在我眼前晃动了一下。我和他有一点这样的味道呢。其实豆沙蛮可爱，虽然那张五官火爆的脸不敢恭维，但一副经常运动的体魄，晒得刚刚好的肤色，看上去就很健康。他跑起来很好看，是我认识的男人里最好看的。还有，他有时候真的很懂我的心思，以至于他不懂的时候，我都怀疑他在装傻。但是懂得适当的时候装傻，这是成年人的一种生存技巧，连我都想学一点，所以这也是优点。如果不是知道他劣迹斑斑，对他动心是有可能的。可是偏偏知道，而且就是因为知道才确定他对我没有企图，才放心大胆地来往。这是我们的第二十二条军规。现在，直到永远，我们只能这样继续破罐破摔的知心关系了。

对了，锻炼，我喜欢男人锻炼。

小瓯最近忙着健身。周末整天泡在小区的会馆里，和那些健身设备搏斗，两个小时之后他回来，汗流浃背，但是脸上放光，连说话的音量都大了起来。凭良心说，他不是一个帅哥，五官平淡，身材太瘦了，他自己说是玉树临风，我觉得是竹竿而已。不过运动之后，他看上去要好一些，红润一些，也显得不那么洁癖。

他开冰箱找可乐，找不到，出来向我求援，"芭布，给我一点你的茶"。我拿起眼前的茶壶，给他倒了半杯，一边说："给你喝真是浪费！五百块一斤的龙井呢，像你这样拿来解渴。"他一口气喝完，说："不浪费啊，我也觉得好喝，和大碗茶一样好。"他这是故意气我，我没有理他，转身在电脑上忙自己的工作。今天是星期六。这几天公司气氛不对，老板脸色难看，我们自觉加班不说，回到家也要牺牲一点发呆的时间。

小瓯打开电视，开始看NBA比赛。我刚想说："吵死了！"却意识到是我自己犯规，这是厅里，我正窝在沙发上，膝盖上架着笔记本电脑。我们约好不在厅里工作，每个人的工作和睡觉等纯个人的活动，都必须在自己的房间内进行。我起身回自己房间，关门前看了一眼，小瓯毫无察觉，正坐得笔直，两眼发光。但是我知道，他随时可能呼的一下跳起来，如果他所支持的湖人队投进一个球的话。当初，他和天下99％的篮球迷一样，支持芝加哥公牛队，其实就是支持乔丹。他倒从未买乔丹代言的球衣球鞋，我怀疑是他吝啬，但是在乔丹正式退出的时候，他情绪低落了好几天——比和女朋友分手还低落。

小瓯再可爱，也是男人。只要是男人，就是不可理喻的动物——如果你是男人，觉得这样说冒犯了你，那么好吧，我可以改一种说法，男人也有道理，但是男人的道理通常不是女人所理解的那种道理。

　　我叹了一口气。把到此为止的小说存了盘，然后休息。本来想写个小说散散心，轻轻松松地胡说八道，可是一写就又变成了这样，生活的真相顽强地透露出来。

第六章　房子！房子！房子！

我渴望有个家。这个家和婚姻没有关系，也就是说我不用忍受一个男人对我的霸占和统治，或者冒这种危险去拥有一个家，不，那样也并没有拥有，只是和一个人分享一个家。我不要那样，想想都讨厌。我想凭自己的力量，买一间房子，真正属于我自己的，是我喜欢的，我自己付房款，房产证上写的是我的名字，我可以躲在里面，不被任何人呵斥、殴打，甚至威胁要把我赶走。这是我每次被爸爸打骂的时候，在心里最强烈的誓言。我想，都是因为我住他的房子、吃他的饭啊！所以他可以想怎么对我就怎么对我。

我一定要有一个自己的家。让我自己是那个小小城堡的唯一主人。而且不要让一个男人进来，男人总是习惯于主宰，习惯于命令，他们不知道如何理解女人，如何善待女人。

　　我已经三十多岁了，这件事要抓紧。我每篇稿子投出去的时候都做记录，然后隔两三个月检查稿费是否来过，如果没有我就去要，打电话、写电子邮件，不厌其烦，措辞严厉。那些编辑可能觉得我是个爱钱如命、俗不可耐的女人吧，随他们怎么想，只有我自己知道我在做什么，我在给自己准备一个安全的巢穴，一个自由的港湾。为了这个目的，我什么都可以做，什么人都可以得罪。一个人一旦和亲生父亲翻脸，她就不再怕任何人了，因为根本就不抱指望，一开始就不抱任何指望。

　　我不相信任何人。不相信他们会听我，懂我，帮我，会善意地对我，更不要说爱我了。我连自己都不爱自己，不化妆不打扮不买新衣服，而且从来不在镜子里仔细看自己，连自己都快忘了自己长什么样了，这样的女人怎么会有人爱呢？但是即使不要爱，我也要安全，还有尊严。

　　我看中了一个公园旁边的楼盘，那里环境不错，而且交通方便，虽然楼间距很近，但是我还是很喜欢。里面也有我能承受的小户型，二室一厅，八十平方米，全部朝南，有厨房、卫生间和小小的储藏室。我看样板房的时候，心跳不已，方寸大乱，只好偷偷掐自己的手指，不让卖房子的人看出自己的狂喜。

首期要十万块。这不是一个太大的数目，这个城市里大多数和我同龄的白领都拿得出来，但是对我就不容易了，前些年我在写手这一行里没名气，发表困难不说，稿费也低，除了养活自己，没有办法有积蓄。最近两三年情况好了，我昨天清点了一下，几张存折加上卡里，有八万三千块了，也就是说只差一万七千块我就可以拥有自己的梦了。

不算还好，一算我就着急了。到哪里去筹这一万多块呢？不是不可以挣到，可是按照我的挣钱周期，至少也要三个月才能有这个数，而且稿费不一定按时汇来。那种房型的房子，因为是准现房非常热卖，已经只剩不多的几套了，我和售楼主管泡了半天，他才答应收下我的一千块保留金，给我保留十天，十天内不付清十万块，就拿出去卖了。

我不觉得他们可恶，生意人就该唯利是图，不然不叫作生意叫作慈善了。再说他们没有玩什么心理战，这个楼盘确实不错，价钱也公道，现在楼市这么火，不抓紧卖掉才是傻瓜呢。可是我还差一万七千块。

　　妈妈如果知道会帮我的，可是她的钱就是爸爸的钱，我不要她提心吊胆地为我冒险，再说，我宁死不食周粟，饿死不吃美国面粉，间接的也不要。哥哥？他去美国做访问学者去了。他命好，白担了个好哥哥的名声，每次我需要他的时候，他总是不在身边，而且远得不能再远。再说他已经结婚多年，嫂子是个精明仔细的女人，恐怕哥哥调度家里的钱，也不能肆无忌惮吧。还是不要向他开口了，万一连他也弄出什么不堪的嘴脸，那我真是连一个亲人都没有了。

　　什么感情都经不起考验，你如果珍惜什么感情，就千万不要考验它。这是我的经验。

　　居然失眠。我连赶稿写小说都不失眠的，即使写到女主人公要自杀，我也照样倒头便睡。可是现在，我一连三天失眠了。到了第四天，豆沙打电话来，说他经过这附近，问有没有时间一起坐一坐？我说好啊，想了想，叫他在永和豆浆等我。因为是他到我家附近，我要请他，再怎么与世隔绝，这点起码的做人道理我还知道。但是我不想去那些咖啡馆，太贵了。

豆沙自己已经先叫了两碗豆浆，两根油条。我一坐下，热腾腾的两大碗豆浆就上来了，还有两根特别壮硕、色泽诱人的油条。我坐下，发现他穿的是短袖T恤，原来是夏天了，怪不得我走这几步有点热，因为我还穿着套头的薄绒衫，在家里写东西，对外面气温都不清楚了。

"好久不见。"

他啃了一口油条，"这回去了好几个地方，西藏、宁夏，还有云南。"我知道他的工作总是需要跑这些不发达的地方。他说过，如果全国都像上海、广州了，他就会饿死。

我听着他说出差的见闻，不知不觉就走神了。直到他问："你出什么事了？从来没见过你这么魂不附体的。"

我就说了房子的事，因为这几天天天在想这件事，躺在床上眼睛看着天花板在想：到哪里弄到这一万多块呢？洗手看着汩汩流下去的水也想：到哪里去弄那一万多块呢？倒垃圾，看着垃圾堆也在想：还差一万多块呢。弄得捡垃圾的人警惕地看了我两眼，以为来了竞争的人。我再不说出来，非把自己逼疯了不可。

豆沙听了，反应很平淡。我就知道他会这样，事不关己，何况是这么敏感的问题。

但是当他把手里的油条全部吃掉的时候，我听见他说："你真的要买？"

"当然要了。这是我唯一明确的人生理想。"

"我借给你。"

"你说什么？"

"不就是一万多块吗？我有。多大的事啊，看你，白头发都多了好几根。"

我瞪着他，确定自己没有听错，赶快低头喝豆浆。真是没想到，丝毫没有抱指望的人居然会帮上我，上苍有眼啊，天无绝人之路啊。我不知道该说什么，我一直在想，应该对他说句感谢的话，但是直到分别，我也没有说出来。太久没有感谢什么人了，缺乏练习。

第二天一早，豆沙就把钱送来了，我终于牙疼似的说了一句："谢谢啊，帮大忙了。"也不知道他听见了没有，草草问我："要不要陪你去取钱、交钱？"我想了想，现在治安这么乱，不怕一万就怕万一，有个男人陪着到底牢靠，于是我就上了他的车。这是我第一次坐他的车，居然是一辆漂亮的车，雪白的，到处是流线设计，我不懂是什么牌子，但是知道肯定比桑塔纳好很多，配他简直可惜。

为什么钱来的时候那么慢，去的时候那么快呢？不到一个小时，我的所有积蓄，包括借来的，一共十万块，就不再属于我，而且想再看一眼都不行了。我空手出来，不禁若有所失，嘟囔着"早知道不如晚两天付呢，放在家里，天天数数钱玩"。豆沙说："算了吧，你一写东西就稀里糊涂，弄丢了不是完蛋了吗？哪有人把这么一笔钱放在家里的？真是老土。"很少有人说我老土，但是我不还嘴，一方面他是我的恩人，另一方面，他说得对。我因为对房子的事情太痴迷，已经像个恋爱中的女人，智商降得接近零了。

他把我送到售楼处附近一个公共汽车站，就开车去上班了，我自己再坐公共汽车回家。想想豆沙真是好人，不但肯主动借钱给我，而且我一激动，也忘了写借条给他，人家居然也没有向我要。如今的世道，肯这样相信一个外人，容易吗？我以前还那样骂他，真是狼心狗肺。我决定以后对豆沙好一点，就是他同时交十七八个女朋友，就是他生五六个私生子，我都不再数落他。只要他关键时刻肯帮我，那些事，关我什么事？就算他是个圣人，不理我不帮我也等于零。

　　我什么时候变得这么现实、没原则了？管他呢，一个人在家里自生自灭，讲原则也是自作多情。我终于有自己的家了，终于。所有的苦没有白受，以前的日子没有白熬，我自由了！

　　很久没有这么高兴过了。不是获得什么的高兴，而是那种把一个很重的包袱丢掉的轻松解放的感觉。为什么是这样我来不及想，反正我在公共汽车上都想放声高呼——

　　我有房子了！我自己的房子！

第七章　分手

没想到，我和薄荷会突然分开。

当我告诉他我付了首期的时候，我没想到结果是这样。他哦了一声，然后说："有人给你买的？"

"怎么会？是我自己买的。"

"明白了。"说完他就翻身睡了，但是我觉得他有点奇怪，怎么一点没有好奇呢？

第二天早上，他说："是你搬出去还是我搬出去？"

"什么？"

"不是要分手吗？难道我理解错了？"

我大吃一惊，怎么会变成要分手？"薄荷，我没说要分手啊。"

"你买房子，都没有跟我商量一声，而且你自己付了钱，说明什么？说明你和我没关系，说明你的将来里没有我的位置。这还不是要分手吗？难道要等到你搬进新家再分，两步并一步走吗？"

我呆了一会儿，觉得他说的也不是完全没有道理。虽然我本来没有这么想过，但是隐约中那个盼望已久的新居里好像不一定有薄荷的位置，或者说，如果有他，会是他要付房租的那种感觉。

我不知道说什么好，看到他生气我还是难过的，我并没有想要这样。情急之下我说了一句："你可以一起住过去啊。"

"住在你买的房子里？你把我当什么了？再说，你怎么知道我会喜欢那个房子呢？"

我听他这样说那套房子，不由得也生气了，"那随你的便。你从来都没有想到要买一套房子来一起住，我买了，也邀请过你了，至少我比你好！"

"是，你比我好，好了不止一点点，你多强啊，什么都比我强，强得根本不需要男人。这种事都做得出来，还一脸无辜，谁和你过一辈子，肯定折寿！"他摔门出去了。

　　我呆了一会儿。不知道眼前发生了什么。隐隐的好像我是有点对不起他，虽然我不知道自己需要不需要他，但是整个买房子的过程中，我确实没有想到过他，也就是说，可能我把一个事实对彼此挑明了。再不在乎的男人都会觉得受了轻视，都会不舒服的吧。我给自己倒了一杯冰牛奶，今天我还没有喝过牛奶，女人不好好喝牛奶，老了要得骨质疏松症的。

　　喝着牛奶，我想，薄荷自己难道没有问题吗？他就这样和我住着，从来不谈到将来，即使不考虑结婚，我们难道就一直这样住在租来的房子里？明明是故乡，也弄成了漂泊异乡的感觉。而如果他对我最后没有敲下那个"确定"键，我们迟早会散伙，当然我无所谓，他也会娶别人，我们两个老大不小的人就面临各自找房子的局面。我不过是先走一步，我是自顾自，可是我不相信真到了他有了打算的时候他会为我想。况且，又没有动用他的一分钱。他有什么道理这样气呼呼的呢？或者说，有什么必要这样呢？

　　是啊。我们不过是莫名其妙凑在一起的一对男女，大家都有病，当初不动心，现在也没有必要动气。没必要。他傻，我不跟着傻。这样想着，我觉得轻松起来，可是不知道为什么，喉咙口像被堵了一块又湿又酸的东西，有一种要流眼泪的冲动。已经有那么多东西，让人生在世有味道的东西，都和我没关系了吗？

慢着，你以为你是谁？任何动物都要觅食和筑窝，而我活了三十几年，才喂饱了自己的肚子，连一套栖身的房子都还没搞定，我有什么资格伤感？呸呸！我在心里对自己吐了两口唾沫，坐到了电脑前，看着打开的小说界面，找不到感觉，就打开另一个界面，开始为时尚杂志写最新时装的图片文字，这种文字的要点是，文字一定要飘忽而华美，似是而非，像冰激凌那样：适度甜腻，可以掺杂其他味道，但都要保证入口即化，然后什么都不留下。

那天晚上，我一直埋头写这些莫名其妙的话，薄荷倒是早早回来了，在我身后窸窸窣窣地把他的所有东西装了箱，我上厕所时看了一眼，居然有十几个大纸箱。看见那些纸箱我心里突然难过起来，我不想让薄荷就这样走的。在这个城市里，不管怎么说，他是容忍我的一个人，我也容忍了他这么久，没有他，我和这个城市更没有关系了。他为什么一定要这样呢？可是，我已经不会求人了，不管他是谁，要请求的事情我都会放弃。因为他没有和我说一句话，我也不知道该说什么，觉得如果不帮忙收拾，就应该表面上挽留一下，但是不知道该怎么说，怕他反而生气，想帮忙又怕会引来他的嘲笑和讽刺，所以犹豫再三还是回到电脑前面，静静地喝了一杯黑咖啡，接着写。

在一身皱褶的长衣长裙的图片上，我配上这样的话："如果风吹过，你怎么能怪水有波纹呢？爱情来过了，你怎么能怪我心上突然有了皱褶？昨夜有露珠像泪水留在苜蓿上，但是那不是我的泪水，清晨的雾还未散，它的缠绵怎能挽留我轻盈的脚步？"

黑咖啡非常浓非常苦，但是我指间流淌出来的文字却依旧清淡甜美。记得过去看过一个名设计，叫作"诗人上衣，杀手皮裤"，写手有时就是这样，生活和写作的距离像杀手和诗人一样风马牛不相及，但是我们要保持不发疯，而且写下去。我一边写一边鼓励自己说，这么多年，你已经被训练得足够职业。

薄荷也赌气似的一声不吭，收拾完，对我说了声，"我走了，明天让搬家公司来搬"。就走了。这就算分手吗？我一点都没有真实感，晚上躺下去睡觉时，觉得他不过是又出门了，好像他前两次去了广州、深圳一样。

第八章 小说

那个男女合租可能姐弟恋的故事，现在已经在《天使》上连载了，我给它起了个题目叫《白石清泉公寓》。《天使》的女编辑说这个题目很洁癖，但是很好听。好听也不能解决所有问题，我得接着往下写。但是我的心情不好，他们也休想轻易开心。

　　说到小瓯和女孩子的关系，那真是今古奇观。他身边从来没有缺过女孩子，他这个人被动，多半是人家追他，偶尔他也会对某个女孩动真心的样子，但是都不了了之。主要的原因是他的结婚恐惧症。只要女孩一对他暗示到婚姻，甚至提到两个人的远景规划，他马上像听到军号一样，飞快地起身撤退。发展到后来，他认为所有的女人都是阴谋家，用感情做诱饵，要把男人骗进一个叫作"婚姻"的可怕陷阱之中，他必须和她们保持适当距离，时刻警惕，以策安全。但是他又不能不和女孩子来往，所以他的感情史很混乱，一阵子像个花心大萝卜那样在几个女孩子之间玩平衡，一阵子又像个看破男女之事的老人那样，把这一切看得淡而又淡，接个女孩子的电话都会打哈欠。

如今的女孩子也真可怜。家世清白，相貌过得去，受过良好教育，要是过去，那是多少男人追着要娶回家的，到了今天，不但没有多少人拜倒在牛仔裙下，就是有，说到婚嫁，男人往往就犹豫起来。蹉跎到了一定年龄，气势全无，表面上也撑不住了，只要有个鼻子眼睛俱全的男人肯娶她，恨不得马上跪下来给他擦皮鞋。更有离谱的，穷凶极恶倒追男人，根本不知道什么叫风度，什么叫策略，弄得天下女人凭空矮了一头又一头。

这样嘲笑着他的历任女友，他从来没有生气，就像在说别人的事。有一次我说："你看上去不正常。"他说："怎么不正常？"

"反正，没有这个年龄对异性的那种激情？热乎劲？什么的。"

"那我不要正常，我觉得你说的正常就是让女人控制我。"

"你就不想好好恋爱吗？"

"这是想不想的事情吗？"

轮到我觉得自己傻了。是啊，这是想不想的事情吗？像我，发疯一样想好好谈恋爱，好好结婚，好好做妻子，快快乐乐地当母亲，但是到现在还是在空中吊着。这不是想就可以的事情啊。我起身回房间，小瓯在背后说："要么就不要讨论这种问题，要么你就把自己的观点说清楚。你是不是在为杂志做策划？不可以把我写进去啊！"

我忍住眼泪，笑着说："我至于吗我？像我这样资深的老手。"

对了，这个男孩子总会有出路，要给这个女人安排点节目。这年头，为什么那么多女人就嫁不出去呢？而且剩下的都是水准以上的好女人，不想降格以求，就只能望眼欲穿，过尽千帆皆不是，斜晖脉脉水悠悠，那流过去的不是水，是女人的好年华啊。

"有人让我去相亲，你说我去不去？"晚餐后，我半躺在客厅的大沙发上，随口说。

"去！干吗不去？多去几次，遇到Mr.Right的机会总会增加。就算没有收获，让人看看又看不坏你，再说又不要你埋单，对你来说等于零投入。"小瓯说得行云流水。

"喂，拜托你动动你的猪脑子好不好？每次相亲我都要去做脸，要化妆，这不是钱吗？有时候还要把衣服送去干洗，干洗费也不便宜啊，还有来回的的费，怎么没有投入？有投入却没有回报，就是投资失败，就是沉没成本。而且……"我换了一个姿势，小小声说："又伤自尊。"

他显然没有听见我最后一句话，马上反击道："为了解决终身大事，这点投入算什么？再说，你平时一个人也是乱花钱，不相亲你也弄得自己穷嗖嗖的！"

这倒是。我是穷人有个富脾气，小姐心肝丫鬟命。现在的天道、世道一定哪里出问题了。阴阳雌雄弄乱了。女人像男人，男人像女人。或者说，女人成了原先大家约定俗成接受的男人模样，而男人却成了本来大家认可的女人。

是在哪里看到这样的一句话：到了最后，我们都变成自己当初想嫁的男人了。

说得好，说得太绝了。我很想把这句话写进去，但是不能白用人家的，侵犯版权，可是我又想不起来是谁说的。

那个韩瓯应该是怎么样的男人呢？当初把他叫作"瓯"，因为那是易碎的东西，他应该是个表面光洁、内心脆弱的男人吧？可是那样的男人会姐弟恋吗？姐弟恋，应该要阳光一点的男人才会的吧。或者恰恰相反，就是因为忧郁柔弱才会想找个年长的女人依靠？不知道。大概也要看那个女人吧。男女之间的事情，任何简单的断语都是想当然的，可是要顾及所有的可能又会不知所云，说了等于没说。

　　小瓯不抽烟，不喝酒，生活规律，有良好的个人卫生习惯，除了喜欢流连数码广场，没有任何恶习。他还不乱花钱，他每个月从工资卡里拿出固定的金额来养活自己，其余的钱都在卡里睡大觉，雷打不动。他坚持这样，甚至到了刻板的地步，比如有一次，他连续有两个同学结婚，他给出去两个红包，到月底居然身无分文，但是他没有到自动提款机取钱，而是向我借了一千块渡过难关。我说，"你自己去取钱嘛，又不是没有！"他居然写了一张借条来，"这样可以了吧？"我只好借给了他。第二个月，他省吃俭用，把这一千块还给了我。我说他可笑，他说："这样我每个月的存钱计划就没有落空，我不喜欢出现例外，那样就会千里之堤，毁于蚂蚁。"他喜欢这样乱用成语，而且改一两个字，弄得我啼笑皆非。

　　而我呢？当我心情好的时候，我上街购物。当我心情不好的时候，我上街购物。当我工作顺利的时候，我上街购物。我工作不顺利的时候，我上街购物。当我感到无聊的时候，我上街购物。为了相亲我上街购物。

相亲失败我更要上街购物。甚至，仅仅因为经前的情绪不稳，我也要上街购物。我试过忍下来，结果那次例假特别的痛，痛得我一身冷汗，眼睛发黑，从此给了我一个经验：例假之前最好痛痛快快地购物，否则就会痛经。购物回家的时候，我经常是好几个购物袋提都提不过来。前几天，我终于发现衣柜里有一个漂亮的袋子从来没有打开过，我惊喜地打开，发现是一件米色收腰的短风衣，我顿时挨了当头一棒——前天，我刚刚买了一件，除了多一条腰带，几乎一模一样！我一直以为这种事情只会发生在公主、皇后或者被包养的女人身上，没想到居然会在自己身上上演。如果电视里演这样的情节，我一定会冷笑：骗谁？一个单身女人，自己挣钱养活自己，怎么可能这样挥霍？又不是天生和钱有仇！

我不是天生和钱有仇。我只是有病，病入膏肓。在应该有家庭的年龄没有家庭，在应该有爱情的时候没有爱情。没有人对我好，我自己再不宠爱自己，活着也太苦了。

不说这些没意思的了。说到钱，零食也是一笔开销。夏天的哈根达斯天使冰王，冬天的新长发糖炒栗子，一年四季的点心：蟹粉小笼、生煎包、蛋黄酥、凤梨酥、苹果派、杏仁派，直到日本寿司、意大利比萨。还有各种休闲食品：薯片、巧克力、手剥松子、纸皮胡桃、盐焗腰果、开心果、夏威夷果……我的钱就像涓涓溪流，流进食品店、小吃店、超市。

　　上帝对我也有偏爱的地方，那就是我不论怎么吃，吃什么，吃多少，我的体重永远不会变化。这一点小瓯已经惊叹过了："不是说要控制糖分、脂肪摄入量吗？不是说不能睡前吃东西吗？你怎么不胖呢？怪了！"我得意地看他一眼："告诉你吧，我的体重已经十年没有变化了。"他疑惑地审视了一会儿，得出结论："我明白了，你这种人就像一部坏机器，能耗又大功率又低。"什么？！

　　我把他的话当成笑话告诉银子。银子却叹了一口气。我推她："玩什么深沉呀你？"她说："看来你们两个是不会来电了。跑错轨道了。"原来她一直没有相信我们呀。

　　我说："我不喜欢比我小的，就是天下男人死光了，我也不要老牛吃嫩草。"再说再说，人家也不可能会喜欢一个比自己大的女人，又亲眼目击她的恋爱失败史，不，惨史，能不轻视她已经是仁慈了。我们只能是无话不谈的知己，永远走不到男女之情那条道上了。如果发生意外，连我自己都看不起我自己。当然当然，这么一个新鲜健康的男人就在身边而毫无更大用处，有时还是觉得有点可惜。但是可惜就可惜吧。

　　我有个理论：评价男人好不好首先要看把他当什么用，离开这个说什么都是错的。有的人适合当丈夫却不适合当朋友，有的人只能是情人不能指望别的，没有人可以十项全能。有的人，比如小瓯，就适合近距离、无欲念地相处，如果把他当丈夫，这样的青涩小子，事业和经济的基础都不如我，不能让我动心；把他当一夜情或几夜情情人，又暴殄天物，现在这样，算得上物尽其用。

　　写到这里，我发现我把自己对男人的认识说了出来，再读一遍，嗯，真是深刻。忍不住笑了起来。这是我这几天低潮以来第一次笑。我还是喜欢写作，除了能养活我自己，还有就是，它是我孤寂生涯里的光线，是前途茫茫的黑暗中的笑声，虽然是自己一个人笑，与现实无关，但是这种笑，使我免于发疯。

第九章　爱突兀

终于搬进了新家。从来没想过，我真的会有自己的家，这种巨大的幸福好几次让我想流眼泪。一间卧室，一间书房，一间客厅，小巧的厨房和卫生间，应有尽有，我几乎没怎么装修就这样搬了进来，房间也因为没有什么家具而显得空旷、舒适。反正就我一个人，我想怎么样就怎么样。

每个月的基本开支是这样的：做兼职的工资付每个月的月供，吃饭和所有开销都靠稿费。这样一安排，日子很明白，不再慌张也不再胡思乱想。我知道自己不会再轻易离开这里，因为我的家在这里。是房子而不是男人，让我和这个城市有了切实的关系。

出门的时候，我总是渴望尽快回到自己的家。坐在车上，我会把手伸进包里，摸到钥匙，心满意足地叹一口气。

每个月如果有余钱，我就允许自己买点东西回来，有时候是一个电饭煲，有时候是一把椅子，有时候是一套玻璃杯，我的家越来越充实起来了，原来简单的框架里开始有了细节。

一个人的生活，真是简单自在，神清气爽。

豆沙真是有钱，所以对钱无所谓。我要还他的钱，约了几次他才有时间。我请他到新家来，我能住在这里面有他的功劳，所以他可以是这里的第一个客人。他一进来就说："哇！很漂亮嘛。""是吗？"我不太相信，因为觉得在一般人看起来会是简陋的。他说："当然。而且布置很有女人味。"我笑了，女人味？本来就是女人嘛，怎么布置得出男人味？

他从外面带进来了一股寒意，我给他倒了杯热的柚子茶。然后听他说新的女友，这回好像不一样，同样的事情，以前的女友做了就是罪不可恕，这一个做了他却会让步。我说："这次好像认真的啊，你。""是啊。""会结婚吗？""应该会吧。"他说。我小小吃惊地说："她这么好吗？"豆沙说："也不是好不好的问题，好像心情变了。觉得自己该结婚了，她又正好出现，让我觉得可以接受。"我说："哦。"这么说，他以前那些女友其实也是无辜，这个男人还不想尘埃落定，害得她们白白心碎，而现在这个女友的最大优点，也许就是运气好，来得不早不晚，正正是这个男人想安定下来的时候。所谓姻缘不过如此，和爱情有什么相干？这样一想，也是乏味。幸亏我已经死了心，不用这样倒霉地被选择被利用或者更倒霉地被否定被放弃。

送豆沙下楼走了，轻松地往回走，顺便拿了晚报上来，我想：还是我这样好，不结婚也不生孩子，省了多少麻烦，省了多少幻灭。打开手里的报纸，赫然看见《独身女性易患各种妇科癌症》，说独身女性患乳腺癌、宫颈癌、子宫内膜癌等比例大大高于结婚、生育的女性，还有几组对比数据，我的目光落在"单身且无固定伴侣的"这一组，那些可怕的数字让我马上想闭上眼睛。可是来不及了，它们已经从我的眼睛一直刺到心里去了。这么可怕！相差这么多！怪不得大多数人要结婚，原来，一个人的日子，除了舍弃家庭温暖，还有这样的可怕威胁。搬进新家以后的好心情，遭到了当头一棒。爱不爱都是苦海无边，结不结婚都要铤而走险，女人还是无路可走啊！

不敢多想，赶快回到电脑前，接着写《白石清泉公寓》。奇怪的是，一想到死，想法马上就变了，既然朝不保夕，还是赶紧吧。花开一季，永世凋零，这样一想，我笔下的芭布和韩瓯也就不再麻烦了，这两个人突然如梦方醒，爱上了对方。很突兀地，爱情就来了，像一个烟花，一点燃就一声巨响满天繁花，白石清泉就是人间乐园。因为是突如其来的关系，这一段情节推动得很快。像许多处于临界状态的男女一样，他们之间无缘无故开始闹别扭，因为言不由衷而且开始计较，他们总是一言不合就开始吵架。然后，两个人冷战，不说话了几天，然后有一天芭布下班后和银子去喝酒回来——

　　我一屁股坐到沙发上，几乎坐到了韩瓯身上。他在看电视，头也不回地说："女酒鬼！"我说："关你屁事？"他说："不关我的事，但是女人变酒鬼更加嫁不出去。"我抓起沙发上的垫子向他砸过去，他轻巧地拨开了，我一拳打过去，他抓住了我的手。他的力气真大，我的手马上像被铁钳夹住一样动也动不了。我说：

"韩瓯！我疼！"他放松了一点，但是没有放开，迟疑了一下，从卡住我的手腕改成了握住我的手。我们的身体从来没有接触过，何况是这样由暴力进入温柔的接触。我完全不知道应该怎么反应，身体僵僵的，心有点乱，不能推开他，又不能突然抱住他，怕自己会错意让他笑我。直到他捧住了我的脸。我拼命地晃了晃脑袋，又狠狠地咬了自己的嘴唇，我不是在做梦，我也没有醉得出幻觉，真的是韩瓯，真的是他，他居然用双手捧着我的脸。他一动不动，我不看他，两张脸就那么相距几公分地僵持了一会儿，然后我豁出去了，抬起眼睛看他。天哪，韩瓯的眼睛离我那么近，像个清亮的湖泊，里面跌落了许多星星。我慌乱起来："小瓯，人家喝多了。"他说："是吗？"我再说："我们说过的，不会这样。"他说："是吗？"我说："我比你大！"他说："就这些？"我不知道自己说这些干什么，越说越蠢，我为这样的自己感到羞惭，我想应该起身回房间。这时，韩瓯的唇覆盖了我的。他的唇怎么这样柔软？男人的嘴唇怎么可以比我还柔软？我惊讶极了。我的身体在我想清楚应该怎么反应之前就做出了反应，韩瓯对我的反应显然很满意，他干脆利落地把我抱了起来，我整个人横着腾空而起，心里有点害怕，他说："抱住我！"我马上紧紧地抱住了他的脖子。他的力气大得惊人，在他臂弯中我好像只是个瘦弱的小孩子。真没想到，看上去清清秀秀的一个人，竟然是一身的肌肉，我被他密密实实地一箍，觉得骨头都要断了，人都要窒息了。

他怎么会有这么大的力气呢？在他的卧室里，我不断这样在心里惊叹着。他把我揉散了，我心里的叹息就漏出来了："小瓯，天哪。天哪。"他不说话，他只用力，他的力量源源不断有增无减，我觉得整个人都被揉碎了。但是我不能确定，因为迷乱中又好像我原来是碎的，他正在把我揉成一个整体。

最后，好像谁触动了宇宙中一个隐秘的机关，无边无际的海水向两边分开，露出了海底，而山峰突然倒塌，熔化，变成了奔腾的水注入了海洋。我不能承受，紧闭双眼，然而平时闭上眼睛就会出现的漆黑的天空，此刻那一片天空突然升起了无数烟花，夺目，华美，声势慑人而从容不迫，一朵还没凋谢，另一朵又盛开了，一朵，又一朵，又一朵……

我把头枕在他胸口，他用手指当梳子慢慢地给我梳头，然后就不动了。我看他，他闭着眼睛。我端详着他的样子，用手指顺着他的眉毛、眼睛、鼻子、嘴巴、下巴描了一遍，他还是一动不动，我问："你还活着吗？"

他马上用行动做出回答，他眼睛都不睁开，就一个翻身重新把我置于他的身下。他的身体贴合着我身体的每个细微的曲线和缝隙，然后他睁开眼睛，对着我笑了。那是我在男人脸上见过的最明亮、最动人的笑容。

我也笑了起来："很高兴你还活着。"本来是一句玩笑话，但是说完我的眼睛里就起了雾气。是，我很高兴他还活着，我很高兴我们还活着，而且能找到对方。我们多么幸运，上苍给我们这么多。

我很想对他说点什么，但是不知道说什么才好。后来，我放弃了，决定用一句最现成的陈词滥调。

"别说话。"这时，他突然轻轻掩住了我的嘴巴。

我拉开他的手，"你怕听？我想说。"

"那也应该我先说。"

"为什么？"我奇怪。

"亲爱的，我是男人。"

我笑了。

"我爱你。"伏在我身上的这个男人，轻轻说了这句话。

萨宾娜她们看了打电话来说："哇，这一段写得真传奇！好看！你很久没有这样激情了。"

激情？我只是很久没有这样清楚地想到死，而且突然害怕起来。我是如此的害怕，以至于我给哥哥打了一个电话，哥哥在电话里告诉我：他正在度假，阳光灿烂，天和海都很蓝很蓝。我说："哥哥，你今年会回来吗？"他兴高采烈地回答："不会！"我静了一会儿，挂断了电话。然后我疯了似的开始写，然后本来不会发生的爱情就发生了。

写完这一段，我的心情已经好了一些。好像我自己孤孤单单，但是我的一对好朋友终于幸福了似的。

　　过了几天，等我平静下来再写下一段时，我马上发现我无法再那样疯狂下去。是啊，他们两个差了六岁——我当初怎么会让他们差六岁呢，有"六冲"的说法，这可不妙。况且是女人比男人大六岁，那样她会比他成熟很多，而且他们的个性差别也很大，坠入情网的烟花开过，天空就会露出本来的样子。让萨宾娜她们和读者激动的情节过后，芭布和韩瓯开始吵架，芭布虽然相信韩瓯真心爱自己，但不相信两个人有将来，而韩瓯怀疑她觉得自己不够好，或者被她的胡搅蛮缠弄得困惑、沮丧。这一段写到芭布因为女友银子和男朋友分手而兔死狐悲、情绪低落——

　　　　"吃饭吧！又不是你失恋！"小瓯说。然后，他自己就先大口大口吃了起来。

　　　　我拿起筷子，一眼都没有看菜，倒是对着他看了半天，可是看了半天也没等来他的注视，好不容易培养起来的一点食欲又没了，就放下了筷子。

　　　　"你们男人就是没心没肺。银子痛苦成那样，你一点不同情。"

"你同情就行了，连我也要同情吗？"他居然有心思笑。

"你真是！她那么痴心，那个男人真不是东西。"

"这也不能听一面之词吧？他们两个人之间的事情，我们怎么会清楚？再说，除非遇到职业骗子，否则大家都是成年人，开始之前就应该知道有各种可能，愿赌服输，银子应该能承受，如果不能，只能证明她不成熟。应该好好自己反省。"这么犀利的话，他偏偏说得口齿伶俐，让我觉得一股冷气。

"谢谢指教。看来我也要做好这种准备，免得哪天你说翻脸就翻脸了，我也这么不成熟。"

他抬头看我："我是说别人，你怎么扯到我们身上了？"

"这还用扯吗？你不是说得很清楚吗？大家都是成年人，应该知道有各种可能，愿赌服输，被抛弃了不能承受只能证明不成熟……我发现你的理论还是一整套的呢，我以前怎么不知道你是这样的人？"

"我是什么样的人？"

"你自己知道。年纪不大就弄了一百个女朋友！"

他的笑容消失了，"那你算什么？"

"我？我也就是你的一百零一个女朋友中的一个。"

"你说什么？"他惊讶地瞪着我，然后变了脸色。刚才的伶牙俐齿不见了，半天才想出一句还击的话："要是我是你说的那种人，你是在骂自己！"

"那你说你是哪种人？"我气势汹汹地质问，其实强烈地希望他百倍有力地否认，说自己和其他人不一样，说他对我是认真的，说我们对彼此是唯一，说我们毫无疑问会有将来。这个瞬间，我像缺氧的人渴望空气一样渴望他把我驳个体无完肤，让我知道自己错了，而且错得离谱。

但是他没有。他说："我不想说。"叹了口气，他又说："为什么他们分手了，你拿我撒气？"

"什么叫拿你撒气？是你自己有问题。"

他也不吃了，把碗推到一边："我有什么问题？自从我们在一起，我再没有其他女朋友，也不想有。我怎么有问题了？"

　　这倒是真的，可是——"那也不能说明什么，反正爱不爱的你也都很潇洒，什么时候不爱了就换一个。"

　　"我现在是爱你的，你为什么要说不爱的话？"

　　"只是现在爱，谁知道明天怎么样？"我不知不觉声音低了下来。

　　"明天？明天也会好的呀。"

　　不知道他是真的不得要领还是装傻。这种回答听上去十分空洞。不是盲目的乐观，就是有口无心的敷衍。明天，也许我们就各奔东西，今天的一切都不留痕迹了。明天，也许谁就死了，另一个除了几滴眼泪一声叹息还能有什么？他对我已经如此重要，我不能想象没有他的生活，可是我对他呢？他从来不谈论我们的将来，不曾提起一生一世，或者表示非我不娶。我倒不是急于把自己嫁掉，只是心里始终没有把握，有点焦虑。看到过一句话，男女之间的感情分三个阶段，欣赏，爱慕，需要。需要是最高阶段，一旦成为需要，就是不能缺少的了，就是唯一的了，也就成为不可理喻的、不能摆脱的爱了。仅仅是欣赏爱慕都没有用，只有"需要"是真的，需要比什么都强大，长久，千真万确，不容置疑。

我，对他来说是"需要"吗？我不知道，我没有证据，我不能确定。

晚上在床上，他问我："芭布，你是不是越来越不开心？"

我说："没有啊，只是也没理由开心。可能是没有安全感。"

"我都这样了，你还是没有安全感，我应该怎么做？"他看上去像被人家打过一顿。

你都哪样了？我希望你说的你都不说，我希望你做的你也不做。但是我说不出口，于是沉默。

他仰面朝天，对着天花板叹了口气："我从来没有对谁这么好过，可是你还不满意，我肯定有问题。肯定是我不够好，我不能让你和我在一起过得安心。"

"我可没有这么说。"我觉得他的思考走上了岔道，赶紧声明。

"你是没有说。"他瓮声瓮气地回答，翻过身去。

但是我知道他根本没有睡着。

完了，两个人抛弃了本能开始动脑子，而恋爱中的人，一动脑子就是万劫不复，于是两个人越想越远，越表白越辛苦，越解释越乱，终于面面相觑，发现潮水退去，爱情成了搁浅的鱼——

"小瓯，我当初就告诉过你，你太年轻，不能理解我。"

韩瓯这回的反应却很快，我的话音刚落，他马上回答："我是不理解，你为什么总是把事情弄得那么复杂？"

"怎么都是我不对？你就没有责任？"

"那你要我怎么做？说：我们明天去结婚？我还没有准备好，我还要存钱，还有买房子，我有我的计划，我不能现在就结婚。"

第一次听他说这么现实的话题，如果不是在这个时候，我会愿意听他说，会仔细和他商量，还会说，没有房子我们可以租房子，我不在乎。可是现在，我觉得这些话只是他推托的借口，他根本没有想过要和我结婚，甚至，他已经觉得和我在一起会是灾难性的后果，他已经在想办法摆脱了。

"你不用找借口。我知道，你不想和我在一起。"

"我怎么不想和你在一起？"等来了我希望的反驳，但是我并没有高兴。我不觉得他是真心话，因为总是我说东他就要说西，所以此刻他只是在习惯性地反驳我。

"看得出来，听得出来。为什么不承认？"

"那好吧，随你怎么想。"果然，他马上放弃了对自己不利的说法。我猜对了，但是对得多么悲惨。

我感到了绝望，一句莫名其妙的话脱口而出："韩瓯，你到底爱过我吗？"话一出口，我就怔住了。这样一问，不但很伤人，而且这样一问，我们两个人的事情已经成了过去时。其实，我只是想问："韩瓯，你爱我吗？你还爱我吗？"不，其实，我是想说："小瓯，我爱你，我非常爱你，如果没有你，我不知道怎么办！"

可是，不知道为什么，我不能这样说。我的心，因为不能这样说而痛得抽搐。

　　一时冲动也好，在劫难逃也罢，反正，当时的我，确确实实就是这样问的："你到底爱过我吗？"

到了这里，其实不用我往下写，傻瓜都看得出来，这两个人是不能在一起了。

写到这里，终于又回到了我擅长的领域，就差最后一击，让这两个人分手得别致一点，这个故事就可以冷血而漂亮地结束了。

第十章　死突兀

我的面前摆着新的一封信。

爱无痕：你好！

其实我也不指望谁能帮我，我只是想找一个地方把我心里的话说出来，不然我都要憋死了。不，应该说我就是死了，也没有人知道发生了什么。

我今年二十八岁了，但长到这么大，从来没有遇到我真正心动，而且觉得值得把自己终身托付给他的男人，他是第一个。他真的是很优秀，也曾经非常在乎我，我以为我找到了自己的归宿。但是后来他变了，我觉得他是有了其他女人，他坚决否认，但是凭女人的直觉我相信是这样的，然后……我不能详细写下那些挣扎的过程了。反正就是你大概都听腻了的情节。现在事情已经过去几个月了，但是我还是没有办法让自己好起来，我越来越发现，我真的是不能没有他。过去不相信，每个人都有命定的那一个，我相信他就是我命定的那一个，可是为什么我们相遇了，却不能在一起？如果不能在一起，我就应该能忘了他，为什么我现在总是觉得活不下去？对，就是这样：没有他，我不能活。我怎么办？

　　　　　　　　　　　　　　　一个笨女人

　　这有点像当年的我，笨女人。不但是笨，而且是傻，呆，蠢。什么叫"没有他，我不能活"？那你就去死吧，现在的世道，不适合你这样的人活，以后投胎之前先看清楚了再来。想到这里，我突然笑了起来，开始回信：

　　笨女人：

　　　　你是个自我折磨的高手。那些受伤的情节，你说不想回顾，其实你在心里回顾了几百遍了，对不对？你还是个自我否定的典范，明明是痛不欲生的经历，你却还担心别人听没听腻。

什么叫把自己托付给他？什么叫归宿？现在是二十一世纪了，拜托，不要对我说这些奶奶辈的字眼。现在的男女关系，就像一对交际舞的舞伴，表面上是男人带女人，其实男人松手女人必须自己站得好好的，那样他们才可以看上去很和谐地一起起舞。你真的想找到一个好男人，然后就挂在他的脖子上？这样的你，不要说命定的一个，就是命定的十个，也会被吓跑了。

好了，他优不优秀不重要，他有没有其他女人不重要，为什么分手也无所谓了，反正他肯定是不爱你了，你再想关于他的一切都毫无意义。

我明白你的绝望，说实话我也很绝望。就像你站在水里呼救，一边呼救一边往深水里走，我站在岸上眼睁睁救不了你，恨不得自己也跳下去那样。如果你真的不想活，那谁也救不了你；如果你还想活，必须做两件事：忘了他。活下去。这两件事的顺序你自己选择，当然也可以同时进行。

　　没什么"命定的那一个"，只有"你爱上的那一个"。没有他，你肯定可以活下去。

　　　　　　　　　　　　爱无痕

　　我心里也不痛快，所以写完立即发了出去，自己出门散了一会儿步。几天之后，这封信就在《可乐》上发表出来了，那个笨女人没有反应，我想她能怎么样，肯定是哭了几场之后平静下来了吧。

　　《天使》那边在催稿了，我开始写《白石清泉公寓》的最后一段：公寓失火，不能住了，冷战中的男人和女人同时搬了出去，到了楼下，各自上了各自的车子，然后韩瓯收到芭布的一条短信："我爱过你。"韩瓯回答："我也是。"芭布哭了，其实她想说的是："我爱你。"她和他在不同的方向同时回头望去，曾经绿树白墙、鲜花掩映的白石清泉公寓已经是一片废墟。

　　我叹了一口气。想起了《牡丹亭》里的一句唱词：原来姹紫嫣红开遍，似这般都付与断井颓垣。青春，爱情，梦想，还有整个人生，也许就是这样。

这时，我接到萨宾娜的电话："你看了那封信了吗？"
"什么信？""署名叫一个笨女人的。""我不是回答她了
吗？怎么还问？""不是，她又来了一封。你快看看。"

是吗？萨宾娜的语气有点急迫，我关掉小说的界面，
打开信箱，果然看见一封她刚转过来的，主题是：《还是笨
女人》。

爱无痕：

你说的都对，我都赞成。只是有一点，你不是我，
你不会了解：就算没有他，我也能活，但是没有了他，
我不想继续活了。对我这样的人来说，爱情就是一切，
所以有时候事情很简单。

我读你的专栏很久了，你够聪明，但是也够冷血，
这样活着，也会辛苦吧？

最终还是一个笨女人

我马上给萨宾娜打过去，"这个女人不对头！有她其他
联络方式吗？马上找到她！"

萨宾娜说："没有，只有这个信箱。真让人担心啊……"

"我们现在回信有用吗？你觉得她会不会真的去死？"我此刻宁可是我自己的判断失误。

"不知道，反正情绪很不对头。"

我们一起僵在电话两头，然后我说："报警吧？"萨宾娜说："连她叫什么都不知道，在哪里更不知道，叫警察怎么找人？"但是她还是决定给警察打电话，看看能否想点办法。

我还能做什么？但愿她还会等我回信！我立即给她回了一封信，着急得手指都僵硬了：

　　冷静一点！不要在冬天砍树，我是说——不要在心情坏的时候做任何决定！难道你就不为父母想想？死，每个人都有那一天，不要着急。而受伤、痛苦，只有活着才会感受到，所以是活着的特权。一季花开，永世凋零，做一次人不容易，你还这么年轻，珍惜生命，千万不要就此放弃！见信请马上和我联系。

　　我在上面留下了自己的电话，但是我的电话一直没有响起来，我开始怀疑这是个恶作剧，这个所谓的笨女人可能根本就没有失恋，此刻正躲在某个地方的电脑前，对我的惊慌失措大笑特笑呢。

　　正在这时，手机响了。我急忙接了，不是笨女人，是萨宾娜："你在看电视吗？快看三台的新闻！"我打开一看，是地铁的画面，是一条突发消息，因为有人卧轨自杀，导致地铁停运，只见显然受了惊吓的记者口齿不清地说："据目击者说，这名女子看上去相貌清秀，神志清楚，她是在地铁快进站的时候跳下站台的，从她留在站台上的提包中找到线索，现已证实：死者是本市一家知名百货公司的收银员，年仅二十八岁，是一名未婚女性。她在工作方面一切顺利，自杀原因可能和情感问题有关。"我发出一声惊呼："是她！"

　　萨宾娜说："我也担心就是。不过，也可能是巧合。现在怎么证实呢？难道去翻她的房间看看是否有我们的杂志，杂志又是否正好翻到你的专栏这一页？"

　　可是我觉得是，我知道，是她。她说了，不想继续活了。

天哪。我的眼前全是黑的。我到底干了什么？我对她都说了什么？是不是她站到了悬崖边上，我过去推了一把？不不，不能怪我，是她自己死意已决。不对，如果真是死意已决，她就不会写信来求助了。她最爱的人辜负了她，她无处哭泣，向陌生人伸出手，希望有人可以救她。结果偏偏遇上了我这样的人，我的手冰冷而拒绝。

我需要一杯黑咖啡，可是倒的时候手抖个不停，咖啡都洒到了地上，我蹲下来擦，又把整个咖啡壶都带倒了，咖啡流了一地。褐色液体蜿蜒地爬行，我突然闭上了眼睛。那个二十八岁的笨女人，她的血也是这样流得到处都是吧？她的脸呢？是保持生前的眉清目秀还是弄得血肉模糊面目全非了？我腿一软，站立不住，跌坐在地上。

怎么会这样啊？怎么会有这样的女人呢？那个抛弃她的男人知道她是这样死心眼的女人吗？不知道吧，如果知道，不会狠心到杀人的地步吧？他肯定和我一样，因为自己是心冷意冷的人，就以为别人和自己一样，怎么都能活下去，再伤心也是像感冒似的，治不治都一样，熬个三五天就没事了，就又是一个金刚不坏之身，可以神完气足重出江湖。没想到，人和人，是不一样的。有的人，爱真的是人生的全部价值，没有了爱，真的是不能活的。

我非常想哭，想骂人：都什么时候了，怎么还会有这种人呢？怎么还会有这种爱法呢？我在房间里团团转，很想遇到那个笨女人，当胸抓起她的衣服，拼命地摇晃。

过了一会儿，我又开始想把自己的头往墙上撞：我有什么资格教训别人？到底是她傻她笨，还是我们一个个都变得又冷血、又干枯、又麻木？说人家笨，其实我们这些聪明人又成就了什么伟大的事业呢？我们什么也没干，我们什么也干不成，我们只是活着。为了活着，我们把所有容易让人动摇、脆弱的东西都扔掉了，我们高城深池，我们如临大敌，我们把心修成水泥城堡，不漏风，不渗水，做到了这一步，也只是一个活着。这样的活，放弃了，也不可惜。

除非可以改变。能改变吗？那个答案，往往到了太晚的时候，才会知道。而对她来说，爱就是全部，不存在没有爱的生命，所以事情是简单的。

对不起，笨女人。我太自以为是了，所以没有真正同情你。对不起，我忘记了，自己曾经怎样受伤、怎样从血污泪水中爬起来。我不应该五十步笑百步，让你就这样孤单单地离开。我忘记了，不管时代怎么发展，人类承受痛苦的能力是不会同步进化的。对不起，我至少应该让你觉得，受到伤害不是你的错，在爱面前，其实笨的是所有的人。而你，只是太柔弱太认真的一个。

上帝啊，《白石清泉公寓》的结局必须改写！公寓烧了就烧了，不是可以重建吗？分手就分手，不是两个人都还活着吗？只要都还活着，有什么是不可能的呢？人生本来就没有什么道理可言，只有一个真相：生老病死都不能自己掌控，而爱和死一样突兀。既然那么多悲惨的事天天毫无道理莫名其妙地发生，我也要让一件好事毫无预兆地降临——

一年之后，我走在街上，突然想起明天是小瓯的生日了。不知道他现在住在哪里？不知道他会怎么过这个生日？有女朋友陪着他吗？会是什么样的女孩子呢？

到了面包房，不知道为什么，我买了一个蛋糕。店员问我要几岁的蜡烛？我说："二十八。"小瓯也二十八岁了呢，这样离当初遇见他的我，距离就近多了。如果现在，他应该容易明白当初的我了吧。

拿着蛋糕出来，发现街上的气氛突然变了，"玫瑰婚典！"远远的一列扎满玫瑰的彩车开了过来，鼓乐齐鸣，上面一对对新郎新娘紧紧地互相依偎着，他们的上空和周围，无数花瓣和彩纸屑飞舞着，两旁的路人头上身上也都沾上了。我想到小瓯曾经说："结婚挺好的，就是婚礼太恐怖！我们可不可以只结婚不要婚礼？"我当时故意回答他："我喜欢婚礼，而且就喜欢大街上的那种玫瑰婚典！"他两眼一闭做晕倒状，我笑得喘不过气来。那其实是他的求婚呢，虽然半开玩笑的，但那是这家伙的求婚啊，可惜我没有好好地回答他。那时候，我为什么像有病一样，就是觉得两个人不能在一起，不可以在一起，提前让两个人受了那么多折磨呢？

这时，我看着一对对新人，突然想：其实这样也挺好，真的。吵闹也好，俗气也罢，因为他们是那么郑重，所以不怕麻烦也要让所有人知道，因为他们是那么幸福，所以要在这样的大太阳底下大张旗鼓地宣布。在这样单纯的胆量面前，所有的谨慎和矜持不过是一种怯弱，一种可怜的畏首畏尾。

两三片玫瑰花瓣撒到我的脸上，我仰起头闭上眼睛的一瞬间，觉得我明白了一件事。小瓯曾经问我，到底爱是什么？现在我想告诉他：爱，就是一定要在一起。

凉凉而光滑的花瓣从我眼帘上滑落，睁开眼睛，我看见街对面站着一个人。整条街的人和车都像水银泻地一样一下子无影无踪，只剩那个人，剪影一样站在那里。

那是韩瓯。他也看见了我。我呆呆地看着他，看着他向我跑过来，他跑得很快，但是好像又很慢。

后来，他总说是我先主动才死灰复燃的，因为那天我手上拿着为他买的生日蛋糕。可是我说是他想念我想疯了，否则为什么出现在那个我们经常游荡的路口，而且连一向讨厌的玫瑰婚典都会呆呆地看上半天呢？

反正这些都不重要了，我们现在住回了重建后的白石清泉，原来的那个单元。至于我们为什么又峰回路转柳暗花明？这是银子经常追问的话题。"你们都结婚了，还保密呀？"

　　天知道，我们不是保密，而是真的说不清楚。一定是天意吧，否则谁能得到幸福，都是这样的呆男人、笨女人。

　　写完这句话，我从来干枯的眼眶里突然涌出了泪水。我也没有忍，就那样对着电脑哭了出来。

第十一章　天光大亮

生活里有些事发生，因为出乎意料，结果事主本人倒成了最后知道的人。

电影或者小说里常见的是，一个人被另一个爱上了，爱的那个人"爱你在心口难开"，身边所有人都知道了，就是那个被爱的不知道。常见的是，丈夫有了别的女人，一个或者几个，全城人都知道，只有妻子一个人还浑然不觉，继续着麻木的辛苦或者混沌的幸福。

感情事件和我没关系，发生在我生活里的，是另一件。

那天照常去附近的小书店，照常和书店的营业员交换一朵漫不经心的微笑，就站到放文化类新书的那张桌子前面。我看见一本署名"花见花开"的《我的自杀体验》，拿起来，作者是个年轻女子，自我介绍里是这样写的——

　　年龄：一个女人最好的年龄。身份：自由作家。现在居住地：漂泊。最大特点：思维完全不日常。

　　这个身份和这个口气让我起了好奇，我没有丢开，而是翻了起来。

　　在书里面，她絮絮叨叨地说自己如何辗转在一个又一个男人之间，莫名其妙地爱上，莫名其妙地离开，然后得了抑郁症，然后如何想自杀，每次想自杀都会事先通知或者暗示一个男人，然后由这个男人负责及时赶到救下美人，乘势又陷入下一段孽缘，为下一次自杀打下基础。按照她的说法，她实施自杀已经四五次了，割腕、开煤气、上吊、跳楼，都试过，但是就是没有死成。不但没有死成，还发现"上天给了我一般人永远不能企及的体验"，所以把这些写出来，和大家分享。

　　出版社真是害人啊。年轻轻的女孩子，让她这样白痴一样出来丢人现眼，以后怎么做人哪。但也许，除了这样博出位，这个女人没有出名的机会，她也在利用出版社。一个想出名想疯了，一个想赚钱想疯了，双方根本是黑吃黑。我无端想起电视里一则广告，西装革履的双方签完合同，起身庄重握手说："合作愉快！"多半是这样。

正在这时，我发现有人在看我。我用眼角余光扫了一下，不认识。是个年纪和我差不多的女人，她的目光在我脸上搜索了一会儿，然后靠近，低声说："不好意思，能给我签个名吗？"我听不懂她在说什么，她把手里的书合上递过来，封面上居然有我的名字，我定睛一看，书名赫然是《白石清泉公寓》。我脑子出现了短暂的空白，所以我在那本书的扉页上签上名字的时候，字写得像小学生一样。那个女人好像也很害羞，红着脸低声说："谢谢你。在《天使》上连载的时候我就看了，很喜欢。"我也低声说："是吗？"都忘记了也要谢谢人家。看见我们的奇怪举动，营业员向我走了过来，我怕他问我是怎么回事，赶快低着头走到另一个书架前，然后发现这是金融书，就逃跑似的离开了。

我给银色大道出版社打电话，口气像是兴师问罪，责任编辑是个二十多岁的女孩子，我一直叫她小姑娘，小姑娘告诉我："对啊对啊，书出来了！为了赶书市，提前了啊。新书第一时间先顾着市面上铺开了，给你的样书刚到，正要问你往哪里寄呢。发货情况不错啊，我们领导也很满意，说又不掉价又好卖，还说什么时候要请你吃饭呢。"

原来是这样。那本书真的是我的，是我的第一本长篇小说。

几年前，我辞了职，把套装套上套子挂了起来，把名片整盒扔进垃圾桶，就此从城市巨大的传送带上跳了下来，开始了夜作昼息、离群索居的生活。欲望退却，整个大上海对我来说，只是沙漠。生计不成问题。我给一些杂志当兼职的记者和编辑，还同时写两个路子的文字：在半月刊生活杂志《可乐》上用"爱无痕"的笔名主持一个情感信箱，回答年轻女性的感情困惑，用"深蓝"的笔名为一些时尚杂志写符合他们读者口味的故事。后来，我写了这个姐弟恋的长篇小说，叫了这个有点洁癖的名字，在畅销时尚杂志《天使》上连载。本来是一个两败俱伤、恩断义绝的结局，但是那个"笨女人"自杀，使我这个冷血的人大受刺激，硬生生地峰回路转，让有情人成了眷属。这个小说，连载时的反响好得出乎我自己的意料。

三个月前银色大道出版社来找我，说要给《白石清泉公寓》出单行本。版税是很起码的一个数字，我没有还价，当然，我是新手。但是他们说，对这本书很看好，起印数也有两万册，我就答应了。签了合同，我好像就觉得这件事了结了，就开始另一家的活——东西南北出版社要我写的关于植物典故和传说的小册子，几乎把出长篇小说的事情给忘了。没想到我的长篇真的出来了，这么快就出来了。

我很想仔细看看自己的新书，但是不好意思回到那家书店，走了另外两家书店，又都没有找到。我只好给出版社再打电话，他们说给我寄，寄？我不好意思说：为什么不叫快递？书算印刷品，那要等上好几天，而且寄到的时候可能皮开肉绽，弄成我不想拿在手里看的书。我想了想，借口要经过出版社，约了下午去拿我的十本样书。

到了出版社，我拿了书，简单地说了几句就出来了。回到我熟悉的咖啡馆，我坐下，拿起桌上插着的叠成三角形的纸巾，把看上去还干净的桌面又擦了一遍，然后从印着出版社名字和地址的大纸袋里拿出了我的书。

挺括的书脊，光滑的纸张，摸了摸，手感先就很舒服。封面设计还不错，深紫色的底，是模模糊糊的建筑和植物，渐渐变淡，到右上角淡成白色，在这块白色里用深灰蓝色印上了书名和我的笔名：深蓝。书的勒口上，有我小小的一帧照片，侧着脸，戴着大围巾，黑白的。实在不是美人儿，所以照片只好躲在这里，这样也好，不然只怕会影响销路。刚才那个读者能根据这张照片辨认出我，也真是不容易。当时出版社要我写作者简介，我拒绝了，没什么可说的，活到目前为止我的人生还没有眉目，整个生涯乏善可陈。现在这里的一行字是他们代我写的："深蓝，生于上世纪七十年代，现居上海，专事写作。"我想了想，好像句句属实，倒也无话可说。这样的生涯其实很说不清，但成为这样的孤魂野鬼之前的生涯——读书，毕业，小白领，辞职，热恋，失恋，和一个男人寡淡地同居，然后莫名其妙地和人家走散，好像什么都没留下。那么不说也罢。

此外什么都没有了。没有名人推荐，没有印着热昏叫卖的腰封，不复杂，不夸张，不脂粉，对得起我为这部小说而冒出来的几根白头发了。看了印数，真的是两万。我知道我不是名作家，离他们还很远，这个起点已经算是很好的了。

居然鸦雀无声地出了本小说。居然出得不错。居然有人找我签名。都是平生第一次，而且，我也没有特别做什么。

我觉得难以置信，反反复复地看书，总觉得整个事件完美得不像真的，直到看到几个错别字，才松了口气放下心来。现在我相信这是真的了。手里的书也并不完美，那么整件事情确实是上天允许临到我这个不完美的人头上的。

然后就是一连串的好消息：书销售得很好，用出版社的行话叫"走得很顺"——没有任何宣传，没有一篇书评，《白石清泉公寓》如水银泻地，在一个月内，仓库里就一本也不剩了。上了几家大书店的月度排行榜。几家报纸和电台做了介绍。这要归功于《天使》杂志，是他们每个月二十万以上的销量带来的巨大读者群。

加上《可乐》杂志的编辑、热心的萨宾娜不顾我的反对给我写的印象记《走过爱与寂寞》，把我写成了一个在都市沙漠中坚持纯正理想，充满悲天悯人的人文情怀的女知识分子，而且是个在寂寞中独自芬芳的单身女子，这大概也给我带来了几千本的销售量——许多读"爱无痕"情感信箱的人，知道了"爱无痕"也写小说，写小说的笔名叫作"深蓝"。萨宾娜甚至提到了那个失恋自杀的"笨女人"，她白纸黑字地说："深蓝用她一贯有效的痛下针砭，想拉住她绝望的脚步，但是有一种绝望不是文字的力量可以匹敌的，这一次，深蓝输了，'笨女人'永远地离开了，深蓝为此痛苦和自责了很久，并因此停止了在《可乐》的'有问必答爱无痕'专栏。都说作家是在别人的故事里流自己的眼泪，其实还有一种情况，那就是在故事以外流看不见的眼泪，不写，就是一位作家看不见的眼泪。我觉得我发现了这个女人的真相，不管她叫什么，'爱无痕'也好，'深蓝'也罢，始终都是这样一个女人：一个表面冷漠、远离人群，但感情激烈丰盈而且内心异常柔软的女人。"

当然明白这是好心为我吆喝，但看了觉得有点不舒服。这个萨宾娜！真不应该再提"笨女人"，那个可怜的女人，我们没有必要用她的死来做文章。至于我是什么样的女人，公众似乎也没必要知道。有人说公众不配知道太多，他们只配知道他们能理解的东西。我不这样看，谁比谁高一头呢，你以为你是谁啊。只是，我也不喜欢被人了解太清楚。不知道为什么，我不喜欢这样直接的表达，好像一个人在街上走得好好的，有人冲上来猛地撕开你的外套一般。我倾向于相信，真正的安全来自整个世界对你的不了解，一旦开始了解，安全将不可修复地受到威胁。

比如，我现在到小书店就没有原来自在了。我进去，老板正在数落那个我脸熟的营业员，营业员不服气，说："这样放有什么不好？我说了你终归不信，那你问问这个作家！"老板抬眼看过来，居然换了一个笑脸，说："你来啦！你的书卖得不要太好哦！什么时候要签售，到我们这里来！"口气像对一个认识多年的熟人。连他也认识我了。

这么多年，我好像是一个人在走夜路，四周没有灯光，我索性也穿了黑衣，和周围暗在了一起。现在，我仍然是一身黑衣，仍然是埋头走路，但是不知道什么时候，发现有人在看我，这才惊觉，不知道什么时候，天竟然亮了。长期的黑衣变得突兀，长期的沉默、姿态都被光线照耀，我像个突然还魂的小鬼，惊讶多过新鲜，不知道该惶恐还是喜悦。一时间，手足无措。

是了，天亮了。我的生涯，突然就这样天光大亮。

首印的书卖完了，加印五万册。出版社平时最怕积压，都是几千几千加印的，卖了再印，决不莽撞。这回豁出去了，因为眼看白花花的银子放在前面，因为怕这时候半路杀出程咬金——有人盗版，所以要一口气铺天盖地，让盗版没有余地。

但是，居然真的要签售。从来没想到这种事会和我有关。我没想到为了卖掉文字，要这样抛头露面，我对自己的文字有信心，对外貌没有，要我用自己的脸推销自己的书，纯属扬短避长，这样的事我不喜欢。我对编辑室主任这样说了，他说："哎呀，这还是畅销的作家才有的待遇呢！这也是我们的共同利益啊。"

是实话，但是好刺耳，现在的人都这样了吗？为了实现一个小小的现实目标，根本不顾什么别人的感受，也不顾分寸、风度、风范了？他凭什么就认定我就是他的同类呢？我沉默，然后是总编辑打来电话，到底是总编辑，会说话多了。他完全不提出版社的利益，只是告诉我这件事对我如何有必要，读者会如何欢欣鼓舞，而且鉴于我目前的上升势头，我必须快速抛弃不合时宜的闺秀习气或者注定在亭子间里饿死的艺术家脾气，马上习惯接受出版社的调教，才能和读者欢度蜜月，保证或者至少争取他们对我的欢爱不衰。他说得循循善诱，像个长辈。但是这位长辈不是我喜欢的长辈。

他们在报上登了预告："二十七日（本周六）当红作家深蓝将在凤鸣书店举行签售，还有十名幸运读者可以和深蓝一起喝下午茶。"我打了电话过去："谁登的广告谁去。反正我不去。"

最后是责编小姑娘让我改了主意。伊是个刚工作没多久的女孩子，长了一张雪白粉嫩的脸，第一次见面就开始叫我姐姐，这时候她这一声姐姐更叫得绵绵长长、哀怨婉转："姐姐啊，我的好姐姐！强人所难，是他们不对。可是姐姐啊，你听我说好吗？你是自由职业，又这么成功，当然有资格不食人间烟火，哪里知道我们捧一个饭碗有多难？我们每年到年底要算总账，要完成指标才能领奖金，不然就一点钱都不给，每个月才给一千多块钱，只够吃饭，连交通费都不够，没奖金我这一年就算白干了。今年我就指望姐姐这本书过年呢。你就可怜可怜我吧！"

我怕她说出更凄楚的话，赶快答应了。她也不浪费一枪一弹，马上恢复正常："谢谢姐姐，就知道姐姐会疼我们，姐姐心软。"我笑了。她免费赠送的这顶帽子对我根本不合适。我这个人不心软，我只是心懒。一旦看清了一件事必须做或者躲不过去不得不做，我不愿浪费一丝一毫精力多说废话多绕弯子，更不要说摆什么欲擒故纵、半推半就、含冤受屈、舍己为人的身段。这么多年远离人群，做作和虚伪已经变得很难忍受，而且事实上，所有的做作和虚伪往往也多余。

喜欢书的职业书虫也各式各样，有的只看书，不看店，有的既看书又看店，有的先看店，后看书，最后一种可能最挑剔。我对书店很挑剔，比餐厅还挑剔。此刻我就用第三类书虫才会有的挑剔在打量这家闻名已久的凤鸣书店。这家书店其实蛮不错，外表用原木和石块装修得半新不旧，好像经历了一些风霜。里面中等规模——我不喜欢大得像广场一样的书店；四四方方的一大间——我不喜欢像迷宫一样进去了找不到出口的书店；这里书架排列很规整，有点像学校的图书馆。一角有一圈沙发，茶几上放了盆栽——居然是开着的兰花。我很想坐到那里去，但是出版社的人把我带到了靠近门口的一张桌子前，在那张桌子前面，已经有几十人在排队了，每人手里拿着一本或几本《白石清泉公寓》。我本来料定不会有人来，肯定是一个草草收场的"惨典"，等到看见这个阵势，倒有几分意外，心里惊奇又不解，但也只能故作镇定走过去，勉强对众人点一点头，坐下来开始埋头签名。

深蓝。

谢谢。

深蓝。

谢谢。

深蓝。

深蓝。深蓝。

深蓝。深蓝。深蓝。

谢谢。谢谢。谢谢。谢谢。

请问，您当初起这个笔名，是什么意思？——我抬头，问话的是个少年，不知何故他满头大汗。

我微笑说："是我最喜欢的颜色。"

他打量了我一下。正巧好像为了证实我的说法，我今天穿了深蓝的高领套头衫，更深的深蓝牛仔裤。

"这颜色太深了。"他说。

"哦。我以后改穿浅一点。"

"笔名就别改了。"他说。

"好的。"我好脾气地回答。

"谢谢你。"他满意而去。

深蓝。

深蓝。

深蓝。

深蓝。

奇怪，签了半天，怎么队伍一直见头不见尾呢？责编小姑娘给我递过来茶水，我趁着低头喝水，悄悄问："怎么这么多人？"她贴着我耳朵更低声地回答："现在这些才是真的。刚才那些都是来帮忙的自己人。"我闭上眼睛，在心里叹了口气：天哪，我到底在卖什么呢？这般机关算尽，诡计多端。真是恶心，可是，事到如今，我不可能站起来就走，我不怕得罪出版社，但怕得罪眼前这些真的要买书的人，他们是我的衣食父母，哪怕是被蒙骗来的。这就叫上了贼船吧，如今已经船到江心了。这种事，就像良家女堕落烟花巷，当然是不得已，但是你可以以死明志啊，谁叫你下不了那个狠心。那个狠心不是容易下的，蝼蚁尚且贪生，人都想活啊。一个写书的，如果当众得罪读者，那真是不想活了。

我这样胡思乱想着，手里重复着签名，嘴里重复着谢谢，突然听见一声唤："兰儿。"

我不知道是什么意思，本能一抬头，看见一张脸。那张脸，我一看就知道是谁，但是马上拒绝承认他是。不，这不是木耳，这不是那个从小到大唯一让我那么不能自拔的人，不是那个几乎害死我但是依然最年轻最迷人的男人。这只是一个让我想起他的中年人。"我的木耳"的脸轮廓清晰、肤色明净、眉眼如画，眼前的这张脸不但比他大了一圈，而且浮肿，上面还奇怪地多了许多沟壑和横线条，脸色有的地方黄有的地方灰，眼睛下方竟然是两坨浓浓的墨色。

酒色过度，这是我对眼前这张脸的第一反应。这时我清楚地反应过来，刚才他叫的是"兰儿"，那是曾经的他对曾经的我唯一的称呼。

"你好。"我说。奇怪，我怎么如此平静。

"没想到会这样见面吧？"他说。我没有看他，不知道是什么表情。

"是。"我说的是真话，但不是全部真话。全部的真话是：我没想到还会躲不过去，和这个人当面相逢。像这种曾经手扣我的命门而且下过杀手的人，我只能有一个决定：永远有多远，我就离他有多远。我不能将他彻底从记忆里删除，至少今生今世都不想再见到了。这不需要什么智慧，这是动物的求生本能在起作用。我们可以不见面的，我没想到他还会在我面前出现。他想干什么？来看看我被抛弃之后是否活成了一个标准弃妇？他还淡淡地抒情，是相信我这个弃妇当了众人不会扑上去对他又哭又打，还是相信自己在我面前永远有刀枪不入百毒不侵的力量？他凭什么这样突然站在我面前？胃部一阵抽搐，但众目睽睽之下，我只能把脸上所有表情抹得干干净净，变成一张人形木偶的呆脸对着他，什么都不泄露。

这个曾经是木耳的男人把手里的书递过来，我动作并不迟缓，照样飞快地签了，照例说了两个字："谢谢。"

他说："看到你这样，我也就放心了。"他似乎等了一秒钟，看我没有任何表示，就走了。我连眼睛都没有抬，我不懂他在说什么，那张败坏胃口的脸，只看一眼都已经嫌多。

　　后面的书涌上来了，我继续签：深蓝，深蓝，深蓝……深蓝！深蓝！深蓝！好不容易有个间歇，责编小姑娘给我把笔从我僵硬的手上抽下来，替我按摩手，一边兴奋地说："姐姐辛苦了！今天太火爆了！看看你的号召力！"她按摩了一会儿，放下我的手，就去端来一杯烫烫的咖啡："你趁热喝，没加糖，只加了奶，牛奶我也用微波炉热过了。"她一句话都没有提刚才的那个可疑男子，以她的聪明，大概猜也猜个八九不离十，当然不会问一个字。这些年轻轻就行走江湖的孩子们，人情世故方面是被催熟的，他们看各种电影电视、听各种八卦流言长大，再曲折再复杂再离谱的情节都司空见惯，他们被训练成这样的一种人：实际生活里也许完全没有历练，但是已经洞悉一切，世界，人生，对他们来说，没有什么不好理解，只有愿不愿意理解。

　　我捧着微烫的咖啡，很想把杯子抵在额头上，但是忍住了。他还活着。奇怪，我怎么会这样想，他当然还活着。他居然还叫我兰儿，这当然也没什么，虽然已经万般不合适，但是大概连他都不知道该叫什么，总不能叫我深蓝或者深蓝老师。但是，他怎么这么厚颜呢？这样若无其事地出现在我面前。他居然还说什么放心不放心的屁话。当年，如果等他来关心，我早就尸骨无存了。可是我希望他怎样？难道要他双膝跪地痛哭流涕向我忏悔吗？那更是可笑，我不喜欢所有喜剧小品，因为太夸张。奇怪，他怎么是这么一张脸？完全不好看，让人联想到夜生活、烟酒、滥交无度，丝毫没有我喜欢的灵性、节制的美感。天哪，我当初喜欢他什么了？喜欢得超过了喜欢自己。是我自己有问题！也许，这个男子谈不上特别坏，是命运注定了我和他那样不堪的相遇。他是蒙了神谕到我身边，他身负的使命就是：让我看清自己的无知、依赖、软弱、执迷不悟，把我从贤妻良母、受人庇护、从一而终的传统美梦中一掌掴醒，开始属于我的人生。这个使命表面上是黑暗的乌云，但是乌云背后还是有金边的。找到一个男人，然后把自己献给他从此相伴一生再无他求，抱着那么固执到打死结的痴念执念，不先把这种女人打入痛苦的深渊，让她四脚着地从里面爬出来，她怎么肯舍弃？又怎么能舍弃？那么说，我应该感谢他，是啊，应该感谢他的，他来到我生命中，承担了这么重要的一个使命，而且完成了。

不过，我刚才已经说了："谢谢。"天下人负我，我也不负天下人，我连礼节都不曾亏了他。做人如此，可圈可点！我微笑起来。

忙了一下午，收摊时他们飞快地统计完了，大声说："八百本！"总编辑居然不顾身份和几个手下击掌欢呼，然后和我握手。

"这么说，我算是卖掉了？"我说。

他们完全没听出我语气里的酸辣，齐声回答："是的，你卖掉了！我们再接再厉，接下来你还会卖得更多，一点都不剩！"

这么坦率，这些推销狂人，也有可爱的地方，我终于真正地笑了起来，说："也别太狠了，让我剩一点什么吧？"

第十二章　旅行给别人看

　　一个人只要在某个地方完全彻底地放松，就会爱上那个地方。就像如果你可以在一个人面前安心地哭哭笑笑，你往往会爱上那个人一样。我从来没有想到，像我这样的人会对一个异乡陷入这样的感情。

　　不是没有想到会有这种感情，而是没想到这种感情会降临到我身上。我连人都不爱，怎么会爱上一个对我的感情没有回应的小岛呢？不过，也许就是因为不爱人，所以生命中尚未枯竭的感情另外找了个出口喷发吧。有点凄凉，但是挺好的。还能爱总是好的，正常也好，不正常也罢，我不在乎。

　　那是太平洋边的一个小岛，小得惹人爱怜，我不忍心说出它的名字，也不愿意任何人因为看了我的小说跑去打扰它的亘古不变的野味的宁静。我就不说出它的名字，只叫它"小岛"吧。

人只要活在世上，就不能确定自己会遇到多少没想到的事情。从小到大，我旅行的次数也不少了，但这次旅行是我觉得最不可思议的一次。这次旅行是出版社赞助的。

银色大道出版社的一个编辑室主任，姓漆，我听说过这个人，做了几本很畅销的书，也做过一些冷之又冷的老学者的丛书。这次他有了一个舶来的新奇点子：据说他看到国外出的一种介绍作家的图文书，找一个作家，拍他或她的一次旅行，记录下旅行全过程，加上这个作家和一个朋友的私房谈话，日常生活的一些细节，回答读者问题，最后附上一个新作。他想在国内也如法炮制，他选择的标准是：中青年，当红，女性优先。

我第一次听见这个设想，觉得非常新鲜，比明星纯秀脸蛋身材的写真集强百倍，虽然要暴露一部分日常生活，但和隐私无关，所以足够吸引人但保持了格调，绝对算卖艺不卖身，而且还有小说最新作，这样对一个作家从生活到灵魂会有一个比较全面、深度适可而止的展示。很好的创意，完全可以"拿来",应该找一个人气够旺、长得也对得起观众的女作家来试试。

我满脑子的与己无关,听到电话里说这位仁兄第一个就选中了我,我不小地吃一惊:"怎么会是我?"

我当红吗?没有啊。而且,既然要用很大篇幅抛头露面,当然要长得好的,我这个样子的,不说对不起观众,岂不是连用来拍我的专业相机都对不起?不行不行,我的优点不多了,有自知之明算一个,我不能利令智昏,一把年纪了出自己洋相。

我当然拒绝,可是出版社当然不会轻易放弃。后来无意中听说漆玄青曾经在德国留学过。这句话对我起了作用,我对德国学院派的严谨方正一向有敬意。也许,认识一下没有坏处?就这样,我第一次见到了漆玄青。那个叫我"姐姐"的责编小姑娘代他约我在一个茶楼见面。巧了,我最近有几次喝了咖啡胃会有点不舒服,正想改喝茶呢。嗯,不错,就算这个人不值得认识,白喝一顿茶也没什么坏处。

这家茶楼的名字与众不同,唤作脂艳斋,我一看这个名号先笑了起来,把"脂砚斋"改了一个字,倒也有趣。进去一看，装修得很古色古香，又不是文人气，而是十足富贵、不避香艳、没有城府的那种。如果用红楼梦里的几个住处来比，这里不会是黛玉的潇湘馆，也不会是探春的秋爽斋，只能是宝二爷的怡红院。这样想着坐定，一抬头，看见柱子上竹片对联是："宝鼎茶闲烟尚绿　幽窗棋罢指犹凉"，偏偏是宝玉给最清幽的潇湘馆题的对联，忍不住笑了起来。不是嘲笑，而是开心。这里的主人处处想着《红楼梦》，不会不知道，这样守着怡红院的排场，偏偏挂的是潇湘馆的对联，真是精致的淘气。也是呢，反正林妹妹和宝哥哥不是外人，他们两个连手帕杯子都是互相混用的，借用一副对联打什么紧。这么想着，自己咧开大嘴噼里啪啦笑全了。

漆玄青就是这时匆匆走进脂艳斋，看见我的。那天我依然没有化妆，素着一张脸，家常衣服也毫无亮色。那个样子在那里独自傻笑，实在没有可能让一个男人有好印象，可是他后来说："那个笑很忘我。"那是他第一次看见我。

漆玄青和我想象的瘦弱书生不一样，他长得很帅。眼睛深，而且亮。线条利落的一张脸。不知道是不是留学德国留下的做派，他坐下也只坐了椅子的前一半，腰腾空挺直着，始终没有靠过椅背。这个人气场很强，但是力量收敛得很好。我觉得好像有点面熟，像哪个电影明星？又一时想不出来。我正在这样开小差，他开口了，他没有问我同不同意，而是说让我听听他的整个计划。他先让我看了一本日本做的画册，他说："看看他们做的，这是一个很有名的女作家。"

16开，整本全彩精印，有点像时尚杂志。封面的大照片，是树荫和花枝的背景下，一个女作家仰望的侧面，不很年轻了，也看不出确切的年龄，瘦削而秀气的轮廓，脸色白皙，细碎散乱的栗色卷发，绿色的细带子背心，和背景很调和，她似乎在望着远处的另一枝花，表情是轻松和松弛的，但没有笑容。翻开里面一看，封二就是一个照相机的广告。然后是这位女作家去美国一个什么地方的旅行记录，漆玄青说："她的题目是《去大海的对面，那只在脑海中存在的地方》。"她在那里访问另一位作家，两个人长谈，她独自到处闲逛，每一天都写日记，记录了她的每一小时，还都配上了照片。

有几帧照片非常吸引我。一帧是这位女作家坐在海边的木椅子上看海，阳光灿烂，她笑得也很灿烂，浅蓝色的背心和背后的海一个颜色（她的服装总是和背景十分协调），好像她就是海的一部分。另一帧是她在花园的白色栏栅前，坐在一把完全没有油漆过的、老旧的木头椅子上，伏在宽宽的扶手上写着什么，她穿着那件绿色的背心，裤子和木头椅子一样的沙土色，看上去她像是花园里的一棵植物。还有一帧，是她在咖啡馆门口，红色的门前，有个黑色的圆筒状的垃圾桶，她就用手肘支着上面，随随便便地靠在垃圾桶上，她戴了墨镜，但仍然能感到她看向旁边的目光是冷冷的。

　　第二部分，是她的日常生活。先看看她的书橱里有哪些书，然后是她喝的咖啡，她是个嗜咖啡的人，日常生活就是"咖啡，工作，然后再是咖啡"，配着文字的静物摄影介绍她喝的几种咖啡，这个女子是这样给咖啡分类的：一个人喝的Mocha（摩卡），和恋人一起喝的特别的Kilimanjaro（乞力马扎罗），在娘家和母亲一起看深夜电影时想喝的Espresso（意式浓缩咖啡）。

　　我开始觉得这个女子有意思，不是因为嗜咖啡，而是一种性情。再看她的日常生活场景，美艳的咖啡杯配着质感强烈的曲奇饼（一看就是手制的，而且刚出炉），鲜花、镜框、不经意闯进镜头的米色布艺沙发的一角。看上去是活得非常认真非常浓烈的女人。还有她最喜欢的电影、绘画、唱片，连天天在她桌子上的东西都没有放过：带把手的大咖啡杯，玻璃小人，盒装零食，香烟……外出必带的东西：香烟（装进小布包里），戴的戒指（方头方脑，总体有点粗糙，银色的，好像镶了一块月亮石）、棕色皮腕带（是在腕上绕几圈的长度），记事本（这个是常见的，黑色皮面，薄薄的），手表（名牌的，好像除了这个手表，她没有用其他名牌，是个对名牌有抵抗力的女人），钱包（旧的，似乎是蛇皮的）。看得出来她在家时比较柔和而精致，出门时的装扮是比较中性甚至偏向酷辣的。这个女人的口味和我不一样，但是我喜欢她，或者说，如果给我机会，我们是可以做朋友的那种。后面，还有她和闺中密友的对谈。最后，是她的一个刚刚写好、首次刊出的小说新作，题目我看不懂，看插图好像很有趣。

我说："明白了，就是让一个作家旅行给别人看，捎带上可以暴露的日常生活和一部新作品。这样的一本书，确实有一种把整个人一网打尽的感觉，如果对这个作家有兴趣，绝对会忍不住买来一本，一口气看完。"

漆玄青说："这就是我们的目标。"我想，我不具备这样的号召力，更没有这位日本女作家那样好的镜头感觉。我觉得我应该对他说：你的目标和我没关系。但是我没有来得及说出来，就听见他慢慢地说，这次要去的是太平洋上的一个小岛（他说了名字，而我当时没有记住，现在又不愿意说出来了）。他说因为投资太大，加上很难找到合适的人选，以前国内没有出版社做过这样的书，对银色大道这样的小出版社来说更加是闻所未闻、异想天开的事情。但是他决定要做，所以动用了私交，已经找到了航空公司和旅行社赞助机票和住宿，其余花费由他独立承包的编辑室支出。

他用一种保证的语气说："我全部安排好了，飞机是头等舱，到了那里住五星级的酒店，整个旅行会很舒服，我会跟去，负责所有细节，保证你的安全和舒适。"他一口气说完这些，破釜沉舟地抬起头，直视我的眼睛。午后的阳光照在他脸上，他的脸上有一种心无旁骛专心事业的人特有的诚挚和洁净。

我忘记了原先拒绝的理由，脱口说："你这样能赚钱吗？"他说："不知道。反正做其他书也不知道，不如做一本我真正想做的，能赚钱当然好，不能赚钱我也做了一件喜欢做的事情，你觉得不好吗？"

我想起过去一直对自己说的：写作是我喜欢的，选了写作，能养活自己一辈子当然好，如果不能，至少我为我喜欢的事情努力过了。而如果干别的，我首先就因为违背了自己的心愿而痛苦，如果还是不能出人头地，又加上没有回报的痛苦，那就是痛苦上加痛苦了。眼前这个男人好像和我有相同的想法。正在这时，他轻轻地问："我觉得你是最合适的人选，我不愿意换别人，你能帮我吗？"我突然觉得，眼前这个人不是别人，而是另一个我自己，男性版的、做了出版这一行的我。人是无法拒绝自己的。

我们两个起身的时候，他对我说："你不会后悔的。"

就这样，一个月后我来到了小岛。在这一个月里，我和漆玄青又见了两次面，商量旅行的具体细节，和摄影师做事先沟通。我们两个人秘密决定未来的这本图文书叫作《深蓝册子》。"这趟旅行就叫'深蓝之旅'。"他说。我突然淘气一下："有点像地下党，要不要定下接头暗号？"他愣了一下，然后笑了起来，我也笑了。这是我们第一次相对而笑，这一笑，把我们互相不认识的三十年像蜘蛛网一样轻轻抹去，我们好像是从小一起长大的人那样，彼此知根知底、深信不疑。

我们一行一共有四个人，除了我全是男性，一个是摄影师，大胡子，红脸膛，一个是摄影助理兼化妆师，扎着小辫子、一个耳朵上戴了耳环的秀气男孩子，一个就是漆玄青。因为事先他对我说过，海岛气温比我们这儿高，眼下还是夏天，所以我带了一箱的夏装，包括两条连衣裙。漆玄青一见面就把我的箱子接了过去。因为昨晚没睡好，我一上飞机就睡了，不知睡了多久，醒来的时候，听见身边的人说："要不要喝水？"我还没弄清楚是谁在和我说话，就看见面前的小几放下来了，上面有一杯清水。我刚想说："我要喝咖啡，最好是黑的。"他就解释似的说："飞机上最好不要喝含咖啡因的饮料。"我喝着清水，他替我按铃叫来了乘务员，说："这位小姐醒了，现在可以问她想吃什么了。"我选好了晚餐，乘务员答应着离开了，我突然觉得自己好饿。

　　我埋头吃了一份面条和一份蛋包饭，漆玄青在旁边说："真好胃口！"我笑："要付钱的我也吃很多，何况这个不花钱。"他也笑了："你肯定也是那种类型，只负责吃，一点不负责胖。"我说："好像是，我的衣服都可以一穿十年。"这时我想起，我在哪里看到的，据说心底有欲望的人都特别饥饿。会不会欲望永远得不到满足的人，就永远不会胖？心宽体胖，要心宽才能体胖呢，心里总是有不能满足的欲望在煎熬，只能经常饿，最多做到不饿，但没有办法胖。

　　这句话大概是我自己的原创了：完美的旅行需要有个长相出众的旅伴。漆玄青就是这样一个可以凭着长相让旅行完美起来的人。整个飞行那么多小时，我从各个角度、各种距离看他，都找不出他相貌上的任何缺点。过去的说书里夸男主角，总是天庭饱满，地阁方圆，剑眉朗目，鼻直口方，其实，那透着一种属于北方的大而钝、厚而憨的感觉。漆玄青不是这样，他有属于南方的那一种灵动和立体。他浓密的头发使额头不那么宽阔，他的五官很紧凑，略带紧张感，他的唇线端正中有优美的起伏，好像泄露出他内心的另一部分。他的脸肤色匀净，没有眼袋和黑眼圈，没有零乱的横线条，一看就知道是远离夜生活，而且，私生活很节制。但是，他绝不阴柔，他身上有一种出身好人家，后天也行得端坐得正，两者兼备培育出来的“正”的感觉，这种“正”是属于男人的——他的嘴角和眉眼好像随时准备正视你，无声道：大丈夫行不更名、坐不改姓。他的宽肩和笔直的腰板好像在说：君子言必信，行必果。

慢着，如果我这是在给银色大道写小说，如果我写男主人公，全是这样现成的陈词滥调，这本书肯定烂在仓库里，眼前这个被我赞美的男人就会欲哭无泪、恨我入骨。我这样想着，忍不住偷偷笑了起来。作家怎么啦？我们不过是被一条叫“创新”的狗追逐得终日不宁的可怜人群，不是写作的时候，也很喜欢偷懒用现成的陈词滥调的。唉，如果不用这种套话，用我自己私底下的话，我只能更无文采地说：这人看上去真舒服，而且，你无法不信任他。不是他要对你如何表现如何讨好，而是他对自己有要求，而且要求很高。

这个男人，若他是演员，我不会吃惊，可是他居然干的是和相貌无关的工作，而且很出色。真的，除了在电影里和戏台上，从来没有在生活中见过这样仪表堂堂的男人呢。他的穿着打扮不功不过，平常到可以忽略不计，但整个人或静或动，就是很耐看。我半眯着眼睛偷看他，心里漂浮着零乱的念头：发现了一个缺点，牙齿有点黄，这个年纪的人大多吃过四环素。……不过，不完美才真实，证明他没有在自己脸上做过任何手脚，所有的优点都是真的。……太可笑了，他又不是演艺界的，怎么会在脸上做手脚？他就是天生长成这样的。……他父母是什么样的人呢？怎么会生出这样的儿子？……他的妻子是什么样的人，配得上他吗？……怎么老天爷会对一个人，而且是一个男人这样偏爱呢？……可是，他的眉梢眼底还是有一层什么，不是忧伤，比忧伤更冷，接近阴郁，为什么呢？……胡思乱想着，我又困了，就蒙眬睡去。看他，睡觉，成了我这次飞行两大消遣，以至于都没有拿起任何一本航班杂志来消磨时光。

从飞机上看，小岛像一块浓绿的翡翠，静静卧在蓝宝石般的海中，色彩的强烈令人惊异。高度降下去一些，不是翡翠了，像一朵绿丝绒做的胸花，绒绒团团，明艳欲滴，可以佩在绝色佳人身上，衬着她的深黑卷发和大红舞裙。脑子里奇怪地出现《罗密欧和朱丽叶》里罗密欧第一次看见朱丽叶的台词："眼睛啊，你背誓吧，因为在这之前你从来没有看见过真正的美！"回头看漆玄青，他也注视着舷窗外的风景，脸上毫无表情，眼底有惊讶，像深海里的火苗静静摇曳。

酒店很美，是我见过最美的五星级酒店。长廊，房间，酒吧，游泳池，壁雕，木刻，地毯，喷水池，植物，插花，墙上映着的天光和波影，任何一个窗口都能看到的一望无际的蓝丝缎一样的海，穿着民族服装、笑容如花、谦恭有礼的服务生，空气中不知道哪里来的香气，舒服到每个细节，豪华在骨子里。

我把衣服和裙子都挂好，把自己摔到硕大无朋的床上，然后打电话给漆玄青："我们接下来干什么？"他说："我正想问你呢。""怎么问我？"当然是谁掏银子谁说了算。他说："看来我有必要再次向你说明一下，从现在开始，一切由你决定，你想干什么就干什么，我们听命于你。"

我笑："听上去我像女王。这么说，我可以为所欲为了？"他也笑："是的，但是女王陛下，您必须允许我们跟着您。"咦？环境的魔力真大，到了这里才几分钟，连他都变得这么轻松开朗。

"明白了。那我现在想出去逛逛，和当地的人聊聊，好决定接下来几天做什么。""好的。我通知他们，五分钟后大堂见。"

他们都已经换了衣服，漆玄青穿了斑马纹T恤衫和白色牛仔裤，显得又轻松，又年轻。大胡子一看见我，说："哇！这么漂亮的小姐，需要保护！"漆玄青看着我，眼底那簇深海火苗一闪。我笑着说："谢谢。"在这里，我相信任何一句赞美。奇怪，一到这里，我们好像打破了身上一层壳，大城市里的矜持和不动声色不见了，整个人生动起来了。

我们出发，我先到一个水果摊上问卖榴梿的老婆婆，哪里的饭店最好吃？漆玄青在我背后说："问她不如问酒店的服务生。"我自顾自问完了，才一提裙摆像女王一样仪态万方地转过身来，用一种拿腔拿调的口吻对他说："我勇敢的骑士，记住了，永远不要问五星级宾馆的人哪里的餐厅好吃。因为他们被职业荣誉感蒙住双眼，一定会告诉你最好的餐厅就在他们宾馆里。而这，是不可能的。"漆玄青也毫不含糊地配戏，谦恭地回答："陛下教诲，臣谨记在心。"大胡子说："还不够，应该后退一步，手掌捂住胸口，鞠躬回答——是，女王陛下。"漆玄青做出要昏倒的样子，我大笑起来，一边笑一边买了一个菠萝和一袋槟榔，然后谢过老婆婆，笑着站起身。刚转过身来，这边大胡子摄影师已经拉开架势，对着我一连串的咔嚓咔嚓，留下许多电光石火的瞬间了。后来我看见，照片里的我，穿了一件女学生一样的素色连衣裙，戴着一顶宽檐黄草帽，手里却提着菠萝和一袋槟榔，站在一个五彩缤纷的水果摊前，笑得眼睛眯成了一条缝，那个样子，居然是心无城府的开心，从未想过我可以看上去那样干净，那样甜。

根据榴梿婆婆的指引，我们来到了一家卖沙嗲肉串的小铺子。铺子是一个老婆婆和她的一儿一女开的，这位沙嗲婆婆胖胖的，满面笑容，花白的盘发上插了一朵大红的扶桑花，她的儿子浑身肌肉虬结，黝黑而沉默，像海边的礁石一样。她的女儿才十六七岁，热带花朵一样美艳，眼睛像黑色的钻石晶光四射，飘飘长发间也是一朵花，黄白两色的鸡蛋花。如果不是她那么风一样进进出出，手脚敏捷地干着活，你会以为撞见了一个溜出天庭来玩的仙女。

这里的沙嗲在小岛上很有名，我们守着烤肉串的铁丝架，一边等肉串，一边和他们闲聊。老婆婆说，这个沙嗲的秘诀是他们自己做的调味酱，只要蘸了这种酱，任何人都会吃了又吃，哪怕有人来拐走老婆，哪怕发生世界大战，也不愿意放下手中的肉串。还有，吃这种沙嗲一定要配一种酒，是用岛上的一种野果酿的，是隔壁的老头子酿的，是全世界最好喝的酒，而且最配我们家的沙嗲肉串。怎么个配法？那不是语言可以形容的！你们自己试试看就知道了！像爱情一样美妙，像爱情一样无法说清楚！做这样的沙嗲的人家，和酿这样的酒的人家，居然本来就是邻居，真是神的旨意神的恩典！

老婆婆说得脸放红光，泪眼婆娑，这时候她的女儿说："既然这样，你为什么几十年一直拒绝他呢？"正在这时，"咚"的一声，老婆婆的儿子把盛满肉串的一个小竹箩放在我们面前的桌子上，顺便白了妹妹一眼，美女伸了伸舌头，笑了起来。我们也笑了起来，然后吃沙嗲，一吃就傻了，怎么这么香？太香了！我们真的吃了又吃，然后觉得口渴，就开始喝那种野果子酿的酒，喝了又喝，酒是透明的微黄，闻上去有一种奇异的香，淡淡的，却不被沙嗲的浓烈掩住，喝起来酸，微微有点苦，但是渐渐变成圆润的甘甜，然后慢慢地让人全身的气血通畅，说不出的舒坦。胃里刚吃下去的沙嗲好像马上就消化了，还想再吃。吃了沙嗲就想喝酒，喝了酒就更想吃沙嗲，这种酒和沙嗲真是绝配！

隔壁的老爷爷给我们送酒过来，后来也坐下聊天，他说，当他和老婆婆还年轻的时候，这里还是个荒岛，到处都是林间小路，没有路标，他们自己都经常迷路，老婆婆那时还是个小姑娘，有时候迷了路就坐在树下哭，他曾经救过她两次。后来他对她说：其实无所谓迷路不迷路，只要认定自己要去的方向，哪条路都可以，没有路的地方如果走得过去就走，走不过去就用弯刀砍出一条路来。

哇！简直是人生哲学嘛！说得太精彩了！我们齐齐举杯，和老爷爷干杯。大胡子问："那么，你那个时候喜欢她吗？"老爷爷睁大眼睛："你说什么？那个时候？不是那个时候，我一直喜欢她，喜欢到现在！""那你们为什么没有在一起？""这是因为她，她呀，那个时候就拒绝，拒绝到现在！"小美女在一旁又笑了起来，笑得弯下了腰，头上的鸡蛋花掉了下来也顾不得捡。老婆婆说："你又喝多了！还不快回去！"老爷爷喝光手里的酒，对我们掀了掀帽子，回自己家去了。那边，已经有几个熟悉的客人迎着他举起了酒杯。老婆婆就恨恨地嘀咕："老东西，总是喝这么多！总有一天掉进自己的酒缸里淹死！"她说完，两手又腰，最大限度地鼓起腮帮子。大胡子"噗"的一声把嘴里的酒喷了出来，喷了一桌，我们也忍不住都笑了。多么可爱的一对老人！

那天的日记里，我写道："眼前的这一幕，像掀起华丽帷幕的一角，让人窥见他们丰满而鲜艳的人生。相比之下，我们的人生，几乎像被重物碾过一般，血色全无，完全扁平。"写完这一行，我站到阳台上，海上一片暮色，白天的开阔和湿润还在，但是因为混沌而变得更加深沉。暮色如酒，简直醉人。我坐在一把无比宽大的藤椅子上，远处传来歌声，不知道是谁在唱，是男子的声音，声线异常流丽，音色无比纯净，歌词听不太真切，大概是："哦罗拉，好像鲜花一样漂亮，小脸像太阳在窗口放光芒。有谁能亲吻你鲜花的嘴唇，不用向上帝再恳求更大的恩情，猩红的鲜血洒在你的门前，为你去牺牲性命我也情愿。假如在天上看不见你的微笑，我也不愿进天堂。"

然后这个声音反复唱道："假如在天上看不见你的微笑，我也不愿进天堂。啊，啊，假如在天上看不见你的微笑，我也不愿进天堂。"

我想，歌里唱的，就是传说中的爱情吧。唱这首歌的人，应该是什么表情？微笑？含着泪？一边恍惚地微笑一边眼中蓄满凄楚的泪水？应该是第三种吧。真正的爱情席卷而来的时候，人总是异常依赖而软弱，像个孩子一样无助。

在这样的歌声里，看着对面的那把空着的藤椅子，我注意到它的靠背是个漂亮的花样，两颗心靠在一起。突然对自己暗暗发一个愿心：如果以后会结婚，结婚旅行，一定再来这里，两个人在这对藤椅上坐坐，补上此刻心里缺的那一块。可是，我还会结婚吗？此生还能遇到一个让我想结婚并且能和他结婚的人吗？一切都像眼前的暮色一样苍茫不清，只有一个铁的事实清晰无比：日子一天天过去，我一年老过一年。

良辰美景难觅，更奈何似水流年。怎么不希望对面的藤椅坐着我的那个人，可是藤椅是空着的，就像我的心一样。这种时刻，让人感到孤单一人（而且是心无所爱的孤单一人）非常突兀，非常冷硬，简直不合情理。如果大胡子拍下那个时候的我，图片说明应该写上：孤独的人是可耻的。

伤感只属于夜晚，接下来的几天，都是不知忧愁的。海滩上捡捡贝壳，躺躺林中的吊床，潜到深水里看鱼和珊瑚，在热带花园和松鼠、蜥蜴邂逅，逛当地人的集市，学做当地的木雕，还有在香草园里拍下所有我从未见过的香草，一个一个去问沙嗲婆婆它们的名字，用罗马字母记下发音。我习惯了漆玄青他们跟着我，渐渐地就像自己一个人一样自在了。我觉得小岛像天堂一样，蓝天艳阳下，我像朵飘来荡去的云一样，整个人自由得失了重量，有时候看一眼漆玄青，想找一点现实感，偏偏他像个训练有素的臣子，会马上问："需要为您做什么？女王陛下。"弄得我觉得更不真实，解释不清楚，就大笑起来。

"天哪，在小岛上这几天，我笑掉了过去十年的总和。"我说。

他说："你的笑还定量分配？不会吧，你真是我见过的活得最严谨的女子了。"

"去你的！"我不知道怎么还击他，就把我的草帽摘了下来戴到他的头上，自己转身就跑，我跑了几步，停下，脱下高跟凉鞋，赤着脚再跑。等到跑到安全的距离，我气喘吁吁地回头，看到漆玄青还戴着那顶草帽，看上去无比滑稽，又笑弯了腰。大胡子他们笑得都弯下腰，也忘记拍照了。

好时光只会溜得飞快。在小岛，我终于恢复了一个功能，重新大笑了。但好像我只大笑了一次，笑声刚停，旅行就到了最后一夜。

晚餐桌上，漆玄青问："今晚想干什么？"我沉默。他笑着看我："问你呢，女王陛下。"我还是沉默，不知道为什么情绪一下子非常低落。我转头看外面，浓密的花蔓披披挂挂，要透过这些才能看到大海。明天就看不到大海了，也许这辈子都看不到这么美丽的大海了。我不管他们的惊讶和不安，自己默默地把一杯果子酒喝光了，然后再来一杯。不知道是大胡子他们真的有事，还是漆玄青使了眼色，他们说："你们再坐一会儿，我们回去了，还有点活。"

我和漆玄青守着一张大桌子，他也不说话，可能是不知道说什么好，可能是对我不满。随他的便吧，反正我们只是工作伙伴，出《深蓝册子》的合同都签了，他对我印象好不好都得出。反正书出完我们就没关系了。这种人，每段时间都会和一两个作者打得火热，像一家人，等到书出来了，就开始去对下一本书的作者献殷勤。哼。我又把一杯酒喝光了。招手叫来服务生，本想再叫一杯，可是漆玄青抢先说："结账。"我白了他一眼，他一边掏钱一边说："不想看你喝醉。"他不问我为什么心情不好，而是这样就事论事，倒叫我不好继续闹情绪。我就坐着发呆，这时候听见他清了清嗓子，说："我们倒带，重来一遍好吗？回到刚吃完饭那个时候，让我重新问一遍：今晚你想干什么？"我低着头，含含糊糊地说："可以不工作吗？""可以啊，本来你的事情就做完了，你休息。""我是说，你也不工作，陪我好吗？"

我以为他会拒绝，或者会迟疑很久，但是事实上，他马上站起来，问我："你还回房间吗？"我抬头看他："什么意思？""不回房间我们就直接走。"我才明白过来：他居然要和我一起出去玩！于是我们两个走到酒店门口，他看了我一眼，"从现在开始，你听我的。"听见他这一句，我的心情一下子不一样了，刚才还阴沉憋闷的天空，现在突然云也开了，雾也散了，清风徐徐，当头一轮好月亮。转换速度快得让我惊讶。我说："好。"

　　后来我还会回想起那个时候，是不是那个时候奠定了我们来往的基调：他要我听他的，而我也甘心服从。即使知道后来的一切，回到那个时刻，我还是会对他说："好。"而且对他微笑。生命所有的历程不过是向着一个大失落大悲恸的结局而去的，为什么要无谓挣扎？起起伏伏，来到某个命定的时刻，为什么不对某个命定的人微笑着说"好"呢？我想起我看过一个故事，题目好像叫《生活的真谛》，说的是：

　　　柏拉图有一天问老师苏格拉底什么是爱情？苏格拉底叫他到麦田走一次，要不回头地走，在途中要摘一棵最大最好的麦穗，但只可以摘一次。柏拉图觉得很容易，充满信心地出去。谁知过了半天他仍没有回去，最后，他垂头丧气出现在老师跟前诉说空手而回的原因：
"很难得看见一株看似不错的，却不知是不是最好，不
得已，因为只可以摘一次，只好放弃，再看看有没有更
好的，到发现已经走到尽头时，才发觉手上一棵麦穗也
没有。"这时，苏格拉底告诉他："那就是爱情。"

柏拉图有一天又问老师苏格拉底什么是婚姻？苏格
拉底叫他到杉树林走一次，要不回头地走，在途中要
取一棵最好、最适合用来当圣诞树用的树材，但只可以
取一次。柏拉图有了上回的教训，充满信心地出去。半
天之后，他一身疲惫地拖了一棵看起来直挺、翠绿，却
有点稀疏的杉树。苏格拉底问他："这就是最好的树材
吗？"柏拉图回答老师："因为只可以取一棵，好不容
易看见一棵看似不错的，又发现时间、体力已经快不够
用了，也不管是不是最好的，所以就拿回来了。"这
时，苏格拉底告诉他："那就是婚姻。"

又有一天柏拉图又问老师苏格拉底什么是生活？
苏格拉底还是叫他到树林走一次，可以来回走，在途中
要取一枝最好看的花。柏拉图有了以前的教训，又充满

信心地出去。过了三天三夜，他也没有回来。苏格拉底只好走进树林里去找他，最后发现柏拉图已在树林里安营扎寨。苏格拉底问他："你找着最好看的花吗？"柏拉图指着边上的一朵花说："这就是最好看的花。"苏格拉底问："为什么不把它带回去呢？"柏拉图回答老师："我如果把它摘下来，它马上就枯萎。即使我不摘它，它也迟早会枯。所以我就在它还盛开的时候，住在它边上。等它凋谢的时候，再找下一朵。这已经是我找着的第二朵最好看的花了。"

这时，苏格拉底告诉他："你已经懂得生活的真谛了。"

其实，一生都未必能遇到那样的一朵花。当那朵花开的时候，怎么能想着花总要谢，就不去听那一朵花哗哗剥剥绽开的声音？

他带我来到海边，走着走着，看到一座围墙。他用手一撑，敏捷地翻上去，然后把我拉上去，之后他把我在墙上放稳，自己跳下去，再把我拉下去，我一边说"我有恐高症"，一边闭上眼睛往下一跳。他确认我站稳了，才松开了手。眼前出现了一座灯塔。"我白天来过，现在已经不需要灯塔了，这里成了景点。但是晚上不开放。"他说。"不开放你还来。""我想带你来看看。"我跟着他进去，爬上了螺旋状的梯子，进了灯塔四周几乎全黑，我小心地一步一步向上走，想让他拉我，又不好意思说。这时候他转身说："把手给我。"我们的手在途中相遇了，他握住了我的手，不是拉住几个手指，而是握住整个手掌，而且握得很紧。

灯塔大概有三层楼高，走出塔心只有狭窄的一圈容人站立，我们要扶着栏杆才能站定。向岛上看，是半明半灭的灯火，向外看，就是黑茫茫一片，没有海岸线，没有船只的灯火。

真黑啊，很多年没有见过这么黑的晚上了。我刚想这么说，就听见他说了："很多年没有见过这么黑的晚上了。"又过了一会儿，我喃喃地说："但是在这么黑的地方，好像反而看得很清楚。"我没有说下去——看清自己的内心。他接上去说："是，特别是看自己的内心。"我有点奇怪起来，这个男子是谁？怎么会说出我想说的话，或者，知道我自言自语的意思？他是谁？怎么此刻会和我在这里？转过头来看他，但是看不清他的脸。我抬起手要去摸——这才知道盲人用手触摸别人的脸是多么自然的一件事。我的手没有触到他的脸，却被他的手握住了，"没事，不会掉下去的。"他误会了，但是他的手就那么一直握住我的，那种感觉让我非常安心，所以我一动不动地让他握着。

后来，海风把我的头发吹乱，我习惯地用双手理好了头发，才意识到我把手从他的手中抽了出来，就又找到了他的手，把自己的手放了进去。他就继续握着，好像早就习惯这样了。从来没有一个男人带给我这样的感觉，他握住我的手，好像给我头上戴上尊贵的女王的冠冕。他什么都没有说，而我已经被加冕。

"现在有先进的导航设备，灯塔都没用了。可是我还是觉得有一个人守在灯塔上，用旗语和灯语召唤远处的船只很美妙。"我说。"那种工作本身一点都不美妙，那个给别人带来光明和方向的人，自己绝对是孤独的。许多事都是这样，别人看你觉得很有意思，自己却完全是另一种感觉。"我觉得他弦外有音，问："你的工作给你这种感觉吗？"他笑："没有这么惨。不过有时候人会有这种感觉，觉得自己和外界不能真正沟通，只有自己一个人。我说的不是寂寞，寂寞是正常的，一个人的时间太长了心会有点空。""我经常是这样。""女人这样可不好，男人是该受的。"他说。

下了灯塔，我们去海滩上游荡，白天一览无余的沙滩不知道什么时候点缀了风灯、旗幡和舞台，变成了沙滩晚会。艳丽的服装和强劲的舞步一下子就点燃了气氛，主持人大声要求所有观众，挽住身边的人，一起跳起来。我身边一个外国男人一把拉起我，跳了起来，一边转着圈一边拍巴掌，漆玄青站在旁边，边看边笑，我拉他也来跳，他却不肯。一支接一支富有节奏感的旋律，让我们不停地转啊跳啊，忘记了疲倦，忘记了一切。

晚会散了以后，我累得一屁股坐在地上，他转过去，把背对着我，说："靠着歇会儿。"我猛地靠上去，他喊："你就不能轻一点！想把我害成内伤啊？"我也笑了："你活该！刚才为什么不肯跳？""我不想跳，只想看你跳。"我不领情："看人家跳有什么意思？""我在想，这就是那个连签售都没有一个笑脸、冷冰冰的女作家深蓝吗？简直是个孩子，最多就是幼儿园大班。要是在上海，可能这一辈子都没机会看见你这样。"我笑了，他是对的，但不是我一个人这样的。那个钢筋水泥的阴冷丛林，我们为了生存，每天如临大敌如履薄冰，怎可能忘了一切纵情歌舞？那些晚宴、聚会，没有表演也有面具，就是没有真的表情真的脸。其实，我觉得在小岛上的漆玄青也和在上海的完全不一样，他话多了，会笑了，坦率了许多。

　　我们就那样有一搭没一搭地聊天。断断续续地，我知道了他的过去。他出生在一个干部家庭，但是父亲成了右派的时候，母亲和父亲被迫分开，父亲进了监狱，母亲因为拒绝和父亲离婚而被送到青海的一个地方劳动改造，所以他从小是和爷爷奶奶一起长大的。他的童年和少年都异常孤单，只有始终优异的学业成了他的精神支柱。他一口气考上了名牌大学的本科，然后又接着读研究生，读研究生的时候，遇到了现在的妻子，那时候她和他是不同专业的同届同学，她因为身体不好，休学了一年，他很同情她，就在假期特地去看了她，就这样开始恋爱了。研究生毕业后结了婚，有一个女儿，现在已经上高中了。妻子后来身体没有起色，一直不能正式工作，在家休养为主，有时接一些外文翻译的零活。他没有说，但我觉得，他对她的感情，起初就是同情多过爱恋，他肯定是怀着一种拯救和牺牲的冲动结婚的吧，后来变成了不容推脱的道义责任。这样的婚姻有一种不幸的坚固，两个人永不会分手，但并不幸福。我在心底偷偷叹了一口气：这样的身世和婚姻，怪不得应该意气风发的一张脸看上去不明亮，还有点压抑。

如今的世道，能对着一个人把自己的整个过去毫无保留地说出来，也是一种奢华呢。我没有说我的过去，好像觉得说起来太麻烦，人家也不一定想听。又觉得他好像都知道，可以不必说。如果说我对感情还有最后一个梦想，就是遇到一个男人，我不会指望他拿着一个钻戒对我单膝跪下，我只会想听他对我说："我不在乎你的昨天，我只在乎你的今天。你也不需要改变，我就喜欢现在的你。"如果遇到那样的男人，我也许会决心试试看，看我们能不能在一起，直到明天。

后来我们就坐在沙滩上，海边的风越来越大，潮水的声音越来越响。我们什么都不说，觉得心里很安静，人很放松。我知道我们该睡觉了，该回房间了，但是这种时候，睡觉有什么重要的呢？

"深蓝。"半天突然传来他的一声唤，若有所思的。

"嗯？"

"这名字好听。"原来不是叫我，说的是这样一句不相干的闲话。

"我的本名叫申兰，上海简称的那个申，兰花的兰，就一般了吧？"

"嗯，申兰……家里人叫你什么？小兰？有没有小朋友给你起绰号，叫你小篮子？小篮子小箩筐，听上去蛮可爱。"

我笑起来："那你以后就叫我小篮子好了。"

"这可是你说的啊。"

"我说的。"想给他起个什么绰号，但是脑子罢工想不出来。我们继续背靠背看海。后来我几乎睡着了，意识不清地说："困。"

奇怪的是，他好像也不想回房间，或者知道我不想回房间，居然说："就在这儿睡吧。"

"海里会不会有海妖啊？"我小声嘟囔，一边暗暗想：他绝不会说："不用怕，我保护你。"

果然，他没有这样说，他说："没有什么比人更可怕，有海妖我们就和它交朋友，放心吧，这里很安全。"他说。

这个小岛一定有一种魔力，它会让人变得奇怪，变得不像自己。我们都有点不正常呢。我一边这样想，一边就地躺了下来，双手枕在脑后，就那样舒舒服服地躺着，居然意识很快模糊了。

不知过了多久，有人推我，"醒醒，你醒醒，快看！"我发现自己睡熟了，一侧的腮上居然挂着口水。我一边擦着口水一边懒懒地睁开眼。

我的眼睛刚睁开一条缝，就马上惊讶地睁大了，而且坐了起来。在小岛的最后一个早晨，是我第一次看到海上的日出。我亲眼看着海一点一点亮起来，然后我和大海一起彻底醒来。

事后，我从来没有写过那次日出，也没对人家说起过。每次回忆起来，我总会绝望地想：语言，文字，都是多么无力而空虚。我选择写作这个职业是多么不幸。但也许，是那种美太强悍了，它会让人欣喜若狂或者号啕痛哭，也会让人目瞪口呆。对我来说，那是个过分强烈的瞬间，真的，我是个如此黑暗、阴冷、虚弱的人，那样的光明对我来说太浓烈、太刺激了。因为超过了我的承受力，所以我的体内好像发生了某种变化，无声无息，但是不可逆的变化。

事后想起来，总会恍惚觉得，就在那个瞬间，强烈的光线万箭齐发，我们没遮没拦，当即被穿心透身，倒地身亡。是的，一定有一个旧的我在当时死去了，否则我怎么会整个脑子一片空白，只觉得自己通体透明，好像刚刚出生的婴儿。

第十三章　紫苏的味道

从小岛回来后，日子好像换了一个频道，从"度假""狂欢"，回到了"现实"或者"日常"频道。我们几个人都像充足了电，图片、版式、封面、宣传方案齐头并进，《深蓝册子》进展顺利。我和漆玄青之间丝毫没有小岛旅行遗留下来的任何微妙，我们默契地回到公事公办的状态，而且隐约地感到有点庆幸——不知道为工作还是为自己。果然大家都是成年人，果然都是认真做事情的人，太好了。很快，属于我的旅行日记、问答、日常细节部分也都完成了，现在只缺一篇小说了。漆玄青给我留的是四万字的篇幅。我看着在小岛上香草园的照片，想到了一个题目：《紫苏的味道》。

一个女人抢来了别人的丈夫，但是这个男人身上总是带着一种奇怪的气味，很特别的、微微辛辣的清香，像紫苏。她和这个男人的前妻见过，在她身上嗅到过这种味道。现在她已经和这个男人开始了新的生活，男人的前妻已经从他们生活中消失，男人也专心对她，但是没有人知道，她天天在忍受着另一个女人的气味，无处不在，时时刻刻。于是，日子在紫苏的气味中展开。

漆玄青听了这个构思，第一个问题是："这种摆脱不了的气味象征什么？是过去的阴影还是良心的谴责？""喂喂，你是评论家吗？不要提这样无聊的问题好吗？我自己想得这么清楚，我还怎么写？就是我想清楚了，我也不会说出来，要让读者自己去想，你觉得那是什么就是什么嘛。"他想了一想，说："你这样，说得好听呢，叫作'浅者得其浅，深者得其深'，说得不好听，叫作'以己昏昏，使人昭昭'。"我笑了，小说家，大概就是这么回事吧。

转念又问："你知道紫苏是什么味道吗？我挺喜欢的。"他说从来没见过紫苏。因为以前写过一本关于植物的书，所以我的电脑里保存了许多关于植物的文件，我打开其中的一个给他看："紫苏，Folium Perillae，（英）Perilla

Leaf，为唇形科植物紫苏Perilla frutescens(L.) Britt.的叶或带嫩枝。植物形态：一年生草本，高60～90厘米，上部有白色柔毛。叶对生，叶片卵圆形或圆形，长3～9.5厘米，宽2～8厘米，先端渐尖或尾尖，基部近圆形，边缘有粗锯齿，两面呈紫红色，淡红色，有腺点。轮伞花序2花，组成偏向一侧的假总状花序；苞片卵形，顶端急尖或呈尾状；花萼钟状，外有柔毛及腺点；花冠紫红色或淡红色，花冠筒内有环毛，2唇形，上唇微凹，下唇3裂；雄蕊4。小坚果近球形，黄褐色，有网纹。花期7—8月，果期9—10月。全国有栽培。采制：夏季枝叶茂盛时采收，除去杂质，晒干。性状：叶片多皱缩卷曲、破碎，边缘具圆锯齿。两面紫色或上表面绿色，下表面紫色，疏生灰白色毛，下表面有多数凹点状的腺鳞。叶柄长2～7厘米，紫色或紫绿色。嫩枝直径2～5毫米，紫绿色，断面中部有髓。气清香，味微辛。化学成分：含挥发油，油中主要为紫苏醛（l-perillaldehyde）、紫苏醇（I-perilla-alcohol）、柠檬烯、芳樟醇、薄荷脑、丁香烯，并含香薷酮（elshottziaketone）、紫苏酮、丁香酚等。性味：性温，味辛。"原来的配图有点小，我就找出自己在小岛上拍的照片给他看。

他终于说："哦，是这个呀。想起来了，这东西香气是特别。以前我妈妈带我回苏州外婆家，外婆让我们吃螃蟹的时候，会用这个叶子加盐和花椒，炒了研末，然后撒在蟹脐里再扎紧了去蒸，说可以祛寒毒。大了以后不怎么见到这个，好像有一次在广东吃禾虫蒸鸡蛋，调料里用了这个。对了，日本料理里垫在生鱼片下面的，除了萝卜丝，也有这个。"我说："被你说得饿起来了，我要走了，吃饭去。"漆玄青说："我也要吃饭，一起吃？"我说："还是你请？"他说："好。"

从小岛回来后，我们吃过几次饭，都是商量《深蓝册子》，说到了吃饭的时间，就一边吃一边谈。起初我提出AA，他坚持不同意，后来我想通了，开始让他请，我是他的作者，他也许可以用公款。就算他不能用公款，谁叫他指望靠我挣钱，这点银子也是他应该花的。实在过意不去，等我拿到这本书的稿费，好好回请他一顿，也就是了。

真的去吃了生鱼片，我拿起紫苏叶，包了一片蘸好酱油和绿芥末的暗红色的金枪鱼，递给他。他说："你先吃，我自己来。"我就放进自己嘴里了。芥末的辣气嗖的一下直冲脑门，我捂着嘴说不出话，立即流下来眼泪，当着他我不用装淑女，毫不掩饰地嘶嘶哈哈擦眼泪。他说："这么不能吃辣。""谁说的？我故意放了好多芥末，每次这样冲一下脑门，很幸福的。"我说。"幸福？"他看着我，微微地摇头。我问："不对吗？那你觉得幸福是什么感觉？"他把手里的鲷鱼片送进了嘴里，慢慢嚼完，然后说："是冬天泡热水澡的感觉吧。"见我沉吟不答，他说："不同意？"我老老实实地说："不知道。幸福这种事，哪能人人知道。"

漆玄青慢慢地喝清酒，他点的是白鹤，上面有"辛口"两个字，应该是"辣"的意思吧。他有很好的酒量，所以喝起这种低度数的酒就像在喝水。我发现他吃得很少，每次都吃得很少。不管喝不喝酒，他都这样。但是今天有点不同，可能清淡的清酒也有后劲吧，他喝着喝着，开始看着我出神。他的眼神是克制而有礼貌的，但是绝对不是一个编辑对一个作者的眼神，他好像是科学家在研究一个试管里的结晶体，这个结晶体显然是他从未预想过的结果，所以让他大惑不解又充满好奇；又好像是久别重逢，在亲人的脸上寻找着和记忆中重叠和不同的部分，充满了惊喜和不确定。我不记得有谁这样看过我。

我知道可能发生了什么，女人通常比男人先知道，何况是被写作训练得异常敏感的女人。但是，我不激动，也不害怕。他已经四十好几了吧，这个年龄，是男人最不风花雪月的年龄，他们离年轻时干净率真的爱恋和老了以后云淡风轻、包容一切的温柔一样遥远，他们是最世俗的一群，整天为了男人世界里所谓的功名、前程、地位而心力交瘁，他们所有的只是百折不挠的出人头地的念头，他们的天性已经异化、扭曲，他们的心疲惫不堪、严重沙漠化。

而且，就算他是特例，就算他真心真意喜欢上我，我也不考虑。这件事情，许多年前，我就在回答别人的情感困惑时说过了——"和已婚男人的来往，要守两条戒律：第一条，别人的丈夫和你无关。第二条，如果可能陷进去，参照第一条。"我早就想清楚了，我想得很清楚。这么多年，再落魄再孤单，我没有和已婚的男人有任何瓜葛，我想就是一辈子嫁不出去，我也不要和别人的丈夫拉拉扯扯。这和道德无关，为了爱情，我可以把自尊心放在口袋里，但是不能踩在脚底下。如果和已婚男人拉拉扯扯，我自己都会觉得像个小偷，随时心虚，觉得有一个女人有权力劈头打我一个耳光，或者把一杯水倒到我头上。那样对我这种只剩可怜的自尊心的女人来说，就是人生的尽头，世界的末日。只要一息尚存，只要没有发疯，任何一个人都不会自取灭亡，我当然也不会。

男女之间，只要动了心，就像钟摆一样在幸福和灾难之间来回摆动，只要不动心，就算山崩地裂水倒流、改朝换代天下乱，都是平安无事的。所以，不论他喜不喜欢我，我是不会动心的。

但是，对一个不该动心的男人不动心，并不能解决所有问题，我的《紫苏的味道》推进得很不顺利。一星期以后，他来电话问："差不多了吧？""还没有，早着呢。""怎么啦？"我哪知道怎么了，我只知道时间只剩下十天，而我还没有找到感觉。这在电话里哪里说得清，我们就在我的定点咖啡馆见了面，反正也写不出来，喝杯咖啡不算浪费时间，不是罪过。

他看我用拇指按着太阳穴，一副生不如死的样子，"情节不是都想好了吗？发现设置有问题？"我摇头。"那么，是不激动不兴奋？"我又摇头，"有问题，我找不到讲这个故事的语气。语感一直别扭，我好像是一条熄了火的船，漂在水上，每个词像水面上的水浮莲、水草，都可能把我撞到另外一个方向，甚至让我翻船，我简直每写一个词都可能彻底改变整个故事，这叫我怎么写啊！"他居然笑了，"到底是作家，听听，这比喻多好！你真是天生吃这碗饭的，随便说说都这么精彩。"我白了他一眼，"拜托，换个时间夸我好吗？人家现在烦恼着呢。"他脸上还是没有同情的神色，也没有处在他这个立场应该有的焦急或者不满，他的脸和平时一样平静无波，这个家伙是什么星座？我猜，不是金牛就是摩羯，前者让人看不透，后者是真的沉得住气。

　　我正在走神，听见这个我还不知道星座（其实也就是不知道生日）的男人说："你仍然想讲这个故事吗？""是啊。""不是为了出这本书，你也会写它吗？""我想是的。"他明显地松了一口气，"那什么事都没有。你再等等，会来的。""等？等到什么时候？我们没有时间了，你不是说一月初就全国订货会，现在已经十一月初了。"漆玄青说："忘了订货会吧，如果一月份来不及，我们可以等四月份的那次书市。我们一次书市都不参加也可以。""真的吗？"我如遇大赦。"真的。你慢慢写，我等你。"

这时，我说了一句让自己事后脸红的话："我行吗？"他奇怪地瞪着我："怎么会这么问？你当然行。"我小声嘀咕："你确定？"他回答得很简洁："确定。"

心情一松，我马上觉得咖啡真香，尤其是这款我喜欢的爱尔兰咖啡。漆玄青每次都喝低咖啡因咖啡，他说他的睡眠有问题。我很奇怪有人还把睡眠障碍当成一个问题，而且居然希望通过控制日常生活的细节来改变它。我已经把睡眠问题当成生活天经地义的一部分了，所以总是该喝咖啡就喝咖啡，想什么时候喝就什么时候喝。这些方面，漆玄青像个理工科的人，虽然我后来知道他是中文系的学士、德国某名牌大学公共传播的硕士。

心里一静，感觉就好了，有一天临睡前正在刷牙，觉得后脖子上一阵小风掠过，像有人在我身后喘粗气，突然觉得开头应该是这样的："半夜，他觉得妻子又在他脸上和脖颈间嗅来嗅去，他立即清醒了，毛骨悚然。"这样直接进入困境的核心，然后情节就有了往回追溯和往下展开的双向空间。

对了，我匆匆漱了口，马上打开电脑写了起来。写完第一句，又将"毛骨悚然"这个成语改成了"汗毛一根根竖了起来"。现在，我的《紫苏的味道》终于有了成活的第一行：

半夜，他觉得妻子又在他脸上和脖颈间嗅来嗅去，他立即清醒了，汗毛一根根竖了起来。

故事中的男人汗毛一竖，我的语感突然对头了，别扭了好几天的情节像一条受了刺激的狗，自顾自向前狂奔，带着我一路飞快前行，速度想慢都慢不下来。

中午十二点半，漆玄青的电话进来了。"该吃饭了。"自从我写得开始顺手，他每天像个定时闹钟一样，到了时间就来提醒我。

"哦。"我把电话夹在肩膀和头之间，双手还在敲键盘。

"写到哪里了？"

"那个女人快疯了，她去跟踪她丈夫，怀疑他和前妻还有瓜葛。"

"天哪。"

"怎么了？"我说。

他好像说了一句"没活路"。然后大声说："别跟踪了，你先吃饭去。"

我说"好好好"。就把电话挂了。这个时候，任何和小说之外的活人的交流都是打扰，无人例外。

我继续写，写到那个女人跟着丈夫，发现他来到一家餐厅，她躲在暗处看他和谁见面，结果发现来了两个男人和她丈夫谈事情，但是空气中紫苏的味道很浓，她坚信那个女人就在附近，马上就要现身了。

正写到这里，门铃响了，我没好气地大声喊："敲错门了！"门铃继续响，我只好起来，隔着门问："找谁？""送外卖的，给申小姐的。""我没叫过外卖呀。""是漆先生订的！"我从紫苏的气味中拔了出来，开了门，接了外卖，送外卖的是个小伙子，身上的雨披湿漉漉的，我惊讶地问："下雨了吗？"他答非所问："钱漆先生付过了。"是啊，只会是漆玄青，全世界只有他关心我会不会饿昏。而且他知道我没有真的出去吃。我确实不想吃，我答应他只是想让他不要打扰我，就算我说话算数起身出门，看到下雨我也会再退回来，退到电脑前面继续我的工作：和那两个女人一个男人，和一种气味纠缠。比起这个，吃饭不重要，一点都不重要。但是他和我一样固执。

　　我打开方方正正的饭盒盖子，看到四个格子里分别是金黄的烧鸭腿、红艳艳的叉烧、碧绿的莴笋丝和乳白、浅褐混杂的炒杂菌，香气扑鼻而来，肠胃突然醒来，我觉得自己很饿了。白饭装在另一个盒子里，都还是热的。我的脑子马上罢工，一通大嚼，中间不得不起来倒了热水喝，才没有噎死自己，吃完时都出汗了。我靠在躺椅上，享受血液冲向胃部、大脑迟钝带来的一瞬间的灵海空明、周身通泰。

　　漆玄青说得不对，幸福应该是这样的：你没想到吃饭这回事，有人给你送饭来，你才知道饿了，风卷残云地吃完，然后什么都不想地发一会儿呆。

　　这一顿饭支撑我写到晚上，一抬头发现天已经黑了，而我的肩膀和脖子都发硬了，手腕也隐隐地酸痛起来。点击了一下字数统计，看到已经有三万字了，我松了一口气。按照这个速度，肯定来得及了。我有点兴奋，给漆玄青打了电话，电话响了几下没人接，我正想挂，他接了。"是深蓝。""是你啊。有事吗？"他的声音听不出心情，但是温度似乎比平时低。我突然觉得自己有点唐突。是啊，现在几点了？他应该下班了吧？回到家里了？在吃饭吧？我这个时间无缘无故给他打个电话，我想和他说什么？说"已经三万字了"？这有什么可说的？我想领功？想让他表扬我？想让他请我吃晚饭？我怎么像个撒娇的女孩子了？我的脸突然发烧了，但是我来不及找到别的可以说，只好老老实实地说："三万了。"他语气里的温度回升到了三十七摄氏度，他以一贯的简洁说："很好。"语气就像小学班主任在鼓励一个终于有进步的学生。

"没其他事了，就这样。"说完，我就摁了挂断键，把手机扔在了床上。我觉得自己很愚蠢，有一些温暖是不能求证的，像草色遥看，像薄阴天淡淡的阳光，可以若有若无地享用，一旦想靠近想抓住就会失望，而且将它失落。愚蠢都要付代价，我在心情大好的时候，居然因为一个低级错误，自找没趣，让自己的好心情打了个折扣。

"什么作家？一个蠢女人！"不过，我写作的时候好像会有点迷醉感觉，有点不可理喻，对了，这有点像在恋爱。而恋爱中的女人，众所周知的，都是智商约等于零，这样说来我就可以原谅自己了。这样想着，我又不生气了，不生他的气也不生自己的。

接下来的几天，每天中午一定会有一个外卖的套餐。漆玄青省了那个提醒的电话，直接用两个热腾腾的套餐盒子来通知我：吃饭了。我照吃不误，没有多想，也没有给他电话。我有点恶毒地想：放心吧，漆玄青。我既不会感动，也不会内疚，我在进行的，和你的工作业绩息息相关，这是你的投资。我不会给你打电话了，因为你一定会给我打的。期限快到了，我还怕你不打电话来？这样想着，心里觉得很痛快，然后马上对自己骂：深蓝，你怎么可以这样公私不分！人家高风亮节，对你也没有行差踏错，你却是这样一个女小人。没办法，孔子说：唯女子与小人难养也。女权主义者和自尊心强的女子对此耿耿于怀，其实我觉得孔圣人没说错，他还留了口德了，我觉得只要面对的是在乎的人，女人马上自动兼任小人，女人就是小人。斤斤计较，口是心非，患得患失，疑神疑鬼，喜怒无常。

到了截稿前一天，他果然打电话来，他要我当面交稿，安全和保密起见，他不要用网络。重要的事情就只相信自己而不相信虚幻的媒介，这方面他和我一样，是古旧的人。我们约了在那家咖啡馆见面，我把存了整个小说的U盘和用文件夹整齐夹好的打印稿一起交给了他。"交作业了！"我不想叫苦，我想说得幽默一点。我知道自己脸色很不好，但是他好像没有认真看我一眼，只是接过我的打印稿，眼神马上专注而犀利起来，看了七八页，他放下来，对我说："好。"我不得不怀疑他："你还没看完呢。"他说："需要看完才能判断吗？我这样一个老编辑。"我就沉默。没有得到他明确的肯定，我心里突然觉得有点空，就像一个孩子在圣诞节的早晨很有把握地把圣诞袜子翻了个底朝天，却发现里面没有期待的礼物那样。

我低下头，看面前的咖啡杯。我今天要的是中杯的焦糖玛其朵，他照例是"不影响睡眠的"低咖啡因，而且是一小杯。我们安静地喝完了咖啡，我拿出烟自己点了，静静地吸。他拿出一个大信封，说："你的照片。"我倒出来一看，都是我在小岛上的照片，我以前看过反转片，现在大胡子摄影师把它印了出来，我突然间看见了这么大尺寸的、蓝得让人灵魂出窍的海，还有明亮得像婴儿笑容一样的阳光，洁净得像处女胸脯一样的沙滩，还有一个像热带花朵一样灿烂夺目的自己。我惊呆了。这个女子，是我吗？我会这么美吗？这个地方，我确实是去过的，可是为什么现在看上去觉得那么不真实，那么美到虚幻？我压抑着感叹，一张一张仔细看照片，发现有一张在我的远处有一个侧影，当然是虚焦的，但是我知道是漆玄青，他在长廊上，看着我。整张照片是一个女子在酒店和海滩之间的游泳池边，穿着一件白色的细吊带衫和红色短裤，眼睛闪亮，脚泡在水里，在仰头大笑，远处有个穿着蓝色T恤的男子在长廊上看着她。

　　我把照片递过去，"里面有你。"他说："是吗？"我吸了一口烟，说："是。"确实是，而且这张照片非常有意思。虽然看不清他的表情，但是可以感觉到，那种注视非常有张力，两个人之间，吸引够强烈，但是距离也够远。漆玄青拿回那张照片仔细看了看，脸上没有表情，却说："这张书里不会用。今天我要马上回社里，去签字发排，先走了。"我只好在烟灰缸里掐灭了烟，说我也回家了。

我们一起出了咖啡馆，分手的时候，我突然觉得自己有点想不明白了：我们，就这样却了吧？小说写完了，书马上就会出来，无论挣不挣钱，我们都没关系了。这有什么不对吗？没有啊。我们本来就不认识，不是也好好地过了那么多年吗？现在回到原来的生活，天经地义的啊。可是，我真的想拉住面前的一个路人，问一声：我和他真的就只是工作的关系，真的工作一结束以后都不再见面了吗？可是我知道，这不是一个成年人应该有的糊涂问题，我当然是成年人，所以我咬住嘴唇不让自己问出来，努力保持着表面的平静。深蓝，你以为你是谁啊，你以为你写作就有什么特权吗？如果人能想怎么样就怎么样，世界上哪里来的那么多旷怨鳏寡、孤独游魂？不管你是谁，许多事，人怎么想都不重要，都要看老天怎么派定。老天派定了，我们只剩下一件事，就是认命。

心里一片薄薄的冰凉，我自己推动沉重的玻璃转门，这时只听他说："你……"我走马灯似的转一圈，马上转回原位，我站在他面前，问："什么？"

他叹了口气，说："休息一阵吧，你瘦了。"原来他还是正眼看了我的。我一直不知道，工作之外，他是否还有点在乎我，现在我总算知道了。

第二天，我刚打开手机，就收到他的一条信息。上面是一个信箱，和一个密码，我不明白是什么意思，进了那个信箱一看，是个刚注册的新信箱，里面孤零零的有一封信。标题是：终于看完了。我急忙看正文。正文是：

　　你可能觉得我没有明确表态，甚至怀疑我不喜欢你的新作。不是这样的，我只看了几行，就知道这是一篇多么好的作品。我有一种想一个人躲到一个安静的角落把它读完的冲动，不愿意有任何人在我面前干扰，哪怕这个人就是你本人。现在我读完了它，我觉得震撼。这样的篇幅里，你所揭示的人性让我感到震撼。你所流露出来的悲凉和悲悯，超越了我原来和你讨论过的，过去的阴影或者良心的谴责，那样简单和肤浅的层面。我现在相信：紫苏的气味，它代表了人生的一种永难解脱的内心折磨，它有时是由过错带来，有时是由缺陷带来，有时甚至是一种宿命，就是命运设下圈套让你逃不脱。无论表面的生活如何，无论某种具体的欲望是否得到满足，这种内心折磨往往会伴随人的一生。从这个意义上说，每个人都会有自己敏感又害怕的紫苏气味的。

作为读者，说一句心里话：你写得太好了，让人敬佩。

作为你的责任编辑，我非常感谢你。另外，工作之外，我们会是很好的朋友。

我精神一振，啊，这个家伙终于说话了。因为知道他是不肯随便夸人的人，所以这样的赞美让我又惊又喜。我看了两遍，才相信这确实是在夸我，而且确实是漆玄青在夸。我赶快回信，想来想去，结果回信只有一句："我们已经是了。"不一会儿，他的回信来了，更简洁："同意。"

从此，我们两个人就有了一个共用的信箱，一个共用的密码，谁都可以进来，进来了写完信就放在这里，另一个进来看完，仍然回到这个信箱里，不论是我还是他，不论写信还是看信，都是这一个信箱。现在的人好像都用MSN，可是我们好像不需要那么随时随地的联络，我们没有合同要签，也没有约会要决定地点，我们没有那么着急的事情。一封信来，一封信往，如果没有时间看，信会安静地等在信箱里，不像电话那么粗暴而匆忙。

有一次，他出差，我在他不在的时间里写了一封信，这样他一回来打开信箱就会看见。主题本来是："先写一封信等着你回来"，后来觉得太亲热，又改成"你回来就会看到"，后来又去掉主题，变成了"无题"。如果他细心，还是可以从发信时间上看出来。也许他不会留意到发信的时间，那也没有关系，我这样做只是因为我愿意这样做。

几乎每天都要写一封信，甚至写一封信等收信的人回来。这就算不是"思念"，也离得很近了吧？太久不思念谁，已经对这类感觉很陌生了。但可以肯定，我们很接受这种虚拟世界中鸿雁往返的感觉。

不论是他还是我，都很默契地没有告诉其他人这个信箱，所以这个信箱里永远不会有其他人的信。这是只属于我们两个人的一个空间，有一种与众人隔绝的独享的安静和妥帖。我觉得这是他给我的一项特权，我终于在他那里有了特权。当然，不知道他自己是否这样认为。我其实很想问他来确认一下，但是忍下来了。我和他还没有到无话不谈的地步。

第十四章　前男友来信

问过漆玄青，整本《深蓝册子》里，你最喜欢哪一部分？是小说吗？他想了想，说："最喜欢的是这篇日记。"他翻着手里的大样，找出那一页给我看。那一天我是这样写的：

深夜，远远地听见好像有人在叫。我起来，拉开窗帘向外看，外面是黑的，落地窗玻璃印出我自己睡眼蒙眬的样子。我再上床去睡。

有人敲门，我问："是谁？""是我。""你是谁？""你打开就知道了。"我打开了门，看见面前站着一个年轻女人，她穿了一件湿透了的灰色连帽套头衫，帽子徒劳地戴在头上，刘海滴着水，看上去又冷又疲惫，好像随时会倒下。

我说："我不认识你。"她说："你其实认识我，你只是故意忘记罢了。"我觉得她说的好像是真的，就让她进来，给她干毛巾和睡衣，还有一杯热的牛奶。她接受了这一切，然后看上去好多了。我说："你也许该走了。我还能为你做什么？如果你需要钱，我可以给你一些。"她说："我不需要钱。我要和你在一起，要你永远不再抛弃我。"我有点不高兴了，"对不起，小姐，我真的不认识你啊。"那个女人的脸色重新变得苍白："你是真的不认识我？我知道你过得不好，特地从很远的地方来找你。"我站起来："对不起，小姐，我们好像有一点误会，你走吧。"年轻女人走到门口，然后停住了，她自言自语："怎么会到这个地步呢？"然后她回头，轻轻地说："那么，再见了。"

这时候，泪珠照亮了她的脸，我突然认出来了，我知道她是谁了！

那张脸，不是别人，就是我天天在镜子里看到的那张脸。

　　我猛地醒来，发现自己躺在松软的床上。我呆呆地想：那个女人，是我吗？真实的我，是这样一个女人吗？我和真实的我，已经陌生成这样了吗？

　　窗外，月光像无边无际的霜，黑暗的海洋像一块煤炭，沉睡着，任光明的霜包裹但是拒绝渗透。

　　我笑了："有点魔幻？"他回答："不是技巧的问题，这一段很真实。"我说："真实地暴露自己？"他说："也不一定。就是觉得很真实。你真的做了这个梦，对吗？"我大笑："这好像是写作秘密，无可奉告哦，尊敬的编辑家先生。"他不再说什么，只静静地看着我，眼神内容复杂，其中似乎有怜惜。

　　《深蓝册子》出来了。我没有想到，看上去会这么漂亮。为了衬托我的白色衣裙，整个底色都是深蓝的，深得很纯、有妖魅之感的那种蓝。我在望着远方，是侧面，所以显得比平时镜子里的样子要单薄，嘴角有一丝笑纹，眼神却是复杂的，若有所思，若有所待，若有所苦，好像有隐秘的心事，又有点冷冷的讥讽。

　　我不知道大胡子和漆玄青为什么一定要选这张，那个样子看上去实在不光鲜不女性，整个人旧旧的，一点都不润。但是他们两个各自选的三张里面，只有这张是一致的，我嚷嚷："你们的眼睛都出毛病了吧？这么难看，而且一看就不开心的样子。"但是大胡子坚持说："这是那种味道啊——初一看有点憔悴，好像让人有点担心，仔细看，慢慢看出内在的东西，有力量，有浓度，有韧性，非常有说服力。"漆玄青在一旁说："就这么定了。"我也就随他们去了。反正不论哪一张，都不可能山鸡变凤凰的。

　　漆玄青还花血本，印了海报，一时间许多书店、书摊上都有《深蓝册子》的海报，封面上那张照片，宣传词是："中国第一本女作家写真集！人气作家的异国旅行和日常生活全记录！内心世界加上最新力作全披露！"唉，这样叫卖，真让我无颜见江东父老。可是不这样叫卖，那么多书多半只能压在仓库里，我和出版社也不知道谁比谁惨，我和漆玄青更是不知道谁先面无人色。既然是卖文为生的命，比起利益（尤其是用来保证养活自己的时候），脸面总是次一层的东西，这一次，我没有对漆玄青抱怨一个字。

　　不知道是我们家祖坟冒了青烟，还是漆玄青真的是福将，《深蓝册子》不但卖得好，简直可以说是火爆。45元一本的中高定价，丝毫不曾影响公众的购买兴趣，几个月里几次加印，全部售罄，共卖掉了七万八千册，漆玄青又加印了两次的一万册，对付变缓了但仍然不断的需求。

　　收到了许许多多读者的信。因为他们没有我的联络方式，所以信都是由出版社转来。当初曾经想过，要不要仿效现在的时髦做法，将我的电子邮箱印在书上，后来漆玄青说："算了吧，怕你不得安宁。"结果现在我大概成了这个城市里收到手写书信最多的人之一了。拿着一袋一袋的信送来，漆玄青也问过我，要不要让他的手下替我拆信，看信，选取特别有内容或者需要回答的交给我，一般的就算了。我想了想，说："不要了，还是我自己看吧。"我觉得信封上写了谁的名字，就应该由谁来拆开这封信，这样对收信的人和写信的人都是尊重。

　　有的信是这样的："听说你还没有结婚，是单身主义还是有男友同居中？我有一个女朋友，但是我一向觉得男人不可能只守着一个女人，起码需要三个，一个成立家庭、生儿育女，一个一起吃喝玩乐、爱死爱活、哭哭笑笑，最后一个，是灵魂伴侣，可以平静地交流一些内心的东西，比如阅读和旅行的感受，比如对日常的厌倦，比如对死亡的恐惧……什么都可以说，唯独不要在一起，也永远不要上床。男女之间，一旦掺杂肉体的因素，精神就销声匿迹，再精彩的灵魂也无效了。我觉得你会是我最理想的灵魂伴侣，不知道你是否愿意试试？"

不知道这是个疯子还是喜欢思考并且超前的人。我冷笑：你需要三个女人，我还需要三个男人呢，一个可靠的丈夫养我，一个温柔的情人疼我，一个，专门给我搬重物和维修电脑、冰箱、水龙头、抽水马桶——我不要什么单纯的灵魂伴侣。现在的女人往往是得到其中一个，其他两项空缺，或者什么都没有——比如我，那就会自己变成了原本想遇到、想依靠的人。等我们变成了实质上的男人，男欢女爱就离我们远得以光年计算了——男人怎么能爱上除了头发和身体结构，什么都和他们一样的人呢？

有的信是这样的："深蓝，你是我最喜欢的作家。我和你同岁，是公司的会计，我的男友在我们结婚前几天离开了我，我靠着你的书支撑过来了，我想，如果没有你，不敢想象我现在会怎么样。我一向讨厌什么追星族，也从来不给作家写信，写这封信只是想告诉你：谢谢你给过我的帮助，希望你在任何情况下都继续写下去。我不留地址了，你不用给我回信。"是个明理的人，虽然她留了地址我也不会回信，但是她这样说，我还是感到了体谅的温暖。这世界就是这样，在你不抱指望的人身上，有时候还会感到淡淡的暖意。温暖的程度和你抱指望的大小成反比。

有的信我看个开头就丢开："我很喜欢写作，但是总是不知道怎么可以成功？……"谁知道呢？如果真有什么秘诀，难道我们会传授给别人，然后让他们来抢我们饭碗？这简直是与虎谋皮。何况，哪里有什么秘诀，写作这回事，一看老天爷赏不赏你饭吃，有没有天分，二看你的运气、各种机缘。什么"熟能生巧""勤能补拙"都是哄人的现成话，流行多年也只是陈年鬼话，绝对熬不成真话。来问这种话的人，智商首先有问题，如果我对他说实话，就会是：千万不要误上写作的贼船，到时饿死了也是枉死，而且绝对享受不到哀荣。如今写书的人如果饿死，绝不要指望像宋朝的柳永，有一帮青楼中的香艳粉丝啼哭送葬，一是因为如今的妓女都不看书，二是因为如今其他三百五十九行的粉丝也着实的凉薄，死了谁他们都无所谓，照样高高兴兴地追逐下个星期的畅销书榜单去了。

东想西想着，我又拆开一封信。这回，我才看了两行，就为自己亲手拆信的决定而庆幸。幸亏我是这样古旧的人，不然这封信就会让别人看见。

是薄荷的信。这是薄荷写给我的第一封信。

在这封信里，我的这位前男友告诉我，他是个同性恋。我大吃一惊，这不是我想象力可以抵达的。我一口气把这封信看完。

长话短说，当初和我同居之前，他有过一个喜欢的男友，但是那个人是三代单传，面临舆论和家族的压力，还在同性恋和异性恋之间挣扎，所以虽然薄荷和他相当亲密，但始终不敢明确让他知道自己的心意，怕连朋友也做不成。"那真是不堪回首的一段日子。"他说。

后来那个男子接受父母的劝告，结了婚，薄荷在心灰意懒的时候遇到了我，自己也说不清出于什么动机，就和我在一起了。在一起没有什么好也没有什么不好，但是他觉得和女人在一起，反而让他看清楚了自己是哪种人。"即使无比清楚地知道你是个好女人，我还是爱不起来，而且我总是有一种冲动，想把自己真实的内心暴露出来，我暗暗地有一种指望：你是个作家，也许你会理解。但是我还是不敢，因为毕竟我骗了你，说出真相对你是一种伤害。"

最后，他爱的那个男人终于下定决心，和妻子离了婚，回头来找他。

"我当时觉得自己的人生一下子出了太阳。请你理解，爱异性也好，爱同性也好，爱情就是爱情，真爱有同样的魔力。然后我就考虑怎么对你说，是说出真相还是找其他理由和你分手。相信我，当时的我心里没有太多自私的念头，我觉得是我耽误了你这么几年，又肯定要离开你，我只希望给你带来的伤害小一些。正在为难的时候，出乎我的意料，你没有和我商量就自己买了房子，我马上意识到这是一个突然出现的好机会。可能我当时精神压力也很大，我来不及多想，唯恐夜长梦多再一次错过自己的梦想，于是我就那样借题发挥，和你吵了一架，搬了出去。那些事情，我后来都不止一次在噩梦里梦见，我承认，无论如何，那样对待一个女人，都是无理的和卑劣的。这一点我不请求你的原谅，你有权恨我或者鄙视我，那是你的权利，我应该尊重这种权利。

"现在，我和我的伴侣生活在一起，我们过得很好，虽然有许多现实层面上的压力，但是我们两个人之间没有任何问题，只要我们单独在一起，我就心满意足。有时候在我幸福的时候，我会想起你，觉得很对不起你，不是因为我没有真正面对自己就和你在一起，也不是因为我最后没有告诉你理由就离开了你，而是我知道，我和你在一起的日子里，从来没有给过你这种感觉，一次都没有。对不起！申兰。我很真心地向你道歉。希望你能原谅这一切。

"终于有机会对你说出这些，我感到放下了很重的负担。希望你能理解。更希望你能找到和你真心相爱的人。你是个好女子，但是好得不一般，这注定你的一生会遇到一些特殊的辛苦，但是也会有特殊的精彩。无论如何，要对爱有信心。我知道你的性格决定了你不会去找，但是你要等待。充满希望地等待！

"也许你现在已经遇到了，看到这里会笑我多余，那是我最愿意知道的结局。"

我得承认我很惊讶，这件事确实超出了我的想象范围。作家这个职业有一个不好的副作用，就是容易让人自以为见多识广，自以为什么都知道，什么都见怪不怪。面对许多别人震惊或者费解的事情，他们喜欢轻描淡写地用一句"太阳底下没有新鲜事"来不经意地表现他们的这种优越感。所以，当一个作家吃惊，总是不会轻易在脸上流露出来，这是一种隐蔽的职业自尊心在作怪。也就是说，你很难在作家的脸上看到吃惊的表情。但是此刻，我相信我的脸上流露出来的就是这种稀有的表情。

有个男人是同性恋，这没有什么奇怪。我知道在这个世界上，同性恋比我们想象的要多，还知道许多"符合自然规律"的异性恋者，其实也有同性恋的潜在倾向，如果条件和机缘触发，他们有可能转变成同性恋。我知道在国外，有同性恋酒吧、同性恋住宅区，甚至还有盛大的同性恋游行——警察、教师、白领、律师……各行各业的同性恋者参加的狂欢游行。我也知道李安有部著名的同性恋电影，叫作《断背山》，我也同情电影里那两个人不能表达自己内心的痛苦，以及真实不被现实接纳的悲哀——那样的人值得同情，与异性恋还是同性恋没有关系。我还知道在中国，同性恋的人数也不在少数。既然这样，有个同性恋的男人让我遇见了，当然也没什么奇怪。但是，这个男人曾经是我的男朋友，是我同居几年的男朋友，那就不一样了。这就奇怪了。很奇怪。

我的理解力有点像一架卡住了的机器，嘎吱嘎吱地空转，就是不能正常工作。不，我更像被人重重地击打了头部，一下子有点蒙。但是因为这一击，心里有一扇门一下子震开了。那个装着有关薄荷记忆的房间，本来很少打开，现在突然开了，光线投进去，我惊讶地看到，所有的往事都在，而且完好无损。天哪，我还以为他和我没有热度，是因为他不想结婚，我还怀疑过自己的女性魅力，我还自责过没有能投入地爱他，却原来，谁知道，事情根本从一开始就没有希望，我们全错了，错得离谱……没有猜测过的真相突然来临，旧伤疤也突然揭开，一阵头晕，我把信丢在一边，觉得自己需要支撑。但是书桌离得太远了，我干脆就在地上坐了下去。

薄荷，他是同性恋。那么，除了没有看出来，一切不是我的错？我怎么能那么糊里糊涂地过了几年呢？如果那样我也不痛苦，是不是说明我不需要男人真心的宠爱和照顾？难道，他拿我当幌子，我也在拿他当幌子？到底是怎么一回事啊？天哪，人怎么可以这样不了解自己，而虚度或者说浪费着生命！我彻底失眠了，到半夜两点，起来给漆玄青写信。

　　我把整件事情告诉了他。当时我没有想这是否妥当，没有意识到这是我第一次和他谈完全和写作无关的事情，而且是我的隐私。我相信他，而且我不说出来要憋死，要乱死了。我也不明白，这个人是从什么时候开始，越来越偏离他的职业立场，越来越成了我的朋友兼私人顾问，介入我的工作和生活，呼应着我的状态和情绪，替我着想，为我排解。而我，也会什么都告诉他，和他商量，让他分担，听他的，为他的帮助而满心喜悦。而他，许多事都做得不露痕迹。比如，我写不出小说时，他居然说四月份还有一个书市，其实我后来才知道，如果错过了一月份在北京的订货会，要到初夏才有一次全国性书市，由各大城市轮流举办，也就是说，一错过北京订货会，这本书可能就要等上半年。而他为了帮我缓解压力，居然面不改色地编出了一次书市，而信以为真的我居然靠着这个渡过了难关。我们怎么成了这样一种关系？起初，这里面有一点功利关系，但是这一层关系只是包装，里面满满的都是彼此的欣赏，信任，和感情。等到我和他讨论薄荷的事情，我们已经不再是一个编辑和一个作家的关系了，连那层包装都去掉了。但是当时，我并没有意识到。或者说，如果意识到，我也还会这样做的。因为除了他，我想不出还有谁可以、愿意，或者有谁配来分担我的痛苦和困惑。也许，如果有别人，我也是不愿意的。感情的真相永远是：一叶障目，不见森林。而温水煮青蛙之所以危险，就是因为一切是渐渐发生的，让人浑然不觉，等到发现，已经来不及了。起初，青蛙只会觉得水很温暖吧？那种感觉，按照漆玄青的解释，就是幸福？

当时，我只是想，现在这个时间，他肯定睡了。我有点悲哀地想：他和我是多么不一样的人哪。他每天都要坐班，按时作息，按时吃喝，不懒惰也不情绪化，"正常"填满了他的每一分钟，他不用和虚无作战。等到他看到我这封信，应该是在大白天了，光天化日之下，我半夜两点钟的悲哀和惶恐大概也被照得暗淡而稀薄了。

到了五点，我不知为什么还是打开了信箱，心里一边骂自己神经病，一边打开了。我知道肯定不会有回信，那么我就确认一下再去争取睡觉吧。"未读邮件"一封，是我自己写给他的那封吧。不是，我写给他的主题是：《真不知道应该怎么想》，现在这封未读邮件的主题是《随心所欲》。

他回信了？他回信了！我手都颤抖起来，击鼠标右键的手指都有点不听使唤，打开邮件，怎么不是他的回信！他这样说——

　　我读了信，花了一个多小时来想这件事。起初我觉得不能不同情你，现在我觉得你遇到的事情虽然奇特，但结果并不坏。你的这个前男友，不是通常意义上的好男人，但是不失为一个好人，他对你无法承担爱的责任，至少还肯承担不爱的责任。在今天，多少人分手或者被舍弃、抛弃多年之后，也还是不知道到底是为了什么，而那些应该承担不爱的责任的人，只顾成全自己的意愿，成全之后根本不会再回头来解释和道歉，就像肇事逃逸一样。有的是因为自私，有的是因为懦弱。但是你遇到的这个人，终于向你解释和道歉了。这就像两车相撞，对方出来承认自己是全责一样。撞车不是好事，但有人承认全责是撞车之后最好的结果了，因为你就没有责任了。另外，我觉得你也没有真正爱过他——关于爱有许多标准，我这里是按照我所理解的你对爱的标准。他不爱你是因为没有能力，你不爱他却不一定是，可能更多的出于你的一种深刻的逃避，就是你不允许自己真的去爱，所以选择了一个不会让你陷入感情的人来陪伴你。如果是这样，你们的相处也算各得其所，分手也算及时，不是吗？关于过去的事，可以不必回想，如果回想，想怎么想就怎么想，但是记得想完就把它们放进一个密封的箱子里，开始只想眼前，想你想做的事情、希望的事情，然后从第二天起努力，看看能不能实现。

一切都是必修课。过去的你没做错什么，所以现在的你，可以抛弃对自己的怀疑和责难，放开自己，更快乐一些，更大胆一些。不要觉得以前受过伤，以后就一定还会受伤，你完全可以这样理解：已经有过那么多不快乐了，从今以后降临到你身上的将都是快乐的事情。你从悲观主义里把自己释放出来吧！你每天对着镜子大声说三遍：我自由了，从此可以随心所欲！一定要这么做。

这封信我不知道看了几遍。我好像分裂成了两个人：一个在拼命凑近电脑的显示屏，泪光盈盈地看信，恨不得把每一个字都吞下肚子；同时，另一个我在旁边，目光忧虑、双眉紧锁：这个时间了，他居然会来开信箱，这个女人对他好像太重要了，或者说，两个人的关系似乎太不寻常了。我突然想起了小岛上的灯塔，事实上，他是不是已经成了我的灯塔？那么，我对他呢？是需要指引方向的船？仅仅是这样吗？会不会我的依赖也成了他的某种需要？

目光停留在最后一句上：从此可以随心所欲。随心所欲？有人知道这个女人心里想要的吗？如果说，"所欲"限定于渴望而且可能实现的话，那么我早就没有"欲"了。要么，可以实现，我不要。要么，我想要，但是知道不可能，所以打进了意识深处的十八层地狱，不，压进了潜意识，自己都不会知道了。随心所欲，多么过分的一句话。但是就算我真能这样，我都不知道听从什么，放任什么，我没有"欲"，这才真的悲惨。

我想了很久，觉得不知道怎么给薄荷回信，就决定先不回。现在我知道真相了，他这样来"投案"应该主要是为了自己吧，这么重要的事情，不找一个人说出来，始终压在心里，人是很难过的。尤其是，如果一个人对另一个人有歉疚，一般只有两条出路，一条是变本加厉发展成仇恨，干脆把一切责任推到对方头上，用力去恨他或恨她，让自己在仇恨中变得完整而坚硬；另一条，就是在可能的情况下争取对方的原谅，抓住对方的宽恕站起来。薄荷不是那么狠的人，他选了第二条路。这也是为了他自己。我会给他回信，但不需要很快。当初，做出决定的是他，他丝毫没有给我选择的余地，虽然不是失恋，但让我承担了对自己的怀疑和莫名的挫败感——面对那种局面，女人都会想：我太没有魅力了，我连这样一个平凡的男人都留不住。这样对一个女人，就是男人的心里没有杀机，事实上也是充满杀气的。老天垂怜，我因为麻木而幸存下来，到现在还活着，所以现在好像不用急于表现宽容大度吧。

　　所谓的"当初"是已经死去的一个个瞬间，其实我们都无能为力。当初我孤单一人靠自己过来了，他现在有心爱的人在一起，应该不需要我的帮助。我有权慢慢消化，让他等等吧。

第十五章　洗手做羹汤

　　这一阵子我比较悠闲。《深蓝册子》成功之后，结算的版税相当可观，可以够我吃几年，或者一下子还清欠银行的房款。把有个安乐窝当成人生一大目标的我，当然选了还银行的钱。何况，贷款利息那样上涨，如果不和银行划清界限，负担会越来越重呢。

　　这种事似乎应该有个人陪着办，而我只有一个好兄弟，于是找了豆沙，陪我去银行办了提前还款的手续，把刚到手的版税全部又交了出去。我们走出银行，我长长地呼了一口气。"很轻松吧？"他问。我说："嗯。"这好像是我自从出生以来最轻松的一刻。身上的一块大石头被掀掉了，浑身突然轻快，心胸舒展，呼吸猛地顺畅了。然后，是慢慢积攒起来的安定和庆幸的感觉。我终于真正拥有自己的房子了。

终于。太好了。

豆沙说："你也不容易。"我反感他那种怜悯的口气，马上说："人都不容易。"他说："可是看到一个女人完全靠自己买自己住的房子，而且是靠写作，还是觉得更不容易一些。"我心里高兴，故意抢白他："要看到我靠拉黄包车买房子，你才觉得正常？喊！"他笑了。我们一起吃了一顿饭，然后就各自回家了。

我的心情像个又大又圆的气球，轻飘飘地飘在空中。伍尔夫说，女人都应该有一间自己的房子，我现在有了。作为女人，作为一个以写作为生的女人，我给了自己一个保障。以后，我永不会失去一个遮风挡雨的地方，一个可以躲起来失眠、哭泣的地方。如果我写不出来了，我可以哪儿也不去，在家里熬稀粥喝。有了房子，我就可以和世界抗衡了。世界可以抛弃我，我也可以视世界如荒漠。躲进蜗居成一统，管它冬夏与春秋，自由的前提是：要有一套自己的房子。我现在有了。这是真的吗？我在哪里？我是谁？这么幸运的女人，是我吗？

我是个庸俗的人。从此，我看不出自己还有什么熬得头发早白、神经衰弱、口吐鲜血的必要了。努力奋斗不再是必修课，可以成为选修课。我以后的人生好像不再有这么明确的目标了，这让我有点不习惯，但是我的生活变得容易多了。

除了确凿无疑的银子，还有无形的好处，四五家出版社来约我写书，版税不再是过去的8％，开口都是10％以上，最好的一家说可以给12％。我心头本来已经宽了，这时觉得日子突然好得过分。上苍为什么这样厚待我？如果我像基督教徒每周去教堂，一定要好好跪下感谢。既然已经走上了阳光大道，正不必穷凶极恶地乘胜追击，倒是可以反其道而行，给自己放个大假。正好也快过年了，本来也该趁着农闲猫冬了。

我给漆玄青的信只有一句话："我放假。从今天起，到未来的某一天止。"

漆玄青在回信里说："放假，世界上最好听的字眼。开始休假！这也是我每天早晨刮胡子的时候，对着镜子里的自己说的一句话，已经连续说了五百多天了。"我心里一酸，但是他在信末附上的笑脸图案，冲淡了感伤的情绪，也许这不是真的，只是夸张地表达对我的羡慕罢了。

男人，相比起成就感，他们其实不要休息的。当今的社会，悠闲注定和无权无势无钱联系在一起，所以全天下百分之九十九点九的男人，宁愿天天像陀螺，哪怕每天工作十六个小时、赶场子开三个会、吃五顿饭、见十拨人，哪怕英年早逝过劳死，只要有机会，他们都会像喝了鹿血打了激素一样冲锋陷阵，只有在所谓的事业中，他们可以找到最好的感觉和最大的肯定——就像女人在爱情里一样。

男女不一样，是文化和社会给他们脑部植入了不同的软件，启动密码和运转程序不同，但是运转原理是一样的，一旦面对"最重要的事情"，都会无可言喻、悲喜不定、手心出汗、瞳孔放大、体力透支、任人宰割且毫无怨言。任何一个男人或者女人，面对这样的深植体内的宿命，都无法挽狂澜于既倒，只能随波逐流，载浮载沉。这才是真正的"天下大势"，谁都不能扭转。

时来运转，今年连过年我都很轻松。哥哥一家已经在美国定居了，去年圣诞节前他把父母接到美国去了，说好要让他们住上至少半年。这样真好，过年的时候我不必回家对付那一顿年夜饭了。

这些年，我都必须硬着头皮在除夕夜回父母家，然后在爸爸的沉默是金、怒目而视中食不下咽、胃部抽搐，筷子在妈妈精心准备的十几个菜上空盘旋，有时蜻蜓点水。就像足球场上有的球整场是假踢一样，我的年夜饭，纯粹是一场假吃。

我问过妈妈，爸爸到底为什么还对我不满意？我已经养活了自己，外面的人也认为我是个作家，这个职业不算光宗耀祖也不算给父母丢人，我也不犯法不违规，也不败坏良风良俗，我不吸毒不酗酒不抽烟不漏交税，我连个同居的男友都没有，他还要我怎么样？妈妈叹了口气，然后说："也许他是希望你好好结婚。""是吗？"我怀疑地反问。在我进入适婚年龄的十几年里，从来没有听他和我提起过我的终身大事，更不要说给我张罗了。我有时候简直羡慕那种父母会跳出来给包办婚姻的人——至少那是一种关心的确凿表示，哪怕那种表示是封建的极端的。我父亲不一样，对我的事，他不管。我也不希望他管，事实上我也不觉得他有权管。只是，他既然不管，为什么他觉得他有权对我摆出这样难看的脸？而且这么多年？

我恶毒地嘀咕："我看是面部神经出了问题，那张脸已经松不下来也笑不出了。"妈妈小声说："你死了这条心吧，我几十年都没有等到他的笑脸，你一年回来几次还想碰上？"我看着妈妈，然后悲哀地笑了笑，摸了摸她的头，像安慰一个眼巴巴想要一颗糖果而没有得到的孩子。我发现，妈妈的头发已经全白而且稀薄了，所以我不再问："你，真的就这样熬到死吗？就不能和他离婚吗？"我不再问了，他们在我的反对和质疑中已经白头到老、眼看从一而终了，我还说什么？我这个连把自己嫁掉都不能的人，还有什么资格说话？

不用回家过年，整个春节轻松而自在。我去商场里挤，给自己买了许多很老土的年货：贴在门上的福字、窗花、瓜子、山核桃、大白兔奶糖、蜜枣，还有天津十八街的大麻花。除夕夜，我电视里开着春节联欢晚会，一边有一搭没一搭地跟着电视里的观众傻笑，一边认认真真煮饭做菜，然后一个人对着四菜一汤细嚼慢咽，吃个精光。我还买了一箱烟花，除夕夜、初五一早都出去放，还留了几个准备元宵节放，作为新年吉祥欢乐的尾声。

哥哥从美国打电话来，问我好不好，我说："很好。"他说："别硬撑。有什么告诉我，像小时候一样。"小时候？小时候，哥哥还不是经常甩掉我，自己溜出去和小朋友玩。等他回来看见我在哭，就会忘了自己的狠心，着急地说："你怎么啦？告诉哥哥！"我就破涕为笑了。那时候，他也就像土豆这么大吧。哥哥的儿子已经十岁了，小名叫土豆。他的壮实和有趣都像土豆，但那是一枚漂亮得过分的土豆。哥哥邀请我随时去美国，他说，他会给我订机票，到了美国一切由他负责。"当然，是等爸爸妈妈回去以后，我知道你怕和他们混。"他压低声音补充。我笑了，哥哥到底是哥哥，还是有亲人了解我的。

挂了电话，我靠在沙发上，这样的新年当然寂寞，可是寂寞得很舒服。想起过漆玄青和豆沙，但是眼下是全家团圆的时候，打扰任何一个朋友都不合适，我们单身一族要想不成为社会公害，要时刻自我约束，不能松懈。不然等到人家把你从好友名单中删除，你就悔之晚矣。记得在哪本杂志上刚看到"老朋友像古董瓷器，打烂一件少一件"。非常正确

（正确得让人伤心），不是有年纪有经历的人说不出来。我在寂寞中安静自持，不是因为我耐力强，而是因为朋友是珍贵的，不能拿来轻易冒险。

我给薄荷回了信，因为可以说的话太多，又不想无谓地千言万语，所以信的内容很简单，就是说我收到了他的信，表示我理解了他，他可以安心过他的日子。关于我自己，我什么都没有说，我不想说，也不认为他真的关心。好吧，就算他真的关心，我也不想说，我和他没有关系，没有关系已经很久了。又了结了一件事。这些年，我好像不断在了结过去留下的事情，但是没有开始什么。不，不能这么说，我的写作已经上了轨道，我的烹调技术在同龄人中绝对胜人一筹，还有，我有一两个可以说说心里话的朋友。我不是一无所有的人，不是，不是。这点自我肯定，我必须给自己，否则后果不堪设想。

因为不写作，日子有点不一样，好像是从哪里借来，又好像是身在异乡的客里光阴。客里光阴容易过，转眼，就春天了。上海的春天一向短暂而暧昧，总是冷暖不定，转眼就跌入了初夏。这一次的春天却感觉清晰，三月里，连续十来天天气晴朗，气温和暖，少了惯常的冷暖不定、忽晴忽雨的神经质，多了一些太平年景的安稳祥和。这样的春天像个举止安静大方、早早有了修为气度的少年一样，令人难以置信而格外刮目相待。

硕大端庄如满族福晋的玉兰花最先开了，然后一到四月便是江南女儿风格的美人梅、海棠、紫叶李，秀美细巧地登场，然后是桃花与李花，花旦、青衣一般脂粉鲜明、成群结队地笑闹而来。然后是一代名优般的樱花，樱花本来花期短暂，有"樱花七日"的说法，今年因为雨水少，足足开了十天。

在这种季节，人的身体里似乎也有汁液慢慢滋生，元气充填，全身关节包括指节都润滑灵活，好像一不控制随处会长出新枝、爆出绿色的芽。

在离家不远的路口，看到一家新装修的茶庄，这里原来是一家污水横流的小吃店，现在变成茶庄，小小店铺，但是整洁清雅，啊，我最近运气好，刚刚改喝茶，就遇到这样中奖一般的意外好事。马上进去捧场。在一排青花小碟子里首先看见龙井茶，真是簇新的，黄绿色的玉屑一般，看上去都芳香馥郁，再看价格，特级的居然一百五十块一两，一千五百一斤哪。我笑了，这不是我这种人喝的。

茶庄的伙计穿戴干净，眉眼和气，这时过来说："这里有一种绿宝石，是贵州出的，名气不够响，其实不错，泡一点给您试试？"我说好，然后喝到了这种茶，很香，也是醇厚的栗子香，但不同于龙井那般文雅清淡，而多了一种毫不拘束、微微泼辣的山野之气，茶汤碧青，而且一连泡到四次，清香和滋味都不减，不像龙井其实只能喝两道，相形之下更贵了。我老老实实地说："好茶。怎么卖？"伙计露出了笑容，"小姐，您是个真懂茶的，这茶真是不错，就是吃亏在没名气。才卖二百八一斤，我给您优惠，最低价二百四吧。"我觉得这个价格比我想象的要便宜，就要了一斤，他一边给我装袋，抽真空，一边慨叹："世上的事情没道理可讲，多少人其实很能干，不比那些大红大紫的人差，但就是没有出头的机会，就是埋没一辈子。都是命啊，人有命，茶也有命。"这是个明白人，也许是个大隐隐于市的世外高人也说不定。我说："说得好。请问贵姓？"他说："一介草民，免贵姓潘，您叫我小潘好了。"

他还送我一小包叫作"巴山银芽"的茶。我拿起茶包，微笑着说："再见，小潘。"他说："再见，以后常来。""我会的。"他笑了，这个人不作假，他遇上懂茶的人是真心愉快，笑得露出了洁白的牙齿。

回家自己沏了一杯，看着杯里穿梭沉浮最终变成一片森林般的碧绿嫩叶，清澈的香气绕鼻而来，心情真是难得的清净。无端想起周作人，其实也不是无端。周作人懂茶。这个人大节有亏，骨头硬度有问题，但是他的品位没问题，他有一句话实在是说得好："喝茶当于瓦屋纸窗之下，清泉绿茶，用素雅的陶瓷茶具，同二三人同饮，得半日之闲，可抵上十年尘梦。"说得实在对，关于茶的理解，当代无人超过他。

因为"二三人同饮"一句话，突然想起一个人，马上打了一个电话过去："在忙吗？"漆玄青没有问我是谁，这让我很高兴，他很自然地说："还好，你说吧。""我这儿有好茶，你要吗？送你一半。"他说："当然。不过，我不太会保存，放我这儿别糟蹋了。"

我说："那怎么办？"怎么什么事情到了他那里都不

会是一加一等于二那么简单？这个人，我就是拿他没办法。他笑了，"都放在你那儿，我来喝。"我也笑起来，"要我给你泡茶啊？这算不算居功自傲？""算。我总要有点缺点嘛，不然别人会自卑。你什么时候有空，我来尝新。"难得他这么幽默，我索性好人做到底，说："我是无业游民，天天有空啊，你今天下午来好了。"

"下午开会。我下了班来。"说完他就挂了。

我一边放话筒，一边反应过来：到那个时间，总要吃饭吧？哪有空着肚子喝茶的道理？不对呀，事情怎么就从我想送他一点茶叶变成我要像个小丫鬟一样给他捧盏奉茶，再演变成我要先请他吃饭然后品茶了？对，是我打电话给他的，又是我让他随时可以来的，我有什么话说？又要我破费一笔银子请客了。真是"秀才遇到兵，有理讲不清"，不对，是女秀才遇到男秀才，有理讲不清。不过，转念一想，我请他吃饭，原也是应该的——以他为我做的一切，我干鲍海参、鸡鸭鱼肉地亲自准备上一星期，然后率领三五个助手下厨房，好好为他做一顿满汉全席，都是应该的。古诗里叫什么来着？洗手做羹汤。听上去多么婉转可爱。咦，对呀，我们可以不出去吃，就在家里吃，我自己做，这样不是更有趣更别致吗？我从来没有在家里请人吃过饭呢，漆玄青，值得我给他这个待遇。

　　家里旁边的这家菜场大概是上海唯一恒久不变的地方了。这里的格局和气氛没有变，不会跟着政府的施政纲领或者本季时尚潮流而改变，就像不管如何改朝换代，生活的真谛不变一样。菜场等于生活的真谛？什么荒诞的联想。呸，我唾弃自己职业性的胡思乱想。我买了一些菜，然后顺便买了一束白色的小野花，摊主说了名字，但是我还没到家就忘记了——就像太过平凡随和的人不值得正经八百地指名道姓一样。回到家，我把音乐的音量开大，保证自己在厨房里也能听到，然后我削土豆、切肉丁，慢慢干了起来。

　　如果天天要这样认真地准备饭菜，对一个女人来说是好还是不好？我这么多年，除了过年，平时很少这样做。可以说，是十指不沾阳春水，与满身油烟的家庭妇女彻底划清界限。也可以说是彻底潦倒、连肯为他们用心准备饭菜的家人都没有。看怎么说了。记得在一本亦舒的小说里，男主人公两次错过了心爱的女人，他居然说："我一生失去她两次，也属福气。"可见凡事到底意味着什么都可以商量，看人怎么理解。我现在倾向于觉得自己过得还可以，不是最好的，但离最差的也很远，至少，过这种日子有一部分是我自己的选择，另一部分虽然不是，但是那部分本来就没有人可以选择，那是天注定的一部分。

等到漆玄青在楼下按门铃的时候，我已经做好了四菜一汤。一个加了大蒜末和麻油的凉拌海带丝，一个清炒菜薹，一个虾仁炒鸡蛋，一个红烧牛肉加土豆洋葱，汤是只加了一个冬笋的草菇鸡汤。他走进来，对餐桌上的阵势十分惊讶，说："是你做的？"我非常得意，他以为已经很了解我，终于震了他一次。他一边坐下，一边说："不是说喝茶吗？怎么变成吃饭？这怎么敢当？"事已至此，我当然懒得解释，我没有开口，只管给他盛汤盛饭。他喝了一口汤，说："哇！"然后吃海带丝，然后是虾仁炒蛋，然后是蔬菜，每次都"哇"一声，最后吃土豆烧牛肉，就忍不住开始评论了："这里面的洋葱加得好，不但香，还有甜味！"吃了一碗饭，举着空碗对我说："老板娘，劳驾，给再添一碗！"我从来没有见过他这么好胃口，忍住笑给他添。他突然想起来，掀起汤罐看了一下，"你还真是有两下子的。这罐汤少说也要四个小时。汤色这么清，熬的时候肯定没有加盖，一加盖汤就是奶白色的了。"这回轮到我惊讶，我说："你也很内行嘛。"他一边吃一边头也不抬地说："我外婆家是苏州人，很讲究吃，我没做过也听说过。你要是不当作家，可以去开饭店。"

我看他埋头吃饭，心里突然有点痒痒的，想抬手摸摸他的头，对他用一种好像嗔怪其实欢喜的语气说："慢点，干什么呀，小心噎着。"我当然不会，也不敢，但因为这一点小小的非分之想，脸还是微微的有点烫。有些男人总抱怨遇到的女人太中性，没有女性气质，不温柔不细腻不羞怯，其实真应该反省一下自己像不像男人，因为女人只要对着真正的男人，自然就恢复女儿本色，这是最自然不过的事情，不费吹灰之力；但若是对着一个不像男人的人，那就算生计所迫无路可走，最多也只能强颜欢笑或者故作柔弱，装久了只能表情肌抽筋、腰酸背痛，哪里来自然散发的女人味？

我突然知道我为什么喜欢漆玄青了。是因为我喜欢和他在一起的我自己。和他在一起，我没有一刻不感觉到：我是个女人。现在，我甚至觉得，我只是个女人，此外什么都不是。女人恢复了本色就是这样：温柔和顺，简单而快乐。他应该也发现我在他面前是这样的吧。我在乎他，胜过在乎写的书畅销，或者获得什么大奖。看着他酣畅淋漓的吃相，我发现：有个人让你愿意洗手做羹汤，还真是件令人愉快的事情。难怪不少女人愿意婚后回到家中，从风波险恶的江湖退隐进狭小的厨房，哪里是甘居第二性，谦卑贤淑地伺候家里的男人兼为社会上的男人们腾位置？原来是此间这么快乐，谁还思蜀？像我，如果是眼前这个男人来娶，真是值得嫁了，然后隐姓埋名不问世事，若是闲了无事依旧随便写写，若是他反对，我马上封笔退休。能遇到一个言听计从心甘情愿的人，才是女人的福气，应该马上跟定他，省了多少凄惶无助焦虑迷茫。可惜我，没有这个福气。

吃完饭我收拾碗筷，他一边看我书架上的书，一边和我闲闲聊天，不觉就过了一小时，我说："现在可以喝茶了。"他说："知道。"我说："你知道什么？""饭后马上喝伤脾胃。"我笑了。拿出两个连一点水渍都没有、异常洁净的玻璃杯，用竹子做的玉色茶则斟酌着取了茶叶，沏了两杯，一人面前放了一杯。他端详着杯里的茶，啜了一口，点点头，然后就慢慢地喝了起来。我等了一会儿，不见他说什么，就也端起自己面前的一杯，开始喝。整整三道茶，我们都没有说一句话。起初我还等他说，后来发现他是存心不说，或者说有话也不想在这时候说，于是我也就不说了。其实，除了工作的时候，我们说不说话常常不重要。只要在一起，总是有一种安静的喜悦，体会着这种喜悦，我像一粒躲在厚实的豌豆荚里的小豌豆，全身暖暖的，谁还顾得上说话？

绿宝石喝淡了，我以为他会起身告辞，但是他没有。我们面对面坐着，他又开始看着我出神，以往他是喝了酒才会这样，可是今天他只是喝了茶。这真是他特有的眼神。克制而有礼貌的，海一样幽深，但是海底有跳动的火苗，那火苗像要照亮我灵魂的深井。我确定即使我不认识这个人，我也不会忘记这样一对眼睛。现在他已经渐渐不像是科学家在研究一个试管里的结晶体了，因为没有大惑不解，也没有好奇；他越来越像是分别了几十年的亲人重逢，千言万语无从说起，只是傻傻地对着对方的脸，又惊又喜，欲信还疑。

一直到他起身，他都没有说一句话。走到门口，他才头也不回地说："走了。"我说："不送。"

他在那儿站了一会儿。我看着他的背、他的肩膀、他的头，看上去像在忍受着某种痛楚。怎么了？我有点担心起来。同时为某种又灼热又酸楚的东西触动，觉得鼻子酸了起来。

一直到很久以后，我才明白那个背影说出来的心事。他是有点恐惧但是非常盼望地，等我上去抱住他。

第十六章　你说我是，我就是了

　　我不喜欢演员这个职业，但是有一点我是羡慕他们的。他们站在台上，念台词、表演、歌唱或者起舞，他们的观众在台下，可以即时做出反应，欢笑或者惊叹、鼓掌、喝彩，或者怪叫、喝倒彩，而他们，也可以马上接收到这些反应。一切都是即时的，报应不爽而且绝对当场开销、立见分晓的。

　　可是作为作家，境遇就不一样了。一篇小说甚至一篇短短的千字文章，发表之后，你不知道它会流传多久，会什么时候被什么人看到，读者的反应又会以什么方式花多少时间反馈到作者这一侧。等到读者的反应来的时候，作者写那篇东西的心境可能早就变了，只好面对迟了一年甚至几年的共鸣或者咒骂苦笑。不能喊冤枉，因为那确实是你写的。我因为过去的作品挨骂的时候，总会想起：好像犯罪还有一个起诉的有效期，过了多少年，曾经的罪行就可以不再被起诉追究，但是作家因为作品被指责或者嘲笑、谩骂，却没有这个有效期的保护。我们完全可能因为多年前的一篇文章或者一句话——很久以前"犯下"的、自己都忘记了的"罪"，而被人痛骂，而且被错判了也无处申诉。

不是没有收到过骂我的信，我每次都是当时笑一场，过后不思量。因为我知道这年头心里不痛快的人很多，需要宣泄，但不能往市长、省长身上扔西红柿，也没机会往明星身上砸臭鸡蛋，就随便找一个人乱说一通，来挽救自己就要彻底崩溃的心理平衡，说起来，这比到处丢垃圾、随地吐痰要可以理解一些。

但是这一封，终于让我失了常态。

来信的人似乎处于一种亢奋的仇恨中，他说："几年前看那个臭名昭著的'爱无痕信箱'里回答别人提问，就非常讨厌你！你算什么，怎么那么自以为是、目中无人，整天教训别人，满嘴胡言乱语？后来你还写了一本乱七八糟的小说，里面的女人老牛吃嫩草，男男女女全是神经不正常的样子，没有一个是好人。我真不明白，出版社怎么会给你出书？而且这样的垃圾居然还堂而皇之地在书店大卖特卖，还上什么畅销排行榜？像这样的作品除了污染人的心灵，就是浪费纸张！人家都说，丑人多作怪，这句话在你身上正好得到印证。我觉得，你的人生观大概和动物差不多，不对，就是一头猪也会比你朴实健康。不过，我们读者还是可以原谅你，因为你都这么老了，还是一个嫁不出去的老姑娘，老姑娘的心理难免阴暗而扭曲。我估计你这种女人这辈子都不会有人要了，你只会越来越丑越来越变态，越来越让人讨厌！我对你只有一个要求，拜托你把这种阴暗而扭曲的心理自己留着，不要写出来恶心我、污染全世界了，好吗？当然你也不一定会听从我这样的忠告，因为我觉得你已经不可救药了，那么但愿你还知道人间有羞耻二字！"

我浑身冰凉，手指颤抖。我把信放在一边，命令自己平静下来：深蓝，这是一个神经病，你不可以和一个神经病一般见识。如果你连这种人的话都当真，那么你就不具备一个作家起码的心理承受力。

平静下来以后，我又对自己下另一道命令：这么无聊的事情，忘了它，深蓝，忘了它！

但是我失败了。我的耳边好像回响着一个嘶哑的声音，那个声音不停地说：就是一头猪也比你朴实健康。你是一个嫁不出去的老姑娘。这辈子都不会有人要了。我的面前好像还出现了一张脸，那么丑，那么猥琐，像一只阴沟洞里的老鼠，嘴里喷着腐败的臭气，眼睛却闪着恶毒的绿光。我控制不住一阵恶心，冲到盥洗室开始吐，直吐得涕泪横流，天昏地暗。

到了晚上，我觉得眼涩、头疼、身体沉重，量了量体温，居然发烧了。发烧才好呢，那种恶心的信息像病毒，我不小心碰上了，病毒是洗不掉的，只有发烧可以杀死它。一连烧了三天，然后烧退了，我起来，看到手机里一堆短信，还有几个未接电话。其中有一个反复出现，我不知道是谁，就拨了回去。竟然也是一个读者，不知道从哪里弄到了我的电话号码。感谢上帝，这回是个神经正常的人，而且喜欢我的作品。她先是语无伦次地夸了我几句，然后说她是个单身的女孩子，一直想结婚但是没有遇到命中注定的那一个，最近她开始怀疑自己的女性魅力，因为一些不如她的女孩子都结婚了，为什么剩下她？好像是自己有点问题吧。

我的头又疼起来，我不得不打断她："请问，我能为你做什么？"不会要我介绍男朋友吧？还好不是。她说："不好意思，啰唆了半天。我只是想问你，你也是单身的，可是你总是保持自信，你是怎么做到的？我真的很想知道，请你告诉我，好吗？"

我不记得我是怎么回答的了，只记得挂了电话，我顺势躺在地毯上，像一只破烂的旧袜子。我双手抱着头，张开十指从手腕到指间都非常用力地箍住自己的头，因为我真的觉得我的头要炸开了。

我不知道自己给漆玄青写信的时候是否在崩溃之中，反正我说了这两件事，然后忍不住开始絮叨："像我这么失败的女人，哪有资格告诉别人保持自信的经验？我心底里也怀疑自己，怀疑自己的感情方式、生活理想和女性魅力，怀疑自己是否有回到正常生活的能力，是否给我一个好丈夫我也当不好妻子、过不好日子？天下那么多男人，没有一个肯和我结婚，总有他们的道理；天下那么多傻女人都嫁掉了，但是我没有嫁掉，其中也一定有原因。也许，问题的答案很简单，只是我不愿意正视，那就是：我根本没有魅力，我不是一个好女人。"

漆玄青回信照例不隔夜就到了，这次他怕我没有及时看，还给我发了短信："我回信了。"我打开信箱，看到他回信的主题是：《你当然是！》

你当然是好女人。不许你诋毁自己。平时你遮蔽了自己，一般人不会看出你是怎样的女人，你是很优秀的女人，而且是我遇见的优秀的女人里最传统、最单纯的一个，现在这样的女人已经很少了。如果你遇到了爱的人，你什么都肯为他做的，如果他也爱你，你会毫不犹豫地付出自己的一切。你不在乎对方有没有钱，有没有地位，你觉得爱上一个人就是和他在一起同甘共苦，有饭吃饭，没饭吃糠，如果是不被祝福的爱情，你甚至可以和他一起去逃亡，如果他占山当了土匪，你就给他当压寨夫人，如果逃到天涯海角无路可走了你们就会一起跳海。为了爱，你自己拥有的一切也都可以放弃，你可以不再是一位作家，你可以什么都不是，简单明快地转身回家，当你的家庭主妇，你的生活会被锅碗瓢盆和孩子的笑声吵闹声包围，家里并不井井有条但是一定很亲切很舒适，充满了不可抗拒的温暖，因为家里有一位这么聪明、迷人、热烈、善解人意的女主人。因为你，你的丈夫将永远不愿意在外面多作停留，只要忙完了工作，他总是急切地要回家，回到你的身边。而你，当他下班回家，你总是会远远就听到，你会急急地开门迎出去，接过他的包和外套，给他一个拥抱。你们是那么相爱，你闲下来的时候就会和他磨：我们要不要再生一个？你看，老大已经这么大了，我还是喜欢小宝宝。结果你有一圈孩子缠着你，你每天都异常忙碌，但是很快乐，没有时间去哀愁或者迷茫。你顾不上什么发型和化妆，但是你的眼睛明亮，脸色匀净，你的嘴角总是有笑意。有时候，你实在太累了，加上孩子不听话，你会躲到角落哭一场，然后丈夫会找来，你会在他的怀抱中平静下来，恢复生气，重新变得容光焕发。

对了，你长得可能不标准，但是很好看，而且你会一直很好看，最后变成一个世界上最有风韵最动人的老太太。

　　将来能够和你互相拥有的那个男人，是最幸运的人。一个男人，无论取得多大的成就，都不能代替这种幸运。现在，他和你都在等待这种幸运降临到现实中来。你们要耐心，因为值得。

　　许多女人是石头，但你是玉，独一无二的一方璞玉，时光会把你雕琢出来。上苍给你的够多了，要知足，好好珍惜自己。

　　读着这封信，我觉得像有一大罐熔化成液状的香膏从头上倒下来，热热稠稠、香气馥郁地覆盖了我的整个人，连藏在肉身深处的一颗心也不能幸免，它微微战栗，即将熔化。

　　不是因为他这么赞美我，不是因为他描绘的美妙图景，而是，我明白了一件事。他爱我。不是有点爱我，而是非常爱我。他没有说过，当然也没有拥抱过亲吻过我，但是有了这封信，已经不需要那些了。他爱我，而且觉得我是他理想中相伴一生的女人。我知道我和他所描绘的女人之间有差距，我没有那么好，那么纯净，那么完美。但是我还是很高兴，他觉得我这么好，不是因为别的，只是因为他爱我。

是的，他爱我，我肯定。照耀万物的太阳，它还需要向平原和沙漠介绍"我是太阳"吗？铺满天空、倾泻而下的大雨，它还需要对人类和植物絮叨"我是雨"吗？爱就像太阳和雨水一样，自己证明自己，自己显示自己。

我给他回了信："明白了，我会珍惜。"明白了他说的话，我会珍惜自己。也明白了那些话意味着什么，我会珍惜这种福分。

其实隐隐约约，我也知道自己是什么样的女人，我也知道自己并不是一钱不值的。但是人生有许多事情，就像真理一样，虽然明确而简单，但是人就是无法自己切实把握，往往要等一个特殊的时刻由一个特殊的人说，才会有效。须等苦苦探求无路可走之后，由那个人轻轻松松一语道破，才会醍醐灌顶茅塞顿开如遇大赦宛如新生。对我来说，我已经遇到了这个人。写小说，他说我行我就行；做人，他说我是好女人，我就是了，而且早就是了，从此都是了。

如果这是没出息，那么我不要出息，因为一生能遇到一个这样的人是我的幸运。真不可思议啊，那些问题原本都是大而沉重的，压在我身上，石块一样。我背负着大石头走到他面前，请求他帮我卸掉，可是他说："哪儿来的大石头？你身上什么都没有。"我一惊一喜之间，背上肩上的重负已经灰飞烟灭，我已经恢复了轻松自在身。只要他一个人说，只要他一句话。

别人总说相爱是遇到了懂得的人。我不这样想，我没有那么自信，我并不认为自己肯定是好女人而不是怪女人，肯定是玉而不是病石头，但是，他说我是好女人，是玉，那么我就是了。他不是"懂得"我，而是发掘了我，提升了我，命名了我。我本来是一个卖火柴的女孩子，圣诞之夜遇到一个温暖的门让我进去，于是我就有了家。我本是一个疲惫的流浪者，现在有人以大片国土和低头跪拜作为奉献，于是我就是女王了。

是这样。但怎么会这样呢？到底发生了什么？

世间有很多大的奥秘，人其实不能解。

写信归写信，还是想见面。因为最近彻底不写作，我们没有工作的理由见面，已经一个多月没有见过面了。我突然想通，决定放弃寻找借口，想见就是想见，好汉做事好汉当。我给他打电话，问他可不可以一起吃饭？他很爽快地答："好。"我问："哪里？"他说："我在忙，你选一个地方，发短信告诉我。""地点我定，时间呢？""也是你定。只要是下班时间。"

我满心欢喜，拿出一摞生活时尚类的周刊，找了一家据说是本城最好吃的泰国餐厅，发短信给他。几个小时后我们在"泰美味"餐厅里见了面，我看见他匆匆忙忙地走进来，不知道为什么就笑了。他一边坐下，一边说："笑什么？""你肚子饿了？走得这么急。"他诧异地说："没有啊。"

那么，是急着见我吗？这话出不了口，想到这儿，脸已经热辣辣起来了。奇怪，和他在一起，我会这样无端脸红。而他偏偏说："你怎么脸红？"我刻薄惯了，对自己也是，但话没出口忍不住先笑起来："那你一定要抓紧机会观赏。我脸红是多少年一遇的奇观，像彗星接近地球、日全食一样。"他也笑了，那种轻松，一瞬间就把"日常"像一件破外套一样脱了下来，我们好像回到了那个无拘无束的小岛上。

服务生一人给我们一本菜单，他不看，对人家说："问她。"我说："这家我也没来过，也不知道你爱吃什么。"他说："你定就是了。"

我说："你这是三不政策啊。"他挑起眉毛表示"愿闻其详"，我说："就是不点菜、不拒绝、不负责的三不啊。"他说："这肯定是你编的，我听说过的'三不'是说男人对女人，不主动，不拒绝，不负责。你吃一顿饭有什么负不负责？"我强词夺理："怎么没有？每道菜上来，点菜的人都要等别人吃，然后看别人的脸色满不满意，如果别人说好吃，就放下心来自己动筷子，如果别人不喜欢，那自己就吃不好了。点菜的责任大了。"一边随口和他打着嘴仗，一边自己埋头研究了一会儿，点了一个青木瓜沙拉，一个鸡肉沙嗲，一个绿咖喱牛肉，一个冬荫功海鲜汤，一个辣炒空心菜，然后是两碗泰国香米饭。他一看这些饭菜上桌就面有喜色，然后埋头大吃，最后还将米饭扣在盘子上，将咖喱汁都擦得干干净净。但是吃的时候，他嘴巴紧闭，没有发出咀嚼的声音。胃口上佳，风卷残云而不失斯文，是我喜欢的吃相。不知道是不习惯照顾女性，还是在我面前不讲究绅士风度，他并不时刻留神我的一举一动，也不刻意照顾我，只是自己很放松，在真正好好吃，却看得我满心欢喜，胃口大开。

吃了一阵，忍不住问："人家说，吃饭有几种，一种是谈事情，醉翁之意不在酒，饭菜再好都是摆设，基本上不知道味道；一种是吃环境，要小桥流水、古色古香，或者繁复华丽、轻纱重幔，菜过得去就可以了；一种是吃服务，找的就是被人好生伺候、人上人的感觉，或者是知根知底把饭店吃成自己家的感觉，如果熟悉的店长或者服务生跳槽，不惜跟着换地方吃；还有一种是吃东西，只要东西真正好吃，其他的都不计较，餐具都是划痕、碗有缺口也不在意，也肯排队等座位。你吃饭是哪一种？"他说："有事情就谈事情，自己吃就是吃东西。你呢？"我想了想，自己先笑了起来。他说："笑什么？快说。只问别人，自己不说，仗着是著名作家也不可以这样！"我不理会他的揶揄，笑着说："我说了你别怕，我啊——吃人！"他听了一怔，然后也笑了，笑得止不住，呛咳起来。我说："哎，别笑死啊，弄出个出版界的重大损失，本人可担待不起！"他笑得更厉害了。我相信他很久没有这样开心过了。

吃完饭，我坚持买了单。两个人出来，外面已经是一片华灯的世界了。我们都不说回家的话，也不知道要到哪里去，就在街上随便走着。他没有任何不自然的表情，也没有和我保持距离，这让我暗暗有点高兴。这个人就是应该这样，做什么都光明正大堂堂正正，不知道为什么要遮掩。

经过一家鞋店，不经意地一眼，橱窗里的一双鞋让我眼睛一亮，马上凑过去看。是一双芭蕾舞风格的鞋，珍珠色的，绝对平底，细细的皮带在脚踝上交叉系着，不用担心鞋子脱落，鞋口的皱褶让人一望而知它的柔软，看上去无比舒适，又无比雅致，这真是我心目中最好的鞋子。虽然我没有上班的地方也没有社交，但是平常穿一双自己喜欢的好鞋，是我允许自己享受的一点奢华。改天我要来买一双。正想走开，漆玄青说："进去看看？"我笑了起来："陪女人逛店是多少男人的噩梦，你不会不耐烦吗？"他一边推开门，让我先进去，一边说："没试过，不知道。"

但是男人就是男人，果真是拒绝逛店的。他进了店，根本没有东张西望浏览货品，而是直接让店员拿来了橱窗里的那双鞋。店员显然想错我们的关系了，不问我而问他："几码？"他无辜地看我，我自己答："三十七。"店员拿来了，没有橱窗里的灯光的照射，近距离看这双鞋，减少了几分华贵，家常随意起来，这更像是我穿的鞋子了。我从来没有这么喜欢过一双鞋，满心欢喜地穿上，弯腰绕那根细皮带时，头发散下来阻挡了视线，用一只手拢住了头发，单手又没办法系带子。真是太久没有买鞋子了，连这么细小的事都应付不了。

我问店员："有橡皮筋吗？我把头发扎起来。"漆玄青说："不用。"他蹲下去，低着头，把那根细细的带子在我脚踝上绕了一圈，打了一个蝴蝶结，然后问："这样对吗？"我好像突然失去了真实感，做梦一样喃喃地说："你知道吗？据说所有女人都会有个梦想，就是有一个男人在她面前，单膝跪下，给她穿鞋。"他没有回答，马上把姿势改成单膝跪着，开始给我系另一边的带子。他低下的头离我很近，我突然想起了一句诗，不知道是不是白朗宁夫人的："你在我面前低下了头，像风中折断的金色蔷薇。"金发男子的头才是金色蔷薇，而他黑发浓密的头，像黑郁金香。
我低声问："让人家看见，会怎么说？"他好像没听见，很
认真地系好了，说："可以吗？"等不到我的回答，他抬头
看我，我们俩相距很近地对视了一秒钟，然后他起身对店员
说："就这双。"他付了钱，自然得天经地义行云流水家常
便饭，而我被金蔷薇或者黑郁金香弄得恍恍惚惚，连谢谢也
忘了说。

　　回到家，我整晚抱着那双鞋，也不穿，也不看，就是那
么抱着。好像我是旧王朝最后的贵族成员，王朝覆灭，亲属
死的死散的散，只有这双鞋是我往昔尊贵荣华的最后遗痕。
又好像曾经和另一时空的神秘生物相爱，然后他不得不回到
自己的世界，这双鞋是他给我留下的唯一信物。

　　自从他说过，我本来已经知道自己是什么样的女人了，
现在又重新不确定了。我真的是好女人吗？大庭广众之下我
怎么会对别人的丈夫提那样要求？如果我是坏女人，他，那
样一个"其人如精金美玉"的男子，怎么会真的在我面前单
膝跪下？我想不明白已经发生的事情。我心里糊涂得厉害，
如果不是怕他不耐烦而数落我，真的很想再问他一次：你再

说说，我到底是个什么样的女人？

你啊你，世上唯一有权评判我的你，不管是什么样的女人，你说我是，我就是了。

第十七章　躲进小说

　　我重新开始写小说。盼望已久的悠长假期被我自己提前结束了。我不敢再休息下去了。有太多胡思乱想让我的心忽满忽空，有太多的回忆和憧憬让我忽悲忽喜，而我，已经不能什么都写信对漆玄青说了，为什么不能？我自己也不知道。好像有一种哀愁的预感：那是我最后的一道防线，一旦失守，将一败涂地万劫不复。

　　爱情是什么？曾经以为，爱是不能控制地想一个人，愿意为他做一切。

　　曾经以为，爱是男人和女人之间的一场战争。

　　曾经以为，爱是一个人的事情，存乎内心，和对方都不一定有关。

　　后来又以为，爱是两个人一定要在一起，朝朝暮暮实实在在。

再后来，自从和漆玄青共用一个信箱，我渐渐又怀疑：爱，会不会就是一种无比深入的交流？交流到了一定程度，就是爱了。

等到他说我是好女人的时候，我又想：爱是一种彻底的肯定，绝对的欣赏。

但是，到了现在，爱到底是什么呢？如果它触犯了道德的约束、社会的戒律，挑战自我尊严的底线，它还是爱吗？到了这个地步，是证明它是更强大的爱，还是证明它是一种不洁不美、损人害己、黑暗堕落的东西？

我不知道答案，好像也不是真的太想知道。如果是比常规更强大的爱，也不能实现，只能是一个无奈的"发乎情，止乎礼仪"；如果是病态的依赖或者"邪恶"的爱情，其罪当诛，在内心也不能控制。知道了答案又有什么用？

我还是回到写作吧，这样的胡思乱想永无出头之日，只会让我越来越消瘦越来越憔悴，却换不来一点点好处。

他曾经说过要我随心所欲，那时我没有"欲"，觉得悲惨，现在我的心终于有"所欲"了，但是依然悲惨。因为面对"所欲"，我绝不能"随"，而且要严阵以待每时每刻狠狠地对付它。我恨不得把自己关在一个地牢里，用大铁锁从里面反锁，然后把钥匙丢到外面去。我知道应该禁闭我自己。只要让我自由，我便会做一件事，而那件事是我决不允许自己做的，若是我做了，我就会失去一切。因为，只要我做了那件事，我就永远看轻我自己，而一个看轻自己的女人，我不知道她还有什么值得别人看重。我们现在的隐忍里有尊重，若是不再隐忍了，可以得到片刻欢爱，但是欢爱里面已经有轻蔑。好男人是精金，好女子是美玉，除了清洁我一无所有，我要我们是洁净的。

不能燃烧，只能煎熬。写作也是煎熬，但是那种煎熬至少可以换来一点成果——那本是虚空却因我存在的一行行字，甚至一本本书，神完气足地尘世行走，有它自己的生命和命运。只要保持写作，总会有回报，就算写出来的很少人看，也还是有回报的。我感到，它即使不能让人看到虚无中的真实和永恒，至少也让人觉得在向那个意义之门靠近。

其实不单写作，世间干任何事情都比为爱情劳神有价值，人怎么会那么愚不可及还屡教屡犯呢？我不要自己愚蠢下去。不明智，毋宁死。我开始写作，日夜不息。我很累，但是我不想休息。

人一旦疲惫已极，就会头脑昏沉、视线模糊、站立不稳，只有头脑异常活跃、浮想联翩欲罢不能，有点接近薄醉。我就在这种"薄醉状态"中想：如果，我能写得累倒了，生一场病，对我会有帮助。如果我狂写到一口气上不来倒在电脑前毙命，那我就得救了。人们会以为我是死于写作过劳，会给我许多惋惜和不必要的赞美，甚至在我的墓碑背面为我刻上所有的书的名字，包括那最后的未完成的一部。而其实那真是可笑而荒谬，我不要那些，我之所以拼了命来写作，从来不是为了写作，先是为了谋生，后来只是为了用写作缠住自己困住自己，不让我去做不该做的事情。虽然我和写作纠缠撕罗到死，但是那只是假象。我的死和写作无关，就像一个人死在医院但不能控告医院谋杀了他，一个人死在床上但并不是床害死了他一样。如果我将有一块其实多余的墓碑，墓碑上也许只应该刻三个字："以情死。"有这三个字，我的一生就可以交代了。

可是如果那样，很容易被人误解，以为是一个被情人或者丈夫抛弃的痴情女，割腕或者开了煤气去求解脱。那真是冤枉我，谁知道我不是为了"爱而不得"才自己了断，我是因为可以"得"但不可以"爱"。不允许爱，世界通行的秩序不允许，我自己也不允许。如果为这个死了，究竟算"以情死"，还是应该算"不情死"？"以情死"，像个智商不高的失败者的自供状，可是，"不情死"，怎么听都像是白活了一场一样。

年轻时以为，如果有以死相争的勇气，尘世间没有做不成的事情，现在才知道，尘世间许多事情，无奈到你死得，做不得。你死是你自己的事，你做那不可以做的事情，就会天怒人怨天下唾骂人人得而诛之，死了都不得安宁。与其那样，不如先死了的好，自己清静，还可以不拖累自己爱的人。可是我死了，他会怎么样？是觉得当头一棒，许久都还蒙头蒙脑无法接受，还是像被利刃当胸挖掉一块，再也无法长全？而且他的痛和苦楚又能向谁说呢？他没做错什么，我不忍心这样对他。

烦恼到想死，想到了死还有关于死的新烦恼，人生真正是苦海无边，根本没有岸。不想那些事了，写吧！不管写什么，写吧！再不写，我大概要发疯了。

足不出户苦写了三个月，新的长篇写了一大半。这个长篇我不再给银色大道，我怕继续和漆玄青接触。为了怕自己反悔，我早早和另一家——优品出版社签了合同，五万册起印，版税百分之十。如果定价三十块以上，我大约可以得到版税十五万。但是现在，我脑海里漂浮着的，不是那可观的十五万，而是一个人的脸，愤怒的脸。

我能想象，等到书出来，漆玄青脸上的表情。也许在别人看来那张脸上什么表情都没有，像一块冻得坚硬无比的冰，但是我一定能从他深海一样的眼睛里找到愤怒。我们过去开过玩笑，他说从今以后我的作品，写一部他出一部，他全包了。我说那可不一定，我又没有和你签过卖身契。他惊讶地说："难道你还会给别人吗？"我说："要是给别人了，你会怎么样？"他想都不想就脱口而出："我会去把那家出版社烧了！"我说："你焚书？要不要坑儒？"他继续咬牙切齿："也可能！"我装出惊恐的样子，然后我们相对哈哈大笑。

那时候，我们都觉得这是不可能的事情，因为那时候我们之间有的是欣赏、信任、默契，那情义不是任何人可以代替的。现在我转向别家，也许别人会觉得我们不好了，其实不是，偏偏不是，是我们太好了，好得不能继续合作了。那些欣赏、信任、默契轻易不会摧毁，但是彼此的感情已经变了，在我眼里，他已经不再是一个出色的编辑家而首先是个男人，在他眼里，我也不再是一个好作者而是个女人。虽然我们本来就是一个男人和一个女人，但是看山不是山看水不是水，现在心念一动，看山是山看水是水，再也回不去了。大大的太阳依旧在头顶上，但是江山已经变了颜色。工作和感情掺杂在一起，事情就变得复杂了，是现代人的大忌。不论是他，还是我，把鸡蛋放进一个篮子里，不是我们这个年纪应该冒的险了。何苦呢？那么喜欢的一个人，彼此这样相煎太急。

要控制事态，就先要控制自己。而要把持住自己，就要咬咬牙。这三个月里，他给我来过几封信，我都只看不回。他破例打过一个电话来，确认我平安无事，我三言两语说完就沉默，他从来没有面对过我的冷淡，也不知道该说什么，就挂了。他当然觉出了什么，也就不再写信，更没有电话。

我还是每天会打开一次信箱，没有信，我就把过去的信重新读一遍。我坚决不给他写信，一个字都不写。我把所有的气力都用在小说上，就像一个痛苦的农民，整天汗流浃背地耗在田里那样，心里想着：至少庄稼不会辜负人。

庄稼不会辜负农民，文字也没有辜负我，小说节节顺利。

但是躲进了小说，只能让我不见他，不去找他，但不能让我不想他。这种想，不是所谓的"想起"，因为从来没有放下，也就不需要想起。每天醒来的第一个念头，就是这个人。临睡前蒙眬的最后一念，也是这个人。其实我们在一起，也没有什么特别的事情可以回想，我只是没有办法禁止他的脸他的声音他的动作反反复复在我眼前出现，还有，我经常会想：现在他在干什么呢？然后我想，不要想了。然后我就忙别的事情，但只要一分神，我发现那个念头又转回来了：他在干什么呢？好像这是生活中的首要大事，不解决就做不了别的事情，好像只要知道此时此刻他在干什么，我就找到了人生的真谛一样。不是我不想管自己，但是一个人能管住自己做什么，却不容易管住自己想什么。

一天之中，除了写小说快速推进、双手飞快击键、大脑濒临缺氧的时候，或者接电话对答的时候，这个人没有一刻不在脑子里，无休无止，无始无终。

有一次我写完一大段，回头说："你看这段——"才发现他不在我身后。

好几次我要过马路的时候突然惊醒，站定看一看红绿灯，狠狠告诫自己："过马路要专心，不是闹着玩的！"

奇怪的是，这种折磨好像给我带来了神秘的能量，我吃得很少，但是不饿，我睡得也少，晚上一般十二点以后睡，早上却六点就醒来，而且头脑马上变得很清醒，一天之中也从不困倦。

听说有的婴儿白天保姆带的时候一整天都呼呼大睡，等到晚上交到父母手里，就会整夜不肯睡，哭闹，让父母非常受苦、非常烦恼。是什么导致了这样的日夜颠倒？后来专家研究发现，这是因为婴儿需要和父母多亲近，于是婴儿本能地把清醒的时间留给了父母。不知道是不是类似的原理，我的生物钟好像被调拨了，它不允许我在无知无觉的睡眠中浪费时间，而要我尽量清醒，清醒着把时间留给一件事：

思念。

就是在这个阶段，我开始在一个本子上写一些给自己看的东西，那绝对不是为了发表，绝对不可以给人家看的，是我自己一些模糊的呻吟和时而清晰时而错乱的想法，找不到合适的人来听，我需要找一个安全的地方倒出来。有时候，文字可以帮助我，将混乱的心绪澄清到能看清真相，将流动的灼热的痛凝固下来免得伤势蔓延，我一边写一边清晰，一边写一边疗伤。为了区别于其他记录素材的各种本子，这个本子我在封面写上"笺注"两个字。这可能是我所有作品的画外音，可能是我心路历程的一些线索，可能是对生活的一些关键词的自己的注释，因为私密所以非常真切，因为偏颇所以永远不能公之于众。比如这样的词条——

提防

是的，你知道，要提防的很多。要提防骗子、扒手、强盗，要提防地震、雷击、火山爆发，要提防车祸、疾病和失业，还有那不宣而战、志在必胜的衰老。

可是，谁也没有告诉过你，要提防你的心在一个时刻背叛你，她不顾你的利益、理念、尊严，不顾你的声色俱厉义正词严或者千呼万唤苦苦哀告，当一个声音轻轻传来，她立即说："我在这儿！"然后就径自离去。所有的策略战术都失血而死，所有的防御工事都颓然倒地。它们将万劫不复，城中的主人已经在月明星稀的夜里消失了。

这是怎样滑稽而悲伤的一座城池啊。所有的人都告诉你要防止城池陷落，可是为什么没有人告诉你要防止城主弃城而出？

生命中有些事本来就防不胜防。

不知道过了多久。有一天晚上，我在洗澡的时候突然哭了，很多年没有这样哭过了，毫无预兆地，控制力就溃堤了。我哭得非常伤心非常委屈。我站在莲蓬头的水流中，让泪水混着水往下流。上苍做证，我尽力了，我确实尽力了。但是我还是想念他，我怎么办呢？哭完了我对着镜子说：会好的，再痛苦都会过去的，会好的。

可是镜子里哀伤的眼睛在反问：怎么会好？那是好吗？有一天不痛苦，是变淡，变冷，是两个人彼此无所谓，那是多么坏的结局，怎么是好？我被问住了，是啊，那不是我要的结果，那甚至都不是我能够承受的。我宁可痛，我不要和他变成陌路人。可是即使这么痛，又能怎么样呢？痛得这般无奈。什么时候是个头啊？

我把头轻轻抵在镜子上，后来又用头去撞镜子旁边的墙，一下，两下，心里无端地坚信会是墙先倒下来，然后我才头破血流。

第十八章　茶杯里抽出一朵莲花

接到她的电话，我非常惊讶。一个清脆而甜美的少女的声音，她说："深蓝阿姨吗？我是漆小雨，漆玄青的女儿。"无缘无故，还没见面，我就喜欢上了这个声音的主人。她要见我，我没有想到要推托，就约了在脂艳斋——那是我和漆玄青第一次见面的地方。她准时来了，白上衣，格子宽褶裙，一头乌亮短发，苗条挺拔，脸长得很像漆玄青，但是五官更精致，是个标准的美人坯子。

"深蓝阿姨，我在书上见过您！"她笑着打招呼。

她的人和声音一样可爱。我一边给她倒茶，一边问了她的年龄，她说她十七了，正在市重点中学念高三。我虽然好奇她为什么找我，但是为人没做亏心事，半夜敲门心不惊，别说是大白天面对一个巧笑倩兮的女孩子了。心里坦然，只管慢慢斟茶、闲聊，等她开头。

"深蓝阿姨，我想知道，你爱我爸爸吗？"这句话撞击我的耳膜的时候，一口茶正通过我的喉咙，顿时我呛住了，咳了起来。

咳完了我已经找到回答："你可能误会了，我和你父亲只是朋友。"

"深蓝阿姨，你千万不要用这种套话回答我，这种话，是明星们面对小报记者才说的。我保证，我对你说的每一句话都是真的，请你也对我说真话，好吗？"好厉害的口齿，这一点和她爸爸不一样呢。

我说："你说，我听着。"

"我不是来兴师问罪的，你和我爸爸怎么样，那是你们之间的事情，我没资格管。我不知道你爱不爱我爸爸，但是我知道我爸爸爱你，还知道最近他的心情很不好，我猜一定是你们之间出了问题。是你拒绝了他？还是你们闹别扭了？"

这些话太出乎我的意料了，虽然现在的孩子都成熟得早，对感情的事情懂得不比成年人少，可是，她是漆玄青的女儿，是漆玄青和另一个女人的孩子哪，她怎么这样说话，这样想问题？好像世界上不存在另一个女人的利益需要考虑，而那个女人是她的母亲！我不得不怀疑她的真实来意。

"小雨，你爸爸不是你想的那种人，他对我从来没有谈过私生活，但是我想他是对家庭很负责的那种人，不存在什么我拒绝他，他从来没有追过我，我们之间只是友情，根本没有其他可能。"

"我就担心这样。他是对家庭很负责，他对我妈妈和我也很好，可是，他对自己不好，我不愿意他这样！深蓝阿姨，你听我说，你应该先了解他的生活，然后再决定要不要放弃他，好吗？"

漆小雨告诉我，她母亲身体很不好，基本上不能出门，加上不工作，闷在家里，性格变得很乖僻，经常乱发脾气。从她记事起，父母就是分房而居的，而漆小雨基本上是漆玄青一个人拉扯大的，从小听着母亲无休无止的发怒，看着父母经常进行的冷战，都已经习以为常了。到了十几岁，看着同学家的情况，加上接触了许多影视作品和文学作品，才知道不是所有家庭都这样的，而父亲过的根本不是一个正常男人应该过的生活。

"你可能不知道，我妈妈不是市井泼妇，她是知识分子，知识分子折磨起人来段位高着呢。她可以没有一个脏字，骂得我爸爸比一条狗、比一堆垃圾还一钱不值，她数落我爸爸的那些话，就像一碗滚烫的鸡汤，表面上不冒烟，但只要喝一口就会烫死你。而且他们互相了解，她对付他永远能击中要害。他们不是夫妻，不是亲人，是对手。可是，说是对手吧，又只是我妈妈攻击我爸爸，我爸爸不还击，他可怜她，所以不理会她。我妈妈好像觉得这样不过瘾，一直在逼我爸爸，要他和她吵和她闹。"

"你爸爸怎么都不和她吵，对吧？"我知道，他一定在心里有过一个誓言，然后他无论如何想把这个誓言兑现，他是这样的人。

"每次我妈妈发神经，我爸爸就像冰一样把自己冻起来，毫无反应。我有时候都担心是不是他也已经有点变态了？我从小就觉得不公平，我初中的时候就劝过他们离婚，结果我妈妈把我打了一顿，我爸爸要我再也不要说这种话了。其实我心里清楚：他们俩完全彻底百分百不合适，如果我妈妈不是个病人，我爸爸早就和她分手了。可是她偏偏是个病人，这样我爸爸就完了，他无论如何不能丢下一个病人，只好留在她身边，忍她，照顾她。干脆说吧，他把自己活埋了！"

我叹了口气："他是个很好的人。"

"可是凭什么好人就该这么倒霉？我爸爸那么优秀，这样太可怜了！我想到他要这样熬下去，心里特别痛苦。后来爸爸的状态突然好了，别人看不出来我看得出来啊，我略施小计就查清楚了是怎么回事。我还找到了你所有的书和照片，觉得他的眼光真不错，我特别高兴，一直想什么时候告诉爸爸，说我支持你们，又怕吓着他，所以一直没说。没等我表态呢，这一阵子再看他，完了完了，整个人都灰了，回到家一句话也不说，每天晚上对着电脑，也不写什么，就不停地抽烟，脸色都青了，还熬出了两个黑眼圈。我就知道，一定是你们出了问题。"

我心里抽痛，说："你别说了。"

她根本刹不住，继续滔滔不绝："我爸爸这么多年从来没有爱上过什么人，这次他爱上你，我觉得肯定有道理，你肯定是他应该守着过一辈子的女人。这种缘分多珍贵啊！我爸爸好不容易有一个幸福的机会，我很怕你们随便放弃！你现在这样，是不是你顾忌他有家庭？你如果爱他，我让他和我妈妈离婚！"

"你应该看得出来，他们不可能离婚的。你妈妈怎么办？"

"养着她呗，我爸爸出钱，我来照顾她。反正爸爸在身边，她也不满意不感激，爸爸何必继续牺牲自己？但是我不能不管她，她毕竟生了我，而且我为了我爸也会好好照顾她的。我马上就考大学了，我想好了，我就考上海的大学，好照顾我妈妈。离了婚她就没有理由折磨我爸爸了，说不定反而天下太平。"

难为这孩子想得这么周全，还这么肯牺牲自己，应该说，她比我们这些大人都勇敢，敢于面对自己的内心和现实的困境，并且试图去找一条出路。可是我嘴上还是不得不说一个成年人的话："没有那么简单，大人的事情很复杂，除了感情，还有许多东西要考虑。"

"是怕影响我爸爸的前程？不会啊，现在离婚不算一件多大的事情。再说，如果他连这点都搞不定，那他也太没用了。"

"不是怕这个。你不明白，婚姻到后来和感情没什么关系，主要是一种责任，一种道义。"我的声音听上去非常理性，但是我心里厌烦我自己，我为什么要对一个泉水一样透明的少女说这样连我自己都讨厌听到的话呢？

"这没什么道德不道德的，就像几个人都掉进水里，救得了一个是一个，我妈妈反正是完蛋了，我爸爸和你应该幸福！"

"啪"的一声轻微的爆响，好像什么突然裂了一条缝。怎么会呢？我早就接受了一件事：人生的许多感情，就像去掉了莲心的穿心莲子，你可以一直好好收着它，但不能指望它真的发芽。但是现在，穿心莲居然爆出了碧玉般的叶片，而且急速舒展开来，亭亭而立。不，即使是眼前的茶杯里突然抽出莲叶，开出一朵莲花，我也不会比现在更加震惊。一个十七岁的美丽女孩子，看上去一脸稚气，应该还是对着父母撒娇的年龄，竟对一个初次见面的女人、可能和她父亲有特殊关系的女人，说出这样的话来。

居然，这个孩子，是漆玄青的女儿。居然，她三言两语道破的，是我们大人都束手无策的事情。她本来应该敌视我怨恨我，至少防备我猜疑我的，可是她没有，她反而希望我和她父亲有将来，她反而希望她的亲生父母离婚。连亲骨肉都持这样的立场，漆玄青何其不幸，有这样糟糕的婚姻。漆玄青不幸之中又何其幸运，有这样爱他、懂他的女儿。

我几乎像凡人撞见仙女，又惊又喜又崇拜，不知道说什么好，只能怔怔地端详着她。

"深蓝阿姨，你知道滑铁卢的一秒钟吗？"漆小雨问。

"你说，拿破仑的那个滑铁卢？"

"是啊。"

"我知道。"

"你还记得清楚吗？能告诉我吗？"她像一个权威而不失温和的教师在课堂上对学生说话。

"好像是一八一五年六月，拿破仑大军与普鲁士军遭遇，并将普军击败。被击败而并未被消灭的普军撤退了。拿破仑准备向英军进攻。他抽调出三分之一的部队去跟踪追击溃退的普鲁士军，以阻止他们与英军会合。因为那个时候他身边缺少可以委以重任的元帅，他只好把这支追击部队交给了兢兢业业、为人老实的格鲁希元帅。拿破仑的命令是：当他自己向英军进攻时，格鲁希务必率领交给他的兵力去追击普鲁士军，而且他必须始终和主力部队保持联系。哦，后来，法军和英军是在哪里交战的？"

漆小雨说："这个不重要，反正后来法军和英军经过鏖战，不分胜负，陷入艰难的对峙。双方的军队都已疲惫不堪，这时谁先得到增援，谁就将赢得胜利。拿破仑盼望着格鲁希会违背他原先的命令，奇迹般地出现。"

我想起那部电影，接下去说："而根本没有找到普军踪影的格鲁希元帅，在一户农民家里进早餐时，听到了从远处传来的大炮的声音，炮声一再传来。离他所在的地方至多只有三小时的路程。他的副司令立即要求：'立即向开炮的方向前进！'所有的人都毫不怀疑：皇帝已经向英军发起攻击了，一次重大的战役已经开始。格鲁希考虑了一下。他只考虑了一秒钟。这一秒钟决定了他自己的命运、拿破仑的命运和世界的命运。格鲁希习惯于唯命是从，他觉得应该死抱着写在纸上的条文——皇帝的命令，一秒钟之后格鲁希使劲地摇了摇手说，他的任务是追击普军，而不是其他。就这样，他拒绝了这一拯救拿破仑的行动，也拒绝了让自己成为改变历史的大英雄的机会。而这历史性的一秒钟就这样消逝了，一去不复返。以后，无论怎样追悔和痛骂都无法弥补这一秒钟带来的结果——英国人胜利了，拿破仑失败了。他的帝国、他的命运全完了。"

我话音刚落，漆小雨马上清脆地说："你不觉得吗？人生就是一场战争，有时候是历史性的一秒钟，如果这一秒钟你错过了就再也来不及了，上天不会再给人第二次机会了。我爸爸现在就像拿破仑，在等待增援，你不要怀疑他需要什么，也不要听他嘴上说什么，他急需你的决心。你不要去查什么现成的条文，也不能等谁把命令送到你手中，你只能自己做决定，这关系到你和他的命运，你一定要意识到你这个决定的重要性！而且你不能犹豫太久！你明白吗？"漆小雨的脸上是和年龄完全不相称的肃杀果断，乌溜溜的一对眸子凝视着我，带着灼人的急迫。天哪，那双眼睛，真像极了漆玄青。

虽然这些天我像闷在密不透气的陋室里那样盼望新鲜的

风，但是这个美少女带来的却是台风，风力之猛超出我的想象，一时间我都不知道该如何反应。

分别的时候，她靠近我，轻声说："告诉你一个秘密，我希望他们离婚，还有一个理由，就是我妈妈长得一点都不好看。"见我反应不过来，她解释说："她长得难看，还这么对我爸爸，凭什么呀？"漆小雨说，嘟起了嘴唇。这时候，她才露出了一个少女天真的本色。

我没说什么，看着她。这么一个女儿，漆玄青肯定爱如珍宝。如果她反对，在漆玄青面前，任何一个女人都不会赢吧？

"你觉得我爸爸帅吗？"

我点了点头。

"就是嘛！如果你不要他，早晚会有别人把他抢走的。与其是别人，不如是你。"她笑了起来。

多么有趣的孩子啊。我也笑了，伸出手去，拍了拍她珍珠一样闪着微光的脸。

第十九章　意外

我给漆玄青写了信，说了漆小雨来找我的事。他回信说他知道了，然后小心地问："我们见个面吧？"我说："好。""哪里？"我想了想，说："我家。"外面哪一家茶馆咖啡馆都没有家里安静，再说，在我熟悉的环境里可以让我镇定自如一些。

他来了。我一看就差点喊出来，他瘦了，瘦得太多了，脸都小了一圈，而且脸色发黑，胡子也没剃，看上去憔悴不堪。我从来没有见过他这个样子。我让他在沙发上坐着，自己去做了香香浓浓的加奶咖啡，还在烤箱里把一个羊角面包烤得热热脆脆的，用一个托盘给他端了过去。"快吃。先吃了再说吧。"

但是他说："让我先看看你。"他第一次说出这种话，看来是这段时间也实在过得苦。我就坐在他对面，静静地让他看，一直到他长长叹了口气，把我拉进他的怀里。我有点意外，但是心里一点都不想抗拒或者要装作抗拒，就顺从地靠过去，安静地依偎在他怀里。

这是他的怀抱。他的怀抱。一下子，好像整个世界都安顿了，所有扭曲着的都正了，所有喧闹的都静了，所有凝固的都流动了，所有渴着的都饮了泉水。

"知道吗，我一直觉得你需要有人这样抱着你，让你大哭一场，把心里所有的眼泪都流出来，然后好好睡上一觉，睡个几天几夜。你就会真正好起来。"他在我耳边说。

"那个人除了你，还有谁？"

"我知道。"

"那为什么一直不这样做呢？"

"资格。有些事情不是不想做，是没有资格做，我觉得我没有资格。"

"现在呢？"

"我想清楚了，我要获得这种资格。"

"你……能吗？"

"只要不出人命，我要争取。"

我突然淘气——"你有资格了，我也不一定答应啊。"

"我知道，我会说服你。"

"说服不了呢？"

"那……你不会要我求你吧？"

我说："要。"

我以为他会发出"士可杀不可辱"之类的抗议，谁知道他低声回答："好，那我就求一次。你会答应吗？"我心里一暖，用力抱住了他，把头埋进他的胸前。我没有说话，但是我的心跳，我的呼吸，我血流的声音，都在说：我答应，我答应，我答应。如果我可以，我应该把它喊出来，而且连续喊下去，压住这世界上所有悦耳的音乐和刺耳的噪音。

从未有过的温暖，排山倒海的狂喜，混合着不知道因何而起的恐惧，让我全身都控制不住地微微战栗。

漆玄青走了，我没有说，但是我想他应该知道，我会每天等他消息。可是连续两天，他没有消息，我担心他在家里已经和小雨的妈妈摊牌，也不敢打电话去添乱。开信箱，也没有信。我给他写："你好吗？怎么你没有消息？你知道我是容易害怕的人，不要让我担心。"他也没有回信。

又过了二十四个小时，还是没有消息。"过尽千帆皆不是"，那也还有船啊，我这个站在岸上焦急盼望归航的人，却见海面一望无波，只是沉船一般的宁静。

我给他打手机，关机。给办公室打，没人接。出什么事了？我想到漆小雨，却忘了她是哪个学校的，而且我也没有她的任何联络办法。

不，不会出什么事的。应该是他出差走得急，手机没电了，应该是聪明人一生之中总要犯一两次的这种低级错误。我遇到的不幸和失败已经够多了，上天不会对我再下狠手，这次肯定是虚惊一场。

手机响，来电显示不是漆玄青，我心不在焉地接了。

"深蓝阿姨！"是漆小雨。

"小雨！你打来太好了，没出什么事吧？你爸爸呢？"

"爸爸不见了！"她在哭。

"什么时候的事情？他去哪儿了？他说什么了？你妈妈呢？"

漆小雨放声大哭起来，哭声震得我的耳朵生疼。哭了很久，她才说："妈妈，妈妈死了。"

"什么？！"没有人回答我，电话断了。

天突然黑了，我脚下的大地顿时变成了流沙，我整个人身不由己地陷下去。怎么会这样？老天爷怎么会这样对我们？这是一场噩梦吗？可是为什么我已经一脚踏空、惊呼出来了，还不能醒来？

整个银色大道出版社都议论得沸沸扬扬，没等找到漆小雨，我已经从几个惊魂未定的电话中拼出了大致情况。

漆玄青的妻子两天前死了。自杀。从他们家的十楼跳了下去。听说留了遗书，说她实在是厌倦了，厌倦了每天和病厮磨，厌倦了没有行动能力像个囚犯，厌倦了需要对丈夫感恩、对女儿内疚。"谁都没有错，我只是受够了，我决定不再忍受，这样我自己和家里人就都解脱了。"

责编小姑娘在电话中叹息："真可怜！怎么会想走这条路！漆老师那么有责任感，一心一意照顾她，这么多年连一条绯闻都没有，现在她这种死法，对漆老师刺激多大啊。"

这已经不是刺激，对这样的男人，这已经是地震，是天塌，是雷击，足以导致毁灭。我这样想着，嘴上机械地说：

"是啊，谁说不是呢？"

"不过，她生病久了，会不会有心理问题？抑郁症什么的？还是真的为了不拖累漆老师，才走这条路的？唉，这年头，还有这样的夫妻感情吗？遗书听上去也不怎么爱漆老师了。谁知道呢，可能漆老师在家里也是一张冷脸，什么温柔体贴是谈不上了，你想啊，工作这么累，回家还要对着一个久病的人……"

我的太阳穴跳动着，同时想很多事情，但是思路像风中凌乱的蛛丝，彼此连接不成一张网，只是散乱着，颤抖着。

这是在说谁？这个人，和我有关系吗？死的是一个人，我不认识，但是现在在说的这个人，他是另一个人。对了，他叫漆玄青。漆玄青！他人呢？

两条蛛丝突然相接了，我生怕它们又断开，打断了她，问："漆玄青，他人呢？"

"不知道。出事后，他给单位打过电话，说要休假，听声音好像在机场。现在谁都不知道他在哪儿。对了，以后如果他和你联系，你可要好好劝劝他啊。"

那个女人自杀了。为什么？他和她说离婚了吗？如果他没有说，那怎么会这么巧，就在他下决心的当口，她就想不开了呢？如果他说了，遗书里怎么会是那样和事实相反的内容？

后来问漆小雨，她也不知道。但是，她听见，她爸爸对着她妈妈的遗体说了一句话，"我明白了。"她一直在哭，没有注意到父亲什么时候开始不见了。

完了。漆玄青完了。这不是他可以承受的变化，这样惨烈，这样无法挽回，这样突如其来。我了解他，努力了二十年，最后换来这么一个结果，他一定如雷轰顶如怀抱冰，一定非常自责，非常痛苦。同时，就在他鼓足勇气要和命运争斗一番的时候，命运的牌局又突然一变，釜底抽薪让他永远地输了。

他一定非常冤屈，但是永远不会有可以申诉的地方，也不会有可以平反的那一天。他的妻子当然是痛苦的，但是她死了，一了百了，可是他还活着。他一定很内疚很崩溃吧？还是暂时完全麻木？想象着他的心境，绝望像铅一样压在我心头。

他会不会寻短见？我给豆沙打电话，虽然我们已经很久没有联络了，但是我知道他还是和以前一样，随时不嫌我麻烦，随时可以听懂我的话。他很快听明白了，然后说："别想太多了，真的。"

"都是我不好，我是个倒霉的女人，把厄运带给了他。"

"你千万不要这样想，天下每一天都在发生许多事情，就算你是巫婆，你有那么大的法力吗？"

"他会不会……"我说不出口，好像那样的字眼一出口就变成了诅咒。

"不至于吧。我想你看上的男人，应该不至于那么脆弱。男人遇到事，喜欢自己找一个洞穴藏起来，你找不到的，你不要去打扰，等他自己好了会回来的。"豆沙说。

两个星期过去了，没有任何坏消息传来。似乎在哪里看到过，如果遇到灾难最初的两个星期内，没有冲动地做出傻事，可以视作渡过了第一个危险时期。然后第二个危险时期，是在灾难发生后的三个月到半年，所谓的半年自杀期——许多自然灾害发生地的幸存者，就是在失去亲人的半年后，爆发灾后心理危机综合征，追随亲人而去的。如果他回来，在半年到来之前，我要陪他去看心理医生，还要每天陪着他，寸步不离，必要的时候我可以眼睛都不眨地盯着他。

可是，半年之内，他都没有出现，甚至没有和我联系过。当然也没有和单位联系过，任何人都没有他的任何消息。不对，除了漆小雨。他离开家大概一个月的时候，他和小雨联系过一次，叫她什么都别管，好好读书，还告诉她家里存折和银行卡的密码。小雨问他在哪里，什么时候回来，他没有回答，把电话挂了。

我没头没脑地想起一句老话：虎毒不食子。是啊，这是他的亲骨肉。

我第一次意识到，世间最有力量最强大最耐冲击的感情，不是友情，不是爱情，而是血缘之情，就是我们大家经常不满、经常抱怨的血缘之情、骨肉之情。那才是不可摆脱、不可抗拒的，与生俱来，如影随形，至死方休。有血缘关系的人，特别是父母和孩子，不需要彼此欣赏彼此理解，甚至可以是互相隔膜互相鄙视互相厌恶互相憎恨的，但是你们之间就是扯不断。无论如何，有许多时刻，你会惊讶地发现：你最关心的还是你的血亲。你可以不理解不接受这件事，但是这件事照样在你身上发生。

我慢慢相信两件事：第一，他没有死，他也不会死。第二，他竟然就这样消失了。

我做最坏的噩梦也不会梦见，我一直爱着、终于可以爱的那个人，竟然会就这样消失了，没有和我说一句话。怎么会连一句话都不说呢？是觉得一时之间不知道和我说什么好，还是觉得此生无缘，最无法面对的就是我？他是否用行动在告诉我：我们之间完了？那么，至少也要告别一下吧。他不会不知道这对我意味着什么，难道，他会是这样忍心凉薄的人吗？不会的。他只是遇到了难关，他的本性需要恢复生机，他进入了一个时空的洞穴，他需要时间。可是，他至少也会需要我吧？半年了，他从来不曾需要过我吗？如果不需要，那么我这个女人对于他来说，到底是什么呢？

没有答案。漆玄青就这样消失了。消失得无影无踪，无声无息。就像一片雪花消失在水中，一阵风消失在树林里。我有时候会怀疑，是不是我从来没有认识过这样一个人，抑或他只是我做过的一个梦？有时候我梦见他衣衫褴褛地在不知什么地方的街头低头独行，我走近一看，他的额头在流血，血流进了他的眼睛，我的眼前顿时也一片血红。我大叫一声，从梦中醒来。

我经常和小雨见面，通过她，我知道，漆玄青是一个真实的存在，只不过现在，我找不到他。

小雨的表现让我很惊讶。虽然在一开头，她住了几天医院，被打了镇静剂，我去看她，听见她半梦半醒中断断续续地说："妈妈，不要这样！妈妈，你听我说……"但是，她从来没有排斥过我，而是清醒后看到我的第一眼，就像见到久别的亲人那样扑到我怀里抽泣起来。她大约在一个月以后就恢复了正常，她说："我没事的，我要好好考大学，没时间管你了，你先照顾好自己。"然后，她就以高出录取线三十多分的分数考上了她的第一志愿同济大学，她的理想是当一个中国最好的园林设计师。

我热烈地祝贺她，给她买了一套常春藤联盟风格的套裙，还有一件羊绒毛衣，她真心地谢过我，然后说："以后不要给我买这么好的衣服了，这不是我这个年龄应该穿的，我自己还不能挣钱，太过分了。"我一愣，但马上心领神会地说："好的。"说真的，她能这样自觉和奢华保持距离，让我觉得她真的洁净得不同凡响。这个女孩子，将来的前途不可限量。

报到那天我去送她，豆沙知道了，说："我开车去。你去有什么用，没有车，又肩不能挑手不能提的。"我没指望过有人帮忙，只想着到了小雨那里和她一起叫出租的，突然冒出一个壮汉帮忙，真是喜出望外。到了学校，豆沙和她一起往宿舍楼上搬东西，我在车门旁边看着，小雨最后一趟下来时说："我同房间的同学说了，你父母真年轻。"什么？我看向豆沙，看见他的嘴巴张得老大。小雨笑了起来。然后，不可思议地，我也笑了起来。我在这种心情下还会笑，真是个奇怪的女人。但是我的命运如此奇怪，变得奇怪些才相称呀。

和豆沙往回走的时候，我想：这真是什么事啊！自己一次婚都没结过，送一个这么大的女孩子来上大学，她是我男朋友的女儿，啊不，可能已经是前男友的女儿。身边有个男人，是这种十竹竿也打不着的朋友，不是因为他是别人的丈夫，而是因为我们作为男女是永远绝缘的那一种。这样的三个人，还被人当成一家子。真是冤屈死我！不过，被人当成这么正常的女人，好像也挺不错的，我居然感到一丝安慰。

豆沙一边开车一边说："你的运气还不算最差的。最差的是，都这样了，他女儿还恨你，见了你就要打你耳光。或者，你没有一个有车有力气的朋友，今天要自己帮她搬那些东西，两个人一边搬一边哭。你现在这样就算凑合了。"我笑了，我知道他是想安慰我，这个乱七八糟的人，只能想出这么乱七八糟的安慰。

我担心小雨在学校被人议论和说三道四，但这个悲哀的预感没有发生。学校的管理层和教授们开过一个会研究过，然后做了一些工作来保密，所以小雨家的不幸被严格控制在少数教师知情的范围内。没有外界的喧扰和好奇来刺激小雨，她可以安静地进行内心磁盘整理和修复。最重要的是小雨自己，她真是强大，她把自己保护得很好，完全不像一个刚刚遭到巨变、需要担心和怜悯的少女，她沉着、安静而有条理，只是脸上少了笑容，也没有了过去那么明亮的表情。

在每个周末，星期五的晚上，我都会等她来吃晚饭。我也不知道为什么，和这个孩子有一种特殊的亲近。竟不是因为漆玄青。似乎我们是同病相怜的两个人，我们在一起时病就会减轻。小雨听了说：不是，好像是流落他乡的两个同乡人，在一起可以说说故乡的事情。

有时候，学校里有事情，或者同学过生日要聚会，她一定会提前给我打电话，"我不来吃晚饭了，不过你自己也要好好吃。"我觉得好像是一个女儿在对母亲说话似的。我要是她的母亲，就因为这个女儿，也不放弃人生。

有一个星期五，小雨来了，我无意中做了这样的四菜一汤：一个加了大蒜末和麻油的凉拌海带丝，一个炒菜心，一个虾仁炒鸡蛋，一个土豆洋葱加牛肉红烧，汤是加了一个冬笋的草母鸡汤。我给小雨盛了饭，然后就对着这些菜发起呆来，还没想出来是为什么，小雨突然问："爸爸吃过你做的菜吗？"我才想起来，说："吃过，就是这四菜一汤，一模一样的，他吃过。只不过当时有菜薹，那天我炒的是菜薹不是菜心。"她点点头说："那他肯定特喜欢暴喜欢超喜欢。""是的，他吃了很多。"小雨默默地吃着饭，等到吃完了，才说："深蓝阿姨，我爸爸没有错，你也没有错，你们确实特别合适，老天爷安排你们碰见，不爱上除非你们不正常，要说有错就是老天错。""小雨，可是，事情弄成这个样子，我总觉得我做错事了，是我对不起你和你妈妈。你爸爸肯定也特别内疚。如果我们能控制自己，也许你妈妈到现在还活着，你们的家也还好好的。"

"我妈妈……我现在不想说，至于我们家，就从来没有好过。我最讨厌父母应该分手而不分手，让孩子天天生活在不和谐的家庭气氛里，然后还把责任推到孩子头上，说是为了孩子。我真的最讨厌这个，明明是自己没有勇气，干吗赖到我们头上？说不定，就是因为我爸爸决定得太晚了，才会出现这样的结果。嗨，不说这个了。你们两个，只不过是运气坏罢了。运气坏，不等于做错事。我到现在都不后悔支持你们，至少我们试过了，你不觉得人活一辈子，到最后会为自己该做而没有做的事情后悔，而不会为自己做过的事情后悔吗？做就做了，没什么可后悔的，运气不好，也是老天欠我们的，我们不用自责！说不定，马上就会给我们什么好事情呢。"

我说："小雨，我怎么觉得你和我一样大，有时候简直像我姐姐呢？应该是我安慰你的啊。"

　　我美丽的小姐姐凄然地笑了起来："安慰就彼此省了吧。我们两个，也不知道谁更惨？我死了妈妈，可是你，丢了心爱的男人。"

　　我摸摸她的头，完全找不到一句话来回应。

　　小雨说："我晚上住在这里好不好？反正今天我们都会失眠，不如在一起说说话，或者看看碟听听音乐什么的。"

　　我从来没想到这个主意，一听见就觉得这话像是从我心里掏出来的，我连连点头："好，好，小雨。"

　　我多么需要和你守在一起，我的孩子，我的姐妹。

第二十章　人间蒸发

以前，我自己写小说，写到男人女人受了创伤，受了刺激，最常用的一个对策就是拔腿就走，来个人间蒸发。

好像在哪里看到过，有这种倾向的人是因为特别珍惜自己。听上去好像不是很能让我接受。应该是悲观的人容易认命吧，事到临头就会觉得是命运掀开了底牌，除了马上接受下来没有别的办法，多说一个字多留一秒钟都是错误。也可能是个生性特别不耐烦的人？曾经美丽的玻璃器皿碎了，让人留下来收拾那一地的碎片和水，不是一件容易的事情。比如是我，我是绝对做不到的，我宁可放弃一切也要放逐自己，离开那个地方。一百次让我想象那种无望的混乱和心烦，我会一百零一次选择第一时间让我的主人公拉起他或她的拉杆箱离开。没有挣扎，也没有解释。至少在小说里，我可以这样任性。这大概是这个破职业带给人的唯一好处了。

可是现在，我最在乎的人做出了我笔下的主人公一样的举动，我的感觉却是非常的不接受。不能说我不理解，我其实完全理解，而且大概是全世界最理解的人了。但是我就是感到气愤、伤心、委屈，还有深深的说不清楚的失望。

我爱的男人，可以穷，可以感情的基础体温低，可以有这样那样的毛病，但是不能有这一项。他看上去那么成熟，那么坚定，是那种泰山崩于前而不改色的大男人，怎么，事情来的时候，也会这样吗？结果，好像，也只不过是个不顶用的人，或者说，危机应对能力这么差的人吗？就算是最珍贵的玻璃器皿破碎一地，也要想着去收拾，而且尽量不让自己被划破——这才是我心目中的漆玄青，不，我心目中的爱人应该有的样子。

况且，器皿碎了，他也应该知道，我还在这里，而且受这个冲击会跌倒在地，他不拉我站起来，就不怕我被玻璃碎碴儿弄得遍体鳞伤、血流如注吗？

这真是，真是，忍心啊。忍得下这个心，是说明他的心够狠，还是说明他已经彻底完蛋了？

　　他还记得女儿，至少意识到对女儿的责任。可是对他爱的人，他当初可以选择，现在也随时可以放弃。想想也不奇怪，爱的责任？你甘心背负就有，不愿意背负就没有，就在一瞬间的取舍。如果选择了放弃，那一个深深印入生命的人，就可以像一页书一样翻过去了。我不是他的女儿，他的妹妹，更不是他的母亲，他有权在任何情况下不要我，不需要和我辩论道理，不需要管我能不能承受，更不需要向全世界解释。

　　原来，成为一个男人的所爱，是这样的一回事。什么执子之手与子偕老，是上几个世纪的陈年八股，我也曾经长久不抱这个奢望，但是我以为，我遇到的这一个，他是个认真爱的人，有肩膀担待的，我以为他在爱我的时候会温柔待我、会耐心倾听、会包容，即使不爱了、移情别恋了，他也会当面告诉我，接受我的质疑、反问、哭泣甚至劈头盖脑的痛骂，总之他会承受他该承受的，绝不会躲避，绝不会毫无解释、不由分说地和我隔绝，对我的感受不管不顾，弃我如落发如枯草如尘土如废气。

　　人间蒸发，原来我在小说里经常玩的一个惯熟的桥段，原来在我心中那么利落干脆的一个概念，却原来，是这样的冷血和无情。许多事情，不到临头，人都是轻嘴薄舌，到了临头，才知道里面的重量和寒冷，才知道里面的血泪，从此便会噤口不言。原来如此。

但是如果可以永远不明白，我宁可一直浮滑浅薄下去。这种真相，就像在你生命上打穿一个洞，虽然透过这个洞，你对人生看得更加清楚，但是那个洞却永远在那里，无法长好了。等到生命满是这样的洞，人什么都看清楚了，也就离大限不远了，所以人之将死，其言也善，因为什么都看清楚了，知道了自己以往几十年枉担了苦楚或者枉作了小人。谁要看清楚人生真相？谁要学习坚强、坚忍，还有坚韧不拔？所有的坚强都是逼出来的，谜底只有一个：那都是无奈、无奈、无奈！

有时候我会怀疑，漆玄青没有爱过我，所有的记忆都是我的错觉，我自作多情的错觉。一个单身女人，孤单太久，太需要爱，完全可能出现这样的错觉。但是，不，不是这样。他至少爱过我，我记得在他怀里的感觉，那不是两个因为无聊或者性饥渴而依偎在一起的身体，当时我们的两颗心在那里，扑通扑通的两颗心，是在一起的。我还记得他的脸贴上我面颊的感觉，那么珍爱、喜悦，甚至伤感的温柔。

还有，他明明白白地说过：我爱你，只爱你。你是我唯一的爱。那样的话，真应该让他写在纸上的。写在纸上，然后用一个透明封套装着，和我仅有的一两件珠宝一起放在首饰盒里，那么现在我就可以找出来看，证明那一切不是我的错觉了。那样的人，确实对我说出那样的话，除非我一点都不喜欢他，否则怎能不欣喜若狂，觉得每个字都是一生可遇不可求的珠宝？

如果，连这样都不能相信，那么，我还能相信什么？我没想过他骗我，他为什么要骗我呢？大家几十岁的人了，他有妻子，也有的是愿意和他上床的女人，他为什么要费心费力骗我呢？于情于理都讲不通。没有不相信的理由，所以我相信了。这不能怪我。

不，也不是因为这个，我相信了，是因为确确实实，他爱我，我们相爱。

但是现在，事情弄成这样。小雨说得对，我们运气坏，我们的运气真是特别坏。但没有一场爱情是容易的，难道他会肤浅到认为爱情是轻松愉快的吗？

当然，我们的情况要难一点，因为一上来就不是只有两个人。后来我读到这样的一段话——

> 别裁判或裁削自己。任性到损害旁人时，如果你不忍，你就根本办不到任性的事（如果你办得到，那你那种残忍，便是你自己性格里的一点特性也用不着过分去纠正），想做的事太多，并且互相冲突时，拣最想做——想做到顾不得旁的牺牲——的事做，未做时心中发生纠纷是免不了的，做后最用不着后悔，因为你既会去做，那桩事便一定是不可免的，别尽着罪过自己。

说这些话的人是林徽因，是这位奇女子安慰一位朋友时说的。那位朋友，当时陷于婚外恋的苦恼。他的名字是沈从文。

读完这些话，我最大的感受是惊奇，那么多年前就有一个人，而且是女子，说出这样大胆的话，就是在今天看来，仍然带着离经叛道的味道，然而多么真切多么有洞察力。最大的遗憾，是我没办法读给漆玄青听了，因为在我听来，这样的话是对我们最大的支持，宽恕，体谅，甚至祝福。

也许爱本身就包含着残忍。因为即使一个人从未结婚，也不需要对某个特定的人负责，一旦真正爱上一个人，对其他的人也意味着绝对的无情和排斥。当然如果爱情发生在婚后，就只能舍弃过去获得的一切，也不再对原来负责的人继续负责，因此产生的一切更为严重和复杂的局面和后果都要去面对。但是，下决心去面对，付出代价，承担后果，减少伤害，并且力争让自己平安到达彼岸，这样，才是对爱负责，也是对自己负责。这一点，我相信我们想的是一致的——曾经一致。

我想来想去，他是不再爱我了。对有的人来说，爱情不是必需的，当他没有力气他就首先放弃这个不必需。女人经常要弄到精疲力竭才会想到：也许爱情和男人不是第一位的，健康和快乐才是？但是这个问题，在男人那里从来不是一个问题，他们早就知道了。除了极少极少的异类，没有男人把爱情、女人放在第一位。所以他们要放弃爱，不但比女人容易，而且容易得太多了。

其实弄到要追问：你还爱我吗？答案就已经出来了，当然是不爱。因为一个男人爱着你的时候，不会舍得不让你知道；而一个女人被爱的时候，也绝不会不知道。到了需要问爱不爱，其实已经不必问了。可是世界上大多数女人，就是到了知道对方不再爱了，还往往会追问："你爱过我吗？"好像那就可以改变分手的无情，或者降低伤害似的。

他大概是这辈子都不打算见我了，他了解，他心里清清楚楚，知道器皿已经碎了，也知道猝不及防的我会跌坐在碎片上。他不打算来扶我，就是因为知道严重性所以不来扶我。他不愿意我身上的血弄脏他的手，还有他的白衬衫。他要保全自己。顺利的时候，在保全了自己之后，他也许再来保全我，非常时刻，他就只想着保全自己。他需要的是第一时间飞快离开这场混乱，我和那些碎片都是混乱现场的垃圾。这好像也合乎某种情理。

对于现在的大多数男人来说，像我这样认死理、不好哄的女人，不会自愿充当一次性消费用品，大概就等于垃圾了吧。对漆玄青，我一度不是垃圾，而是珍宝，经过一番曲折才打回原形，已经不错了。

也许是这样，也许不是，反正，他就这样，突然从我的生活里消失了，就像傍晚的太阳，不管你再怎样绝望地哭泣，照样按照自己的节拍毫不迟疑落下去那样。他不讲道理，因为他再不讲理你也不能对他怎么样，所以他不需要讲道理。

你不能对太阳说，不要离开我，把我留在黑暗里！也不能对流水说，不要从我身边流走！我每天这样默默地教训自己，我需要这样来保持自己不陷入彻底的恍惚和自闭。

又过了半个多月。我没有疯，而且连号啕、喝酒、撞墙的冲动都没有，甚至不再失眠。不能相信不愿相信的恍惚已经结束，我开始进入一种厌倦。是的，厌倦。对于痛苦，对于失望，我感到厌倦，非常厌倦。不幸的女主人公，每次刚有点好事就会迎来更大的打击，这样的故事情节，就是在电视剧频道的女性命运剧里出现，大概也会被嘲笑"老掉牙"吧？怎么这样没完没了？这样陈词滥调？烦不烦哪？我以为自己是特殊的，结果一点不特殊，连不幸都如此庸常（爱上不该爱的男人，然后不清楚原因就被抛弃），我有什么资格发疯或者发生什么特别的事情？

不想见人，不想出门，不想接电话。

看些什么书吧，要离日常生活远一点的！从书架上抽下来一本，安房直子的幻想小说，这女人是著名的儿童文学作家，看照片是一张温婉真实的脸，介绍里说：她的作品精美隽永，如同在院子里的一隅默默开放的花朵。嗯，很适合我现在的心境看，应该可以让我安静，休养生息。随便翻到附录，《我迷恋的颜色》，"我特别迷恋蓝色。衣服也好，携带的东西也好，几乎都是一致的深蓝色，我相信所有的颜色里，没有比深蓝色更深、更美的颜色了。"我微微有点惊奇：深蓝？她最喜欢的颜色竟然是深蓝？

说到颜色，突然发现，漆玄青的名字里有两种颜色，一种是青，一种是黑色，玄色就是黑色，这两种颜色如果调和起来，应该就是深蓝吧。连名字都有这样纠缠不清的关系，看来不能怪我们。怎么又滑到这个方向了？又想这些干什么？看书就看书吧！

接着看下去——

"如果有人问起，为什么那么喜欢蓝色呢？我会回答说因为蓝是海和天空的颜色，是最深、最具幻想性的颜色，然而今天想来，那不过是后来想到加上去的理由，所谓喜欢的颜色，和吃东西一样，不可能那么恰当。"

和爱情一样，所有理由都是后来想出来加上去的。

"但只要一去花店，蓝色的绣球花、桔梗和龙胆便会在花丛中夺走我的目光；只要一去服装店，我立刻就会在那么多色彩绚丽的衣服里，选择平凡的深蓝色的连衣裙。这的确是一件不可思议的事情。我想，也许说不定，是我的身体里有一块吸引蓝色的吸铁石吧？"

有意思。如果她还活着，并且我们能认识，她会不会因为我的名字也喜欢我呢？我因为她对自己喜欢的颜色如此执着，已经开始喜欢她了。

看这一篇，《谁都不知道的时间》。有只活了几百年的老海龟，可以把自己的时间送给别人，每天一小时，半夜十二点开始的一个小时，是多出来的第二十五小时，在这个时间里，接受它赠送时间的人，不管去什么地方，不管做什么，谁都不知道。

这样啊，海龟的时间。也许我现在就是活在海龟的时间里吧，我怎么怀疑怎么伤心怎么一次次被失望击倒，别人都不知道。至少，那个人不知道。可是，我只希望他知道，如果他知道，他不会就这样扔下我不管，他要消失，至少也应该带上我一起走……

什么童话啊，让人伤心，不仗义！不看这本了！换一本，这本是出版社刚送来的，法国人，叫什么穆勒法写的，《逆流河》。里面说有一个遗忘森林，很好，遗忘，也许我就是需要遗忘。但这里说的遗忘森林，抹去的不是你的记忆，而是别人的记忆。只要你走进去，认识你的人就会把你遗忘，森林会吞噬别人对你的记忆，就像你从来不曾存在过一样。天哪，我明白了，我一定是无意中走进了那座森林，现在，在那个人那里，关于我的记忆已经没有了，他不再记得我，就像我们从来没有认识过一样，就像我这个人从来没有存在过一样。遗忘森林，遗忘森林，我肯定是走进去了。对他来说，已经没有我这个人了。

更伤心了，不能看下去了。该死，法国人怎么也和日本人一样可恶了呢。那么美妙的开头，然后冷不防对准你的心来上一拳。该死，当作家当成这样，真不道德。

心情之外的世界照常运转，我新的长篇小说出版了。这一回，题目叫作《路过春天又路过夏天》。我不知道该和谁一起庆祝，就抱着样书，独自到了脂艳斋。坐在那里，我坐在当时我坐的那个位置上，倒了一杯茶，边喝边望着对面的空位置。看着柱子上"宝鼎茶闲烟尚绿　幽窗棋罢指犹凉"的对联，我想起《红楼梦》里说的：若有心凭吊一个人，不拘哪里，不拘用什么，哪怕是一碗清水，对着哭也就是了。我叹了口气，我跑到这里来凭吊，真的是呆子。可是，怎么会弄成凭吊呢？我不是还在等待吗？等待是现在时和将来时，凭吊是无望的过去时，我现在这种心情何等不祥。

起初，我残留的愿望是：漆玄青平安无事地回来，哪怕一无所有哪怕不认识我，也要回来。可是不知道要到什么时候他才能活过来，缓过来，鼓起一个自尊的人一旦破碎很难修复的勇气，回到惨败的地方来。也许到那时我们都已经白发苍苍？即使如此，我也还是希望能和一个懂我的人相对而坐，喝一杯茶。别的任何事情，我都不要了，不指望了。

幸福是太奢侈的事情，没有幸福我们都能活，但是我必须看见他活着，平安。我也让他看看，我还活着，平安。如果他还爱我，我要让他放心，如果他不爱了，我要让他看看，没有他我也活得好好的，镇定从容，不失风度。

但是现在，我开始动摇，因为这很可能只是我的一种自我安慰，事实上，我很难想象我们见面，我能够把自己控制得那么好，我真的能不泪流满面、失声痛哭、想要质问又语不成句？如果，他面对这样的我还是无动于衷，那我会不会恨他入骨，恨不得把他撕成碎片，恨不得青天上打下一个焦雷来，当场把他劈死在我面前？更可悲的是，我都不知道这辈子还能不能见到他，见到作为人而不是鬼也不是梦中的影像的漆玄青。

我已经不知道对他是什么感情了。记得在报纸上看过一个专栏作家回答人家感情问题时说：完美的爱，应该是在一起的时候像水一样干净，能适应任何形式；分手的时候像刀一样干净，能斩断任何依赖。这真是完美的方式，但是天下真有人能够做到吗？我做不到，而且我也不以此为耻。我只是个普通的人，我要的是普通的爱情和普通的日子。我的爱有条件，像现在这样感觉不到对方的爱，我就很难单方面继续爱下去，我不是天使不是圣母不是源源不绝的太阳能。

所以，我打算往下活，只是因为我自己，和他没关系。

既不是为了让他放心也不是为了碍他的眼。我当然知道有句话叫作"活得好才是最好的报复"，可是，想着报复还怎么活得好？谁要对他报复？而且，怎么报复得到人家？我活得好不好，人家根本不关心，不是现在不关心，是永远不关心了。你只能折腾到在乎你的人，对于不在乎你的人、忘记了你的人，你的所作所为根本起不了任何作用。回答了那么多感情问题，活到这把年纪，这点常识，我还有。

新书签售的前一天晚上，我突然心区疼。怎么会这样？出什么事了吗？勉强睡着，不知道过了多久，蒙眬中我好像听见一个男人声音，在说："我怎么会呢？我怎么会那样呢？你怎么可以这样想我呢？你还不相信我吗？"

我马上睁开眼睛，看时间是三点，我飞快地爬了起来，打开电脑，去看那个信箱。我对自己说：无论有没有他的信，这是最后一次！

果然，好几个月没有动静的信箱里，有一封新的来信。是他的信！看时间，是十分钟前写的！

　　语言是无力的。我不知道该怎么对你说，我甚至不能对你说"对不起"，我讨厌男人嘴里吐出这三个字。

忘了我吧，我们结束了。

我心口的闷痛这时转成被人捅了一刀的剧痛，疼得我两眼发黑，喘不过气来。我摸出一把速效救心丸，塞进嘴里，又过了好久，我才恢复了正常的呼吸。

好不容易叩开了悬崖上坚固的石头大门，以为里面满是深藏多年的珍宝，结果火把突然熄灭，马上陷入昏暗，我因为看不清地形而不敢动弹。我呼喊他的名字，盼望他会举着火把出现，让我安下心来，结果，现在，狂风吹来，竟然告诉我，那个石窟也已经诡异地消失了，我已经置身在荒野之中，不要说珍宝，身边没有一点可以依仗可以依靠的东西。还说什么"语言是无力的"，寥寥几句话，比刀子还锋利还冰冷。天哪，我上辈子到底做了什么？欠下了什么？为什么是我？你太狠毒了，你啊。

想了又想，我这样给他回信："其实人生没什么大不了的，就是一条命，一辈子。我会等你，因为那是我的命，我认了。你可以不回来，但是如果回来，就有一个人在等你。

你也认命吧。"

　　这么温柔坚贞的话，目的只有一个：害他。我不确定自己是否还爱着他，因为失望和厌倦，我好像也没有力气继续爱了。等待更是一句空话，就是明媒正娶的夫妻，这年头，谁都不知道明天和厄运哪个先来，一旦离散，谁能说等谁呢，何况是一直等下去？等待，那是一门已经失传的绝技，广陵散早已绝。

　　但是我就是要这么说。我五脏俱裂却只能内出血，他凭什么说结束就结束？一句解释一句道歉一句安慰都没有，也不管我能不能承受，说结束就结束？我痛不欲生生不如死，他凭什么就可以轻易丢下我，像吐掉口香糖、抹掉蜘蛛网那样？凭什么？凭什么？！

　　作为成年人，相爱是他自己的选择，他可以不爱我，但他偏偏爱了，他还说过我是他"唯一的爱"——这么严重的话，四目相对，他对我亲口说了出来。如果是两个人走到了一起，然后过了七八年，十几年，两个人静极思动有什么变化倒还罢了，他是一把把我拉上了飞奔的车，没等我坐稳又把我推了下去。我本来是路边卑微的小草，他是魔术师，用魔杖指着我，"开花！"我拼尽全部力气抽出枝条，开出一朵花，然后他魔杖一指，"凋谢！"花马上凋谢，没有枯萎，还来不及枯萎，就那样鲜红地落了一地。

怎么会这么快就没有了呢？一点余地都没有，连个告别都没有？爱情是会伤人的，但是爱得这么短，抛弃得这么不负责任，简直是杀人，而且杀的是手无寸铁、毫无防备的人，是虐杀。

是，我也读到过："有情就不必翻脸，翻脸自然无情。"但没有情意，就不讲一点道义吗？是啊，世间多的是不讲道义的人，但是我怎么会爱上这样的一个人呢？就算没有我想的那么重情意有担待，至少，他应该是个讲道义的人。

可是他不是。或者他还是，只是没有拿来对我。

太过分了。

我的等待像天涯海角追杀逃犯的密令，活要见人，死要见尸，永不赦免。

第二十一章　夜谈

　　然而，小雨和这一切没有关系。她是这场灾难留给我的唯一的馈赠，是我的珍珠我的纯银我的羊脂玉。

　　最近的每个周末，小雨都住在我这里。没有谁宣布，她就是每个周末都来，然后吃了晚饭就去洗碗，然后我们聊天、看电视、听音乐，有时各自看看书，然后她就去洗澡，自然而然就住下了。起初她睡沙发，后来我买了一张床给她，她看见了说："比你自己的床还漂亮！"我说："我现在挣钱多了嘛。"她在这里，一点不让我觉得别扭，她自己也很自然，好像这里就是她的家。到了星期天晚上，我们一起吃了晚饭，她洗了碗就会出发回学校。

　　有一个星期六的晚上，我听见她在梦中哭了，哭得很伤心，我醒过来，静静地听着这场在白天应该爆发的哭泣，没有叫醒她。第二天醒来，她的眼睛还是肿肿的，但是她没说她梦见了什么，我也没说我听见了什么。到了晚上，她背起书包要走的时候，我说："你不要紧吧，一个人？"她说："我还想这样问你呢。"我说："我？当然没事。路上小心。"她说："在路上人多，倒没什么，一个人在家，才……"我不知道说什么好，揉揉她的头，把她柔滑的头发弄乱，她低头不看我，然后就那么默默地走出去了，房门轻轻地关上了，锁发出轻微的咔嗒声。

　　我感觉到她在门口站了一会儿，然后下了楼，现在她走到通向小区主干道的路口了。我突然觉得舍不得，从窗口伸出头向下看，一下子抓到了她的身影，没想到她也远远地抬头向上看，那像小鹿离开树林一般眷恋的眼神，让我的眼睛顿时模糊了，我慌忙地缩了回来。但是我知道，她一定看见了。而且她不会说也不会提起。但是，下星期五，她一定会一下课就早早回来，不会去任何地方停留。她会早早回来，回来陪我或者说让我陪着她，假装忙忙碌碌地无所事事。

　　就这样，我在这个城市里，有了一个亲人。不是无法选择、充满无奈的血缘关系，我们是互相选择的亲人，我们能够互相倾诉，而且我们互相听得懂。起初我们还要煞费苦心地找点事情，比如一起去看场电影，一起去书店，一起去浏览商店的橱窗。但是她的兴趣也不大，因为当我们回到家里，在擦得特别干净的大桌子边坐下，一人手捧一杯热热的茶时，我们常常一起满足地叹口气，真是舒服啊，刚才为什么要出去忍受一两个小时呢？我们应该直接就坐在这里，舒舒服服地喝茶，想到什么就说什么，或者就这么发呆。

我们不再没事找事了，每个周末，我们就像两只穴居的动物，躲在洞里，吃着囤积的食物，根本不出去。我们不再掩饰一个事实：我需要她，正如她需要我。

我们经常互相让对方做选择题。关于饮食、颜色、家居、洗发精、沐浴露直到天气、季节，我们不是想改变对方或者自己，变得相同，而是想彻底了解对方的每一项口味、每一个倾向或者每一个弱点和禁忌。

这天，小雨又开始了。"你喜欢蕾丝吗？"她问。我凑过去看了一眼她手里的时尚杂志，上面是黑色蕾丝的衣裙。"不，黑色的更不。""为什么？""烦琐，拖沓，沉闷，有点俗气。""你不喜欢。不是说成熟女人都喜欢吗？"我干脆地说：“我还没成熟。”

这种杂志，说的是人话吗？人和人是不一样的。我觉得这句话应该写在天空上。哪有什么哪一类女人都应该喜欢的东西？比如据说是全体女人见了都会瞳孔放大的香奈儿，她的经典款式菱形绗缝包，我就觉得俗不可耐。

小雨说：“有人送你蕾丝裙，你穿吗？”“永不。你以后挣钱了不会送我吧？”“怎么会，就是想知道你的感觉。关于你，我什么都想知道。”

我比较少问，我的直觉够用，比如我知道她喜欢吃肉，点心里特别喜欢鲜肉小馄饨，对海鲜无所谓，爱吃蔬菜，不爱吃豆制品。知道她喜欢雨天（而我喜欢晴天，有轻度抑郁倾向的人都依赖光线），比起牛仔裤更喜欢长裙子（和我正相反），还知道她的初吻还留在自己唇上（虽然她没有说）。

但有时候我也会犯错，这天她对着我自己做的甜酸泡菜，只吃了一口就大叫：“太酸了，我不吃。”我说：“这是我独家秘方，用了十天时间腌出来，你再试试嘛！”她把头摇得像拨浪鼓：“NO！NO！牙齿都软了，我拒绝再试！"真不知道这个年纪的女孩子，怎么会这么怕酸。我像她这么大的时候，天天山楂话梅不离手。

晚上是真正属于我们的时段。我经常猫在沙发上，什么都不干，连倒茶倒水都叫小雨。她给我倒，而且会自作主张在浓茶里兑了水给我端来，说："深夜喝浓茶是恶习。""恶习就恶习，我不想改。""给我做个好榜样嘛！"她一边说，一边在网上东游西荡，突然说："读个故事给你听。"她开始念：

　　年轻的亚瑟国王被邻国的伏兵抓获。邻国的君主被亚瑟的年轻和乐观所打动，没有杀他。并承诺只要亚瑟可以回答一个非常难的问题，他就可以给亚瑟自由。亚瑟有一年的时间来思考这个问题。如果一年的时间还不能给他答案，亚瑟就会被处死。

　　这个问题是：女人真正想要的是什么？

　　这个问题连最有见识的人都困惑难解，何况年轻的亚瑟，对于他这是一个无法回答的问题。但总比死亡要好得多，亚瑟接受了国王的条件，约定在一年的最后一天给他答案。

　　亚瑟回到自己的国家，开始向每个人征求答案：公主，妓女，牧师，智者，宫廷小丑。他问了所有的人，但没人可以给他一个满意的回答。人们告诉他去请教一个老女巫，只有她才能知道答案。但是他们警告他，女巫的收费非常高，因为她昂贵的收费在全国是出名的。

　　一年的最后一天到了，亚瑟别无选择，只好去找女巫。女巫答应回答他的问题，但他必须首先接受她的交换条件：和亚瑟王最高贵的圆桌武士之一，他最亲近的朋友——加温结婚。亚瑟王惊骇极了，看看女巫：驼背，丑陋不堪，只有一个牙齿，身上发出臭水沟般难闻的气味，而且经常制造出猥亵的声音。他从没有见过如此不和谐的怪物。

　　他拒绝了，他不能强迫他的朋友娶这样的女人而让自己背付沉重的精神包袱。

　　加温知道这个消息后，对亚瑟说："我同意和女巫结婚，没有比拯救亚瑟的生命和保存圆桌更重要的事了。"婚事就这样决定了。女巫于是回答了亚瑟的问题：女人真正想要的是主宰自己的命运。每个人都立即知道女巫说出了一个伟大的真理，亚瑟的生命被解救了。于是邻国的君主放了亚瑟王并给了他永远的自由。

来看看加温和女巫的婚礼吧，这是怎样的婚礼呀！亚瑟王在无法解脱的极度痛苦中哭泣。加温一如既往地谦和，而女巫却在庆典上表现出她最坏的行为：她用手抓东西吃，打嗝，放屁，让所有的人感到恶心，不舒服。

新婚的夜晚来临了。加温依然坚强地面对可怕的夜晚，走进新房。是怎样的景象在等待着他呀！一个他从没见过的美丽的少女半躺在婚床上！加温惊呆了，问她到底是怎么回事。美女回答说，因为当她是个丑陋的女巫时加温对她非常的好，于是她在一天的时间里一半是她可怕的一面，另一半是她美少女的一面。

女巫提出了一个问题：那么，加温想要她在白天或夜晚各是哪一面呢？

多么残酷的问题呀！加温开始思考他的困境：是在白天向朋友们展现一个美丽的女人，而在夜晚，在他自己的屋子里，面对的是一个又老又丑又恶心的女巫呢？
还是选择白天拥有一个丑陋的女巫妻子，但在晚上与一
个美丽的女人共同度过每一个亲密的时刻？

　　如果你是加温，会怎样选择呢？

　　这个故事有意思，这个难题更有意思，我说："让我
想想！如果选择白天是女巫，夜晚是美女，那么有痛苦和羞
耻的白天，却有甜蜜的夜晚；如果选择白天是美女，晚上是
巫婆，那么可以得到别人羡慕的目光，晚上就独自面对痛苦
了。喂，有没有规定他晚上一定要回家？可不可以分房间睡
觉？如果可以，就选白天是美女，如果不行，那只好白天是
巫婆了，一个人长期睡眠不足会死掉的！"

　　小雨听了没有说什么，只是继续念下去：

　　　　加温没有做任何选择，只是对他的妻子说："既
　　然女人最想要的是主宰自己的命运，那么就由你自己决
　　定吧。"

　　　　于是女巫选择白天夜晚都是美丽的女人。

　　我好像读过这个故事，但是忘了这个结局，现在还是觉得新鲜："有意思。"

　　"很有意思吧！你也来说说，你这个女人想要什么？"

　　我把脸转过去，向着沙发靠背，把脊背对着她，"这种知道了也没用的问题，有没有答案都一样。"她过来用靠垫蒙住我侧脸，"必须回答！不然不放你！"

　　"好吧好吧。让我想想。"

　　"快想！"

　　"我很黑心的，说出来你又要骂人了！"我的直觉一向很准，不想自找麻烦。

　　"赐你无罪，说。"

　　"我想要爱和自由。"我想：时装杂志说得不对，所有女人都想要的不是大牌皮包，更不是蕾丝裙子，而是这两样真正的奢侈品。奢侈到有时候要用身家性命来换，有时候，丢了身家性命也换不来。

　　"爱和自由？这两样都那么珍贵，有一样就很不错了，你只能在两样里选一样。"

　　我索性放肆到底："我不选。我就是想两样都要，爱，自由，两样都要，一样都不能少。没有自由的爱，没有爱的自由，我都不要。"

小雨不说话了，只听她手底一阵键盘响。我说："你在和人家聊天？"

"不是。我把你的话记下来。"

"为什么要记？吃饱了撑的？"我不屑地。

"你有的话很有意思啊，你自己不写，我帮你记下来。将来出一本《深蓝语录》。"

"神经病！"我把手里的靠垫朝她扔过去，她头也不回。

我问："你想要什么呢？"

她停下来，仰头看天花板，长长地出一口气，说："我想要——知道自己真正要的是什么，然后去得到它。"

"有道理。许多女人都不知道自己到底要什么，给自己和世界制造了许多麻烦。"

"一个德国精神科医生，好像叫什么班德洛，他说了一句很惊人的话：如果黛安娜不是王妃，也会是个郁郁寡欢、自我残害、暴饮暴食的购物狂；而梦露不成为明星，只能流落在好莱坞街头做兼职妓女。她们不是被名望所累，而是人格障碍使她们不可能幸福。对于一般人来说，知道自己要什么最重要，不然永远和幸福无缘。你知道了目的地，也许会到达也许不会，但你不知道目的地又拼命赶路，只能死在路上，死无葬身之地。"她把脚缩上椅子，双手抱着膝盖，说得无比流畅，我一瞬间有点迷惑：这么清晰的思想，真是一个十八岁女孩的认识？还是仅仅在背诵书本知识？也太深刻了吧。

想了想，我说："最后，你很可能也会发现和我要的一样。爱和自由，没有什么比这两样更好更重要。"

"也许吧。"她说，看侧面有点茫然，有点薄薄的煎熬。啊，青春期的动荡和苦闷来了。

我们的洞穴里，唯一的客人，是豆沙。因为小雨也能接受他，所以他是唯一会偶尔出现在我们女生洞穴里的人。

十一月，上海的大白天变得阴冷，好像不久前的小阳春是个幻觉。星期五的傍晚，豆沙路过我们这里，上来坐坐。小雨还没有到家。我给他倒了杯茶，我们坐在餐桌边，大大的餐桌是橡木原木的，而且很厚，桌面因为洁净，闪着橡木深沉的光。桌子上，有一束蓝色、紫色、白色的桔梗花，插在一个小陶罐里。豆沙看了看手里的杯子，是一个马克杯，白底子，上面用蓝色画着星座图案，是天蝎，我的星座。豆沙说："很漂亮。"他不懂得什么星座，这么多年他也不知道我的生日，我好像问过他的，但是也忘了，好像是白羊座？我突然想起，明天就是我的生日。但我是不过生日的，没有人给我过，自己也觉得没什么可以庆祝的。就这样吧，没病没灾地一天天过下去，努力忘掉所有的痛苦，还有年龄。像我这样的人，这样的生活已经算不错了。不应该有奢望，一旦有奢望，就会带来灾难。我现在没有梦想，只要平安。

"豆沙，结婚以后怎么样？跟我们这种结不成婚的人说说。"

"没怎么样。"他脸色愉快，但是这样回答。

"什么话？觉得幸福吗？至少觉得和单身的时候很不一样吧？"

"没觉得幸福，也没觉得不幸福，不过我好像没有规定自己一定要幸福。和一个人的时候当然不一样，什么事情都要考虑两个人，还有，在自己以外的所有人里面，妻子要放在第一位，不然她会生气。"

"她会生气？那你自己愿意这样做吗？"

"愿意啊。男人只要结婚，基本上都愿意让妻子满意的吧。"这话听上去倒还诚恳老实。原来连他这种不牢靠的男人都会这样想，看来女人一旦选定一个男人就想结婚还是有道理的，不结婚哪来这个待遇？

"那你觉得结婚结对了？"

"这我怎么知道？现在就判定还太早吧，而且又不是我一个人说了算。说不定我觉得对，人家觉得不对，有一天要和我分开呢？"

"没把握，你为什么一定要结婚？"我不依不饶。

"就是觉得该结婚的年龄，也遇到了让我可以接受来结婚的人，那就结呗。"

"她也不是唯一？"

"其实，我们每个人可以接受的人都不止一个，可能是好多个，但是在对的时间遇到的可能只有一个。我没有你想得那么多，我只要这个人人不错，长得也过得去，有诚意和我一起生活，就可以了。我希望我们在一起能感到幸福，当然谁没了谁也活得下去，以后的事情，就看老天爷的意思了。我觉得那种谁没了谁活不下去的关系，要么在狂热的时候一起死掉，否则变成婚姻以后挺可怕的。"

没想到，他其实想得很清楚。按照他的理解，即使人的一生有命定的绝对的唯一，遇到那个"唯一"，也未必是好事，因为会很紧张，会失去平常心，在一起就"必须"幸福，一旦失败就不能承受。

"被你一说，婚姻也不太让人期待啊。"我故意调侃。

"人可以不要期待啊。婚姻这件事，离现实近，离心灵远。"豆沙说了这句话，就听见门响，小雨回来了。一看见豆沙，就说："你留下来吃饭吧，每次这个人都做得太多，然后逼我吃，吃得我都长胖了！你留下来，帮我们吃掉点！"

豆沙没回答，掏出手机，给他妻子打了个电话："我今天不回家吃晚饭了，陪两个朋友，吃了就回来。"听上去他的妻子也很爽快地答应了，这家伙运气不错呢，娶了个通情达理的太太。豆沙摁了挂机键，这才对小雨说："我留下来吃。你就不怕我把你的那份也吃掉？"小雨说："你好有野心啊。这个人做得真的很好吃，就算你是客人我也不能让，要和你争。"两个人一搭一档，说得我笑了起来。

慢慢吃了一顿饭，快九点了，豆沙才告辞。我送他下去，他说："看到你们这样，我就放心了。"我用沉默表示认可，他又说："还是没有消息吗？"我知道他指的是什么，还是继续沉默。我也只能沉默啊。

到了大门口，他站住，犹豫了一下，说："有句话，不知道该不该说？"我说："我有个发现，用这句话开头的话，通常都确实不该说。但是通常问这句话的人，都一定会把那句不该说的话说出来的。"他笑了起来，"你还能这样说话，我更放心了。"我不想他吞吞吐吐，就眼睛看着别处，破罐破摔地说："你说吧。"他说："都这么久了，快两年了吧，情况既然是这样，我是说，既然都这样了，你是不是，你好像，应该另外打算了。"

我沉默。

"没忘掉，就这样放在心里也可以重新开始啊。"

我还是沉默。

他说："生气了？"

我说："没有。你回去吧。"

这些话没什么不该说，但是说了也没有用，注定是一句废话，虽然是出于关心因此永远不会冒犯我的话，但仍然是废话。

对于感情，我从来没有试过去打算，如今又如何另外打算？我不知道怎么结束，又如何重新开始？我只是一个没有过成功记录、对明天毫无把握的弱女子，命运把我推来搡去，我只能默默地承受着，根本不敢盼望什么计划什么尝试什么。我对那种定一个计划、做一个决定，然后真的可以实行的人，从来都高山仰止五体投地望尘莫及不可思议，不论是对写作还是对感情——他们是怎么做到的？好像他们的写作，他们的感情，和我的完全不是一回事。若问我，我相信老奶奶们说的："先注死，后注生，三百年前定婚姻。"冥冥之中，是有一本什么册子，写着我们的命运，只是我们不是神游太虚的贾宝玉，更没有仙人指点，无法预知个大概。

说起这个，我就会奇怪地想起一个人。他是父亲乡下老家同族的一个远亲，大概我读初中的时候，他曾经来过我们家，当时他已经四十出头了，不知道为什么还没有结婚。爸爸陪他喝酒，说："你也该成个家了！怎么搞的，耽误到现在？"那个远亲张了几次嘴又合上，好像有天大的冤屈，然后他大声说："咳！我也不知道怎么回事啊。我也想成家，可是，这又不是力气活！"我一直记得他当时那张满是沟壑的长脸上无辜的表情。不但爸爸，连妈妈和我也一齐笑了起来，如果我的记忆没有出问题的话，这是我们全家唯一的一次一起大笑。到现在，我已经想不起来那个远亲和我曲里拐弯的关系，也不知道我们在辈分上应该怎么算，但是我总记得他。在对待感情和姻缘时相信宿命这一点上，我和我的那个远亲是一路的，反而和许多城里人，特别是相信有志者事竟成的成功人士格格不入。看来，我的毛病是先天的，而且可能有家族史。所以我活得这么别别扭扭皱皱巴巴是命里注定的。天亡我也，非战不利。何况我从来没有斗志，经常不战而逃。

回到房间，收拾起碗筷，用湿抹布擦一遍桌子，然后用另一块干的擦第二遍，这时听见小雨在背后说："如果当初，你选择豆沙叔叔，会怎么样？我刚才突然这么想。"

我说："不知道。"

"看你们在一起总是挺高兴的，其实你们在一起应该也还可以。从朋友变成夫妻，有点像民主制度下选总统，选出来的肯定不是最出色的那个，但可以避免选到最差的。你从来没想过选择他？"

"没想过。"

"你们先认识的，那么说，也不是因为我爸爸。"

"不是。"

"那么，如果他追求你呢？"小雨问。

"我也不会选择他。"

"你肯定你对了吗？选他说不定也不错。虽然你和我爸爸是绝配的那种，但是两个人特别相爱，结局也不一定是happy ending，好像相爱和结婚是两回事，适合相爱的不一定适合结婚，结了也不一定有好结果。其实，如果你先遇到我爸爸，和他好好谈场恋爱，没有遗憾，然后心平气和地嫁给豆沙叔叔这样的人，说不定反而是正确的选择。生活会平常一点，你们交流起来不会像和我爸爸那么深入那么默契，但是你会很安全，能掌控局面，会比较省力，其实可能你需要的是这种婚姻。"

我静了一下，说："小雨，我不爱听这种话。"

"对不起。"

我觉得伤感。当初她是唯一支持我和漆玄青的人，现在连她都似乎改变了，回归了大多数人的阵营，我和漆玄青，好像就没有任何人理解我们了。而且我还觉得，我们的失败，给这个十九岁的女孩子带来了提前降临的过于现实的恋爱婚姻观——这真是很悲哀的事情。于是我说："我是很失败，我也不能说你说得不对。但是将来你谈恋爱，我不会对你说这种话的。"

"明白了。我也不该对你说这种话。"

"没什么。"我说。我把碗端出去，她跟过来开始洗碗，我站在她旁边看，她做事情专注的样子真像她父亲。

"你想念他了，对吗？"

我点点头。我突然自暴自弃地说："明天是我的生日，但是我想肯定不会收到他的邮件。他这个人，不轻易决定做一件事，一旦决定就一定要做到，不惜代价，也不顾别人的感受。"小雨默默地看着我，我明白她不知道该说什么，这种时候，谁又能说出什么话，既不违背事实又能够哪怕安慰我一点点呢。

我想：干脆，今天晚上，如果我们又睡不着，我们干脆就来谈谈这个人吧。这个现在不知道在哪里，丢下我们不管，而我们偏偏没有一分钟忘记他的人。

总是不愈合的伤口，常年小心不去碰它，结果一直不依不饶地疼。干脆撒把盐，乱搓乱揉，疼木了，也就好了。

事实上，很难比较这两种疼痛，哪一种更容易承受，或者说，承受起来更合理。如果这是一种病症，那真是可怕，因为实在太疼了，也疼得太久了。

失去全身心所爱的人，是无法恢复的。那不是病，那就是死亡本身。你的一部分死了。

第二十二章　生我的那个男人也走了

看过电影《无间道》，最记得里面一句台词："出来混，早晚都是要还的。"坐在爸爸的病床边，我莫名其妙地想起了这句话。

前天下午，妈妈突然打来电话，她在电话里说，爸爸病了，而且病得不轻，住进了医院。我听得出她已经方寸大乱，没吃晚饭就打的去了医院。

爸爸已经躺在病床上了，看见他的第一眼，我感到的是惊讶。这真的是我爸爸，就是那个生了我的男人吗？我好像不认识他。他看上去脸色灰败，头发乱糟糟的，而且几乎全白了，最重要的是，往昔那种让我害怕的气势没有了，他像个漏了气的充气娃娃，瘪瘪的，沮丧的，小了两号。这种陌生，让我惊奇，也夹杂着一点点心痛和自责：我确实太久没有回去看他了，虽然他不一定想要见到我，但是他们从哥哥那里回来后都快一年了，我一次都没有回去过。我觉得自己过得很艰难，所以可以不再勉强自己做其他不想做的事情。看来我错了，他们生了我，我逃不掉的，我不管他们，结果他们就弄出这么大的娄子，现在我没办法逃避了。做一个人，你可以不欠钱不欠情，但是你总是欠生身父母的，既然欠，早晚都是要还的。

　　爸爸的心脏很糟糕，但是好像还有其他问题，他从来不体检，所以医生说这次等心脏稳定之后要彻底检查一次。看着他每天昏睡的样子，我给哥哥打了电话。哥哥说："说不清楚怎么回事，可能更麻烦。"我说："是的。"他说："我觉得我应该马上回来一趟。"我说："我也这么想。能把土豆带回来吗？我想念他。"他说："我和你嫂子商量一下。""商量你回来还是土豆回来？"哥哥回答："我不是她的儿子，自己可以决定回去，土豆一半是她的儿子，才要和人家商量。"在美国待久了，哥哥变得务实而理性，以我现在这种状况看，这样好像也不错。

　　三天之后，我亲爱的哥哥回来了，带回来了我更亲爱的土豆。土豆已经像个小伙子了，长得和我一样高，几年前见到他，他像个小生面坯子，现在像从烤箱里出来的面包，突然大了两号，所有线条都是胀鼓鼓蓬松松的，浑身都是香甜气息，让人见了就想咬一口。但是这个新鲜面包对着我叫："安提。"我拒绝，拍拍他的腮帮："说中文，小伙子！"他笑了："姑姑！"这才是我的土豆，我亲爱的土豆，我拥抱了他，哥哥过来说："还有我！"把我们两个一起裹进了他的大怀抱。多少年没有和亲人拥抱了，这种感觉真像升上了天堂。

因为爸爸身边离不了人，所以妈妈与我和哥哥轮流在那里陪他，陪着他的还有二十四小时的心脏监测仪器。哥哥值班的时候，土豆就和奶奶在家里玩，奶奶不让他自己上街，他们两个人也没话说，他主要在打电脑游戏。哥哥陪爸爸的时候我也经常去，帮着干点活，另外两个人说说话。不然好不容易回来一趟，说不上几句话他就走了，我又不习惯在电话里聊天。

我们两个都觉得爸爸的情况不妙，但是哥哥说他只能待十天，到时候就得走，如果爸爸不行了，到时候他再回来。

爸爸那么在乎儿子，但是儿子大了有什么用，不负责养老，连送终也不能保证。不过因为是哥哥，他怎么做爸爸都不会有怨言，所以我也用不着多管闲事多发感慨。

哥哥在美国的情况算不错的，他在大学，嫂子在银行，经历了许多大风浪还保住了工作，两个人之间也安全地从爱情变成了平稳的家庭关系，因为非常爱土豆，双方更加精诚合作，在可预见的将来没有解体的危险。

"你怎么样？"哥哥终于问。

我不知道怎么说，天知道我是想说的，但是真不知道从哪里说起。虽然是亲骨肉，虽然也知道如果世界上还有人能真正理解这件事，而且无条件站在我的立场上，除了小雨，大概只有哥哥了，但是我想了又想，整个事情没办法简单说，要从头细说，我也实在不愿意揭开伤疤，我还是不说了吧。所有的絮絮叨叨其实都是撒娇，一个人若真的活得太糟糕了，就会变得话少，对着亲人都说不出口。于是苦笑。哥哥也就不再问了。

过了一会儿，哥哥说："不是挑剔吧？""不是。""如果爱上谁，你也可以主动的，你不太勇敢。"第一次听见哥哥对我这种评价。"嗯。""缘分的事情，有时候很难说，不要急，也不要灰心，要耐心等。那个对的人可能也在找你。""嗯。"

不愿看哥哥情绪低落下去，我说："我现在书卖得很不错，已经衣食无忧。""我没有概念，怎么算不错？""我靠版税已经把房子彻底买下来了，我靠版税维持中等以上生活。我就是每年只出一本书，都完全可以养活自己。""那真是很不错，在国外作家没什么地位，也不太容易靠写作谋生，除了极少数畅销全世界的。""对，像写哈里·波特的那个J.K.罗琳，他们胜者通吃。"正在说着，进来一个穿白大褂的医生，手里拿了一本《深蓝手册》，请我签名，他说："我表妹是你的粉丝，我回去无意中说起，她就让我帮她找你签名。"我拿出随身带的粗水笔，签了。他高兴地说："她会请我吃大闸蟹。"在一边目瞪口呆的哥哥这时说："您手里的书，能借给我略翻一翻吗？"医生递给他，哥哥翻了一遍，眼睛睁大，毫不掩饰惊喜。医生一走，哥哥马上说："我的上帝！我的妹妹已经是名作家了，哇，怎么没有人告诉我，太神奇了！"我笑了："这人可能是我事先买通的，好在你面前满足虚荣心。"哥哥大笑，我看到他那么明亮的笑容，竟然眼眶一热：终于有亲人因为我的今天而高兴。这是真的高兴，这是真的血亲，不会抛弃我的血亲。

哥哥突然想起来，问："爸爸妈妈也都很高兴吧？他们不会不知道吧？"我被问住了。我不知道他们知不知道，更不知道他们的感受，每一次回家，爸爸总是板着脸不说话，妈妈总是诉苦，控诉爸爸，他们的世界里好像没有我这个女儿的位置，只要我不给他们添麻烦，不向他们要钱，便可以忽略不计，面对这样的两个人，我除了想早一点逃出来，不可能有和他们正常交流的欲望。也许，更真实的原因是，在我记忆中，凡是我做的事情，总是错的，包括现在我所选择的职业和生活方式，我根本不敢指望父母会理解和赞成，我不想说，只是因为我不想找骂。我越来越少回去，也是因为我觉得自己已经老大不小的了，越来越不愿意受气，哪怕是亲爹亲妈给的气也不行。

可是父母就是父母，只要是人，你就不会是石头缝里蹦出来的，你就是欠了的，早晚都是要还的。我没有想到，我欠他们的这么多，还起来这样辛苦。

在病房照顾重病人，表面上拼的是体力，其实拼的是心理承受力。看着一个人躺在你面前，那么痛苦，那么无助，浑身散发着怎么也无法去掉的异味（每个病房里都散发着这种味道，也不知道是病人身上各种味道的混合，还是病房里就是这个可怕的气味，生病的人因为一直躺在里面而浑身沾染上这种离阳光很远、离死亡很近的气味），每个人的本能反应是：尽快逃开，尽量不去看，不去听，不去联想。但是看护这件事，就是逼着你看，听，想，你无处可逃，必须一分一秒地注视着一个同类的悲惨境地——即使是个陌生人，也足够让人心惊肉跳、丧失从饮食到睡眠的所有欲望，更不要说躺在我面前的是我的父亲。

哥哥真幸福，他有远在美国和科研项目这样堂皇的理由，让他可以在熬出两个黑眼圈之后就及时撤退，还摆出一副忠孝不能两全的大丈夫架势。可是我，不但在身边，而且我没有时刻需要我回去的岗位，也没有必须按时完成的"工作"，更没有小家庭的拖累，所以我没有理由做逃兵。

我坐在病床前。我一边用棉签蘸上冷开水，轻轻湿润他的嘴唇，一边想：大概除了不知道父亲是谁的人，每个人，命中注定都有这样的一次守护吧。他躺在我的面前，不但不再发火，而且变得异常柔和，连手指头都因为无力而显得让人怜惜。我不是一开始就明白发生了什么，而是本能地坐到了这里，然后慢慢明白的：躺在这里的是我的父亲，他迎来了他生命最后的时光，我就是来陪他度过这段时光的人。眼前的这个人，当现在正在离开的生命力在他身上旺盛如火的时候，从来没有为我做过什么，他没有好好抱过我，没有夸过我，没有抚摸过我的头，我一直认为父母是可以打孩子的，但是他打我骂我时的嫌恶，好像我是一只寄居在这个家庭中的丑陋的流狼狗一样，我的感受、我的成长完全不在他的考虑范围内。

无论如何，我是个诚实的人，我不能说我爱他，但是我也不能简单地说我恨他，我不知道我对他是什么感情，正如我不能猜出宇宙的奥秘一样。但是有一点是确凿的：就是这个人，这个躺在我面前了无生气的人，他是生了我的人，是我生命的源头，现在他躺在这里，我生命的源头正在枯竭，我感到从未有过的压抑，我喉头发干，发不出正常的声音，肩部以上统统僵硬，脑子转动不灵，看到来看望的熟悉的脸都不知道该怎么称呼。

更奇怪的是，我和他之间出现了奇怪的感应。医生说怀疑他肺部有问题的时候，我马上觉得呼吸困难，因为整个楼层是全封闭的，我不得不经常推开楼道上沉重的防火门，跑到楼梯口，打开窗子，呼吸几口空气，好让自己免于窒息；当他吃不下去任何流质，插上胃管的那天，我从喉咙到胃都疼了起来，一整天都没有吃任何东西，胃里还像坠了一块石头，冰凉的、坚硬无比的石头。奇怪的是，我平白无故觉得它的颜色是灰白色的，像父亲偶尔睁开眼睛露出的眼白。

这是一场残酷而注定失败的战争，命中注定我只能孤军作战，我不能做逃兵，但是我真想对着那种时时刻刻逼迫着我的东西说：我投降！是的，我，投降，可以吗？求求你，放过我吧。但是那种东西根本不回答，它对我这种痛苦司空见惯、不屑一顾。一个人，已经完全支撑不住了，却连投降也不能，就是这样。你被钉在一个十字架上，必须慢慢忍受属于你的痛苦，没有别的办法，无路可逃，无法可避。

他的主治医生说："你真是个孝顺的女儿。"我望着父亲，说："是不是都不重要，他不在乎。"医生说："他在乎，而且我敢肯定，他什么都知道。"这么善良的医生，我不由得抬起眼睛，第一次仔细打量他，居然是个相貌端正的中年人，细长的眼睛里满是同情。我一向认为医生都是职业性的冷酷，这一次，我发现那是我的成见。

在我这样摇摇欲坠的时候，同情我的，居然是一个陌生人，应该并肩作战的亲人，应该无比怜惜我的爱人，都不知道在哪里。亲？爱？这些内容在疾病和死亡面前，好像都飘飘忽忽，形迹可疑。不记得是谁说过的，人生本来就是荒谬的。是的，很荒谬。而且我以往对于灵与肉的理解是错误的，有什么理由夸大灵魂轻视肉身？一旦肉身的毁灭当前，情感和灵魂顿时都不重要了。

爸爸要做同位素检查，我在收费处排队。昨天晚上因为同病房的一个病人去世了，我一夜没睡，现在觉得口腔都是苦味，腰酸得好像整个身体随时会断成两截，腿像棉絮一样无力而轻飘。前面一个人付完费了，他转过身来，我突然一凛，天哪！他怎么这么眼熟呢？他是，他肯定是某一个我很熟悉的人。不，是一个很亲近的人，是谁呢？是一个最重要的人，他消失过，怎么现在出现了呢？他在这里，他向我走来，他注视着我。是他，他还是来了，他还关心我，上帝啊，太好了，他终于来了！我得赶快想出他的名字，不然他又会消失不见了，我已经等他许多年了，以为他不会出现了，但是他终于出现了。天哪，他叫什么？他叫什么？如果我想不出他的名字，他又会消失不见的。现在他已经挤过我的身边，挤出队伍，他没有认出我，我得赶快叫住他，但是他叫什么呢？我匆匆挤出人群，追了过去，突然我的头开始晕，眼前一黑，手在空中徒劳地想抓住什么，但只抓住了和我一样虚弱的空气，我不知道自己是飘了起来还是倒了下去，唯一还清醒着的耳朵听到不远处一个金属盘子落地的声音，然后就什么都不知道了。

事后医生说，我当时的心电图足够让我马上住进重症监护病房的。我知道，因为我不止一次想过：爸爸要是这样病上一两年，我和他，就说不定谁先死了。但是大概是所谓的命不该绝吧，我几分钟后就清醒了，而且清醒后心电图就恢复正常了，此后再也没有捕捉到什么明显的异常，发生过的一切像一场梦。

但是有的事情却不是梦。两星期以后，爸爸去世了。这不是梦，而是真真切切发生了的事情。我没有想到像他这样强硬的人，居然走得这样无声无息，而且居然没有活到七十周岁。

他去世前三天，断断续续有短暂的清醒，隔壁病床的人过来对他说："你女儿真孝顺，你福气啊！"爸爸微微地点点头，那人又说："我也是靠女儿，三个儿子，一个都靠不住！你看看，这满病房都是女儿在照顾，好几个都有儿子，都说身体吃不消，要么是工作忙走不开，还是女儿好啊！"爸爸的眼睛看了看我旁边，好像在找人，我忙说："哥哥明天就回来，他已经在飞机上了！"爸爸的视线移到我的脸上，半晌，低声说："累坏你了！"我没想到他会说这种话，不知该怎么回答，看见他的手掌心向下抬起来，我不由得伸出手去把它托住，问："爸，你要什么？"他用力握住我的手，闭上眼睛，有混浊的泪水从眼角渗出来。我的心脏顿时像被一双大手捏住那样，疼得不能呼吸。

那天晚上，爸爸一直握住我的手，不知道握了多久，睡着了也还握着，我去上厕所，就很慢很小心地抽出来，然后回到床边，又把手放回他的手心。我无声地喊：爸爸，你不要死！你不可以这样对我！你从来不疼我，这样只有一个好处，就是最终失去你的时候我可以不那么痛苦，这是我多少年来安慰自己的一句话。现在，你不要这样！你一向偏疼哥哥不疼我，家里什么好处什么便宜都是他的，你不要连女儿这唯一的、最后的一个便宜也剥夺啊！你现在才对我这么好，这就像把一个温柔的钩子钩住我的心，然后，如果你走了，我的心会被扯向另一个世界！我受不了的，爸爸！爸爸，你听见吗？我们讲和吧，过去的事情咱们都算了，但你临了不可以这样害我，咱们讲道理：如果你一定要离开我，请你冷酷到底，请你不要让我爱你依恋你，然后给我当头一棒，你不可以这样对待我！如果你真的想重新爱你的女儿，那么就请你不要离开我，至少再给我一段时间，好吗？爸爸，我从来没有求过你，这一次，就这一次，我求求你，我求你了，真的求你了！你答应我，好吗？爸爸，答应我！

我觉得我们的手在交谈，我心里的呼喊就这样源源不断地输送到他手中，通过他的手输送到他身上，输送到他的意识还清醒的那部分。我觉得他答应了，因为他的眉头舒展，呼吸均匀，表情几乎算得上怡然自得。

　　但是，爸爸到底没有答应我，我相信他不是故意拒绝我，这次他应该是心软了的，他也想顾念我，但是有一个铁定的时刻到了，那个时刻比世间所有的意志更强硬，总之，这一次，他也没有办法。

　　三天后，他永远离开了。哥哥伏在他身上号啕大哭，我从来没有见过一个成年男人这样的哭法，我知道我应该同情他，但是我没有，反而有个奇怪的观感：成年人大哭起来，真是难看呢。

　　我像个空心的躯壳，被风吹起，轻飘飘地飘回自己的家，爬上了久违的舒服的床，像被锋利的镰刀割倒的麦子那样倒了下去。蒙眬中，好像有人过来暖暖地抱住我，对我隐约耳语："我在这里，我在。你放心，我会一直在你身边的。"

　　我知道他是谁。我放心了，落到地上的雪花一样无声无息地融入睡眠的大地。

第二十三章　西湖谣

　　昏睡几天之后，我起来了，梳洗之后发现浑身无力，然后反应过来是胃里空空，于是决定出去吃。穿上外套，发现自己的外套也空了一半，暗暗吃了一惊，然后想：得好好吃一顿。到了茶餐厅，我吃了一碗虾仁云吞面，一份腊味萝卜糕，外加一份热热的蛋挞王。这些过去爱吃的东西，现在似乎也不觉得美味，但总算顺利吃下去，食物下了肚，浑身暖洋洋的，一部分力气回到我身上。

　　走回家的时候，看着熟悉的橱窗、街景和行人，觉得恍如隔世。

　　我有个同学，她的父亲在她念中学时就去世了，她说在她父亲刚离去的一段时间里，她一看到公园里锻炼身体的人就想冲过去杀了他们，"我爸爸都不在了，你们怎么还在这儿慢悠悠锻炼，还有说有笑？"我没有那种孩子气的冲动，我只是静静地想：除了我，一切怎么都还如此正常啊。

人这么容易死。我已经亲眼看了生我的那个男人死去的全过程，我知道将来有一天我也会像他那样离开这个世界。我突然觉得对这个世界无限眷恋，长这么大，好像第一次爱这个世界超过爱某一个人——比如木耳，比如漆玄青，比如我自己。真的，这个世界多么好，多么值得人来活一遭啊，而且不知道什么时候就不让你继续活下去了。

我给小雨打电话。这段时间，我没有办法和小雨一起过周末了，我不让她来医院，她小小年纪已经受过刺激，我不能把自己的一份再让她分担。但是她坚持到医院来送过几次水果和鲜花，我不让她上去看，就在医院的花园里简单说几句。直到现在，我才给她打电话，我说："结束了。"她沉默了一会儿，说："我能做什么吗？"我说："不用。"她说："我来陪你住几天吧，我可以请假。"和她我不用客套，我说："我想一个人，想旅行。"

我决定出去旅行，要短途，要省力，要方便要舒适。我有钱，我愿意花。只有花出去的钱才真正属于我，否则说不定哪一天就花不成了。

我在网上查了西湖边的几家宾馆，选了其中一家五星级，每天晚上九百多。到了一看，房子一般，都是低低的小楼，散落在湖边的草坪上，而且设备稍稍有点旧，但是占的地方好，就在雷峰塔下，三面是水，简直可以说不是在湖边，就是在湖里。我的窗外，隔了几十米的草地和树荫，就是波光潋滟、嫩绿柔滑的西湖了。这个湖真是让人安顿，她的大小刚刚好，她清也清得刚刚好，媚也媚得刚刚好。以前我来过很多次，每次都觉得看够了，等到离开，很快又会想念。

我在这么个地方安顿下来，每天不是在湖边坐在长椅上看湖，就是走来走去看湖，累了就在房间里靠在床上看湖。饿了就吃，倦了就睡，除了吃和睡，就把看湖这一件不算事的事当成了每天的正经功课。

好湖光。好山色。但是看着看着，就觉得是空的，天地之间，好一片空。空是好的，空了才能静，静才能定。

白天可以气定神闲，到了晚上，控制情绪就变得困难。天一暗，门一关，眼看着自己就往下沉。我想起一个故事，说有个年轻人创业失败，破了产，想要自杀，这时有个大富翁遇见了他，就对他说："你为什么要自杀？"年轻人说："因为我现在什么都没有了。"富翁说："如果我给你一百万，买你的一双手臂，你愿意吗？"年轻人大惊失色："那怎么行？"富翁说："我给你两百万，买你一双腿，好吗？"年轻人也拒绝了，富翁又出六百万买他的头脑，年轻人也拒绝了。富翁说："你看看，你拥有健康的身体和聪明的头脑，是这么多钱都买不来的，你怎么能说你一无所有呢？"年轻人恍然大悟，放弃了自杀的念头，重新振作，终于事业成功。我可能也需要这样的帮助，但是这样简单的推理能帮助我吗？

记得在心理杂志上看到过一个专家的建议，心情糟糕的时候，容易夸大不利的一面忽略有利的一面，为了客观看清形势，可以找一张纸来，在纸上将好的一面和坏的一面都写下来，通过对比，往往会发现事情不像自己原先感觉到的那么悲观，是可以渐渐扭转或者马上找到转机的。

反正闲着也是闲着，听上去有点小儿科加技术主义的招数，也不妨试试吧。我从抽屉里拿出信笺，五星级宾馆的信笺总是非常厚实挺括，用手写字，笔在上面滑动有一种轻微的愉悦感。我在纸中间从上到下画了一条线，把一张纸分成两半，一半写着关于我的"好事"或者"有利因素"：

    1. 手脚俱全，尚算健康的身体。

    2. 不年轻，但也还不老，凡事还有足够时间。

    3. 拥有可以养活自己的技能。

    4. 有自己的住房。

    5. 有知心朋友（豆沙，小雨）

    6. 最近写的书卖得不错……

我很努力，挖空心思，居然断断续续写了十几条。

然后是另一半，就是我遇到的坏事情，起初不知道该从哪里写起，想了半天，想起来了，写下来，不过两行，只有八个字：

    他不见了。

    爸爸走了。

写了这两行，就写不下去，我趴在了纸上。两包眼泪一下子炸开，猛地冲了满脸，纸马上就湿透了。还没有意识到自己要哭，也没有感觉到鼻子的酸、眼眶的热，眼泪就哗啦一声，不是滴，不是流，是决堤般泻下来。

爸爸，玄青，我恨你们。你们是我生命中最重要的两个人，都让我有极大的盼望，盼望从你们这里得到保护和疼爱，而且盼望来自于你们的保护和疼爱永远不变。我是那么盼望，那么需要，都快要溺死了，对，我像个要溺死的人向你们伸出手，爸爸是从来不看我的手，到最后才伸出手碰了碰，但是已经不可能多握片刻了。玄青你呢？你是抓住了我的手，你的手那么有力，让我以为我们终于可以一起上岸，但是你又放开了，重新把我丢回无边无际的水中挣扎。为什么？为什么？你们都不管我，都不要我？你们是大男人，永远有你们的理由，但是你们也不能想怎么样就怎么样，说不要我就不要我，我也是一个人哪，我不是一只蚂蚁一片树叶，我一个人孤单了那么多年、苦了那么多年，一个人重新被丢下，会活得多么艰难多么没意思，别人不知道，你们应该知道呀，为什么还是这么狠心？你们两个连认识都不认识，怎么像商量好了一样，一起对我撒手不管了呢？……

不知过了多久，心区放射到后背的刺痛让我清醒：不能再哭了，否则心脏会出问题。这里不是医院，我如果再一头栽倒，就不一定有上次的好运气了。我慢慢停了下来，刹住抽泣的惯性之后，洗了把脸，房间里觉得气闷，就换上舒服的布底鞋，出去散步。

一路走在树下，远近都是绿意，觉得空气都是润的。就算在我这样一个愁人的眼中，这个世界也是美的。湿度像水彩画中的水分一样，让整幅风景滋润而鲜活。想起不知谁的诗："纵使晴明无雨色，入云深处亦沾衣。"还有另一句"山路元无雨，空翠湿人衣"。真的，并没有下雨，但走着走着，身上的衣服微微地有了雨意。脚上的鞋子是以前在山西买的，黑色的，绣着鲜艳精致的花样，原本怕弄脏，是只在家里写东西时穿的，不舍得这样穿出来乱踩，现在不管那么多了。绣花鞋微微湿了以后，上面的花样更加鲜艳，才第一次看清绣的是桃花和并蒂莲，还有一对五彩鸳鸯，下面一柄如意。微微叹口气，这么强烈的心愿，或者说祝愿，能实现的概率却是微乎其微。

在杭州从来不走断桥，这次也只是远远看了一眼。西湖十景，最不喜欢的就是断桥残雪。在传说里，白娘子与许仙就是在这里相识，后来又是在这里邂逅，言归于好，从此继续纠缠，终于将白娘子的归宿牢牢地锁定为雷峰塔。断桥和这样的爱情有很深的纠缠，所以在我心目中总是蒙着一层泪光。我不喜欢许仙，甚至认为他根本不值得白娘子那么痴情，要说"孽缘"，他才是她的"孽"。那样的爱情对女人来说绝对是最可怕的灾难、最恶毒的诅咒，大概就是因为这个让我不喜欢这个地方。越剧《白蛇传》白娘子是这样唱的："西湖山水还依旧……看到断桥桥未断，我寸肠断，一片深情付东流！"白娘子为了心爱的许仙，受尽苦楚，费尽力气，但是她终究不能保全自己的好姻缘，后面还有法海和雷峰塔在等着她，法海代表冰冷的理性，雷峰塔代表现实的秩序，是一般人无法战胜的。白娘子虽然不是人而是千年蛇妖，但是当她陷入爱情里，她其实已经是个普通的、可怜的女人了。白娘子在断桥柔肠寸断，其实也是白白地断了，一切都不能改变，故事直奔心碎的结局而去。多少年过去了，断桥依然似断非断，那上面年年的残雪，等到杨柳风一吹就无声无息地化了，就像多少代的女子的眼泪，在史书的字里行间渐渐干了。

信步走着，发现有一座新桥，桥名：双投桥。奇怪的名字——难道是双双投水的桥吗？看桥头刻在石头上的介绍，还真的是，以前有一对情侣在这里殉情投水，为了纪念他们建了这个桥。桥很精巧，栏杆和桥面上都有双双对对的蝴蝶，让人又想起梁山伯与祝英台。可能，化蝶化孔雀都是我们对殉情者最好的祝愿，因为他们活着的时候太不自由，所以希望他们死后能够自由自在地飞，双双对对地飞。

双投，双双投水而死，现在还会有这样痴心的人吗？有一个，也很难遇到另一个吧？谁要是痴心到不能相守肯去死，恐怕也只会像梅艳芳和张国荣演的《胭脂扣》里那样，女人枉送了性命，魂魄犹自在半路苦苦地等，而她等的那一个，只会因为胆怯在红尘之中活成一个潦倒不堪的老头，还在挣扎着想继续苟且活下去……现在的女人应该都看过这个电影吧，所以应该不会有人再听信情人殉情的邀请了吧？这算是时代的进步还是人性的退步？不知道，也不想知道。

走得脚步有点沉了，就慢慢地往回走，经过慕才亭。这是为了纪念苏小小。苏小小，别人只觉得她是名妓，我觉得她首先是个一身诗意的人——"妾乘油壁车，郎骑青骢马。何处结同心，西陵松柏下。"山水之间的油壁车与娇小的美人儿，构成了一幅永不褪色的画。这位奇女子自己是个才女，所以能够懂得并且怜惜一个落魄的才子，她资助他进京赶考，这里面更多的是侠义和惺惺相惜，很难说有多少文人雅士想象的旖旎艳情，应该和爱情也没太大关系——曾经沧海、看透世情的苏小小不会那么幼稚。当然，她如果希望证实一下自己没有看错人，等待他回来略作报答，也是人之常情，但是就是这样的人之常情也落空了。不是那个人的才气不够，他的才气很够，他考上了，他当官去了，等到他处理了几年的公务，想起来找恩人时，苏小小已经像一朵落花悄悄凋谢在了西湖边。慕才，说的是她以一个妓女的卑微低贱，居然懂得爱慕有才情的人，这算是对一个风尘女子的褒奖？分明是一个辜负人的人在自吹自擂，直到她死都没有让她知道自己究竟有没有看错人——他是不是一个有才气并且有良心的人？等到她死了，不说自己愧疚、后悔莫及，还要这样遮掩、自恋，真不知道是可笑还是可耻。不过，人都死了，他到她墓前捶胸顿足、呼天抢地也没有什么用了，总之就是一个来迟了。

世间所有的事，所有的情感，都要一个恰好，来早了是枉然，来迟了便只能是永远地来迟了。这样说来，有没有良心，又没有什么分别了——人在，什么都好，不论辜负还是被辜负都可以峰回路转柳暗花明，一旦人不在，万事成空，万缘俱灭，多少眼泪多少追悔多少纪念都是虚空。

回到了宾馆，暮色中一抬头，无意中看见了雷峰塔。此刻眼前，是一幅标准的"雷峰夕照"了。来杭州这么多次，只在白天来过一次雷峰塔，看到一个木头木脑的新造古董，完全不是古人所说："保俶如美人，雷峰如老衲"，更找不到"此翁情淡如烟水"的感觉。这次在暮色里一看，倒突然有了一些感慨：镇压白娘子的雷峰塔倒掉了，当时有人欢呼过，但是它很快就重新站在这里了，就算再遇到天灾战火，它也会被一次次重建，后世许多的白娘子们，如今已经成了法海的女施主，她们和法海一样认为人的感情应该由天条或者人间的律法管束，否则便是异类，应该受到惩罚。这些景点都有饱含情感的传说，但是一旦深深玩味这些"动人的"传说，又会让人走到感动的反面，长叹，无语，多少痴心都灰了，只留一片冰凉。

无端地有几句话涌上心头，我不知道它算什么，姑且算是仿民谣吧，就叫它《西湖谣》。我所有的叹息都在里面了：

不断桥，将谁留？

雪已化，泪痕收。

君入水，为谁投？

双双去，今难求。

雷峰塔，暮色稠。

慕才亭，苏去后。

人生到此一叹息，

情生情灭是杭州。

第二十四章　天堂歌声

从杭州回来后，我对自己和小雨宣布：不出门了，我要开始工作了。哪怕是恢复性地随便写点什么。

可是人算不如天算，刚宣布完，马上接到一个邀请：九寨笔会。

九寨沟？这个地方和其他地方可不一样，那是我从很早起就一直向往而没能去的地方，在一本杂志上看到，这是一生中必须要去的地方；在所有去过的人描述中，它都是绝对值得去的一个地方。我不太相信这种推荐，但是这种地方，如果你不去，它会一直对你构成一种轻微的打扰，让你听见这个地名就心神不宁，而如果你去了，从此就可以放下心来，听见了也安心地漠然，不必骚动。现在有这个机会，我也许应该再出这一趟门。

最后下决心（其实是推翻刚刚下的前一个决心），还因为哥哥，他打电话来，听说这件事，就说：九寨沟真是很美，作为中国人，你怎么能不去一次呢？

我去。

但是心里一直不安。我是一直有飞行恐惧症的。对我来说，永远都不能习惯把自己交托给一个庞大的机械，接受随时可能和一群不认识的人一起粉身碎骨的移动方式。本来很多年不飞已经淡忘了，但这次出发前，看到一篇文章，写徐志摩的，想到徐志摩是因为飞机遇难的，觉得有点不祥。看杂志，又看到一篇说世界选美小姐的各种结局的，其中有一个，《天妒红颜》的标题下，居然是全家度假的时候一起死于飞行事故，我赶快把杂志丢开。然后上了飞机看航机杂志，居然在介绍徐志摩故居，又是徐志摩！他们怎么这样没有文史常识或者缺乏职业道德，不知道在飞机上提这个名字，都是对乘客的一种不良心理暗示吗？

这次的恐惧发作，也许因为自己出尔反尔再次远行？我心里对自己说：这趟出了门，今年哪儿都不去了，说什么也不去了！但这样并没有缓解我的压力。恐惧中的人想象力格外丰富，有点像江湖大盗收山前的最后一次行动，因为是最后一次，所以带给人格外强烈的紧张，唯恐有闪失。

先飞成都。起飞延误了。延误还不要紧，又是关上机舱门后，关在里面傻等。说是因为有空中军事演习，事先民航也不知道。延误到什么时候也不清楚。结果是将近一个小时。越是怕飞机，越让我在飞机里多停留，真是怕什么来什么。我也只好翻翻杂志，看看报纸，强作镇定。

然后从成都飞九寨。机场刚建好没有几年，因为有了机场，去九寨沟既不用花两天时间在路上，又不用担心沿途泥石流塌方的威胁。

降落的时候，我突然感到一阵强烈的反胃。前面有位乘客"哇"地一下子吐了出来。这是一个建在山顶上的机场。群山之间。高海拔。

听说这次降落算很平稳很顺利的。曾经有连保险带都绷开，人飞出去的事情呢。我胃部的不顺服持续了好几个小时。这是我经历的最不舒服的一次降落。晚上打开润肤液的瓶盖，里面的液体一下子冒了出来。不知道是因为降落时的压力，还是因为到达的地方是高原？

住的地方叫九寨天堂。为了到天堂，不论你是从地上走还是从天上飞，总要付出点代价的。

正门前，藏式欢迎仪式开始，穿着藏族服装的服务员用歌舞和哈达欢迎我们。然后走进门，突然一个巨大的陌生扑面而来。全是石头，地上是石头铺就的步道，四周是灰黑色的石头建成的纯羌族风格的碉楼，碉楼依山而建，高低错落，放眼望去，除了石头就是木头，时间突然倒流，二十世纪的人熟悉的钢筋水泥消失了踪影，不锈钢、塑料还没有发明，碉楼间飞瀑流水，树木葱茏，飞禽鸣叫，到处流淌的都是原始的气息。我不知道自己是置身在一个森林中的城堡里还是步入了一座有罩子的森林？一起来开笔会的人中有不少见多识广的，这时也都傻了，只顾东张西望，不知道说什么好。人活到了一定年龄，最大的失落，是很难碰上让你意外的事情。什么都在意料之中，人生多么乏味。这次我想他们是遇到了意外了。

整个宾馆是个大山寨，我们住进羌式碉楼，地上是形状不一、五彩缤纷的天然石头，到处除了石头就是原木，一派地老天荒的原始味道。伸出头去看，外面居然有一格格的木蹬，可以容一个人爬上来的。有意思，还没看到九寨沟，这个住处就给人一个惊讶。

九寨沟不用说是美的，但是它的美是事先过度张扬了的，在图片上已经见了太多次，所以虽然"喜"但没有"惊"。不过，沿着长长的栈道慢慢走上一两个小时，会感觉从凡间渐渐走入画中。这么一直在画中漫步，有几个瞬间，我感到一点点羞愧，好像自己配不上这样的画面，但是很快就过去了。这里的幽艳深邃可以消除许多不和谐的念头，好像是人死了，灵魂突然飘到这么一个地方，原先的痛苦和烦恼都没办法带到这里来。

晚上，我摆脱了大队人马，自己找到了一家餐厅。我一看这家餐厅的菜单，就觉得自己来对了。这么异彩纷呈、活色生香的菜单，我要抄下来带回去给小雨和豆沙看。我抽出桌上的一张餐巾纸，开始在上面抄菜单：

雪域古蕃风情

牙则扎如拼

格桑花山鸡

色嫫山桃花

乾坤青稞骨

景天竹荪汤

翠海牛丹宝

鼎煮胡羊羔

雪茶炒鞭花

丁香烘羊脊

手抓砣砣肉

酥皮山羊柳

脆皮糌粑（干）

酸菜糌粑（湿）

古烹火烧馍

夏馍馍

喇嘛窝馍

酥油面片

我看着这些眼花缭乱想入非非，哪里懂得该点什么，就让服务员推荐，她推荐了两个菜一个汤一个主食就把菜单拿走了，说："你一个人，够了！"好像生怕我心猿意马再多点似的。果然是够了，我吃得连连打着饱嗝，在山寨里漫无目的地走着消食，悠悠荡荡地走过了锅庄晚会的人群和歌舞，走过了风车磨坊，走过了木桥，看到一家酒吧，上面是块木头牌子，写着"马帮天堂"，就信步进去。

有人在唱歌，唱的是什么我不知道，但是旋律忧伤，像雪中静默的白桦林，我就坐下来听。"静静的村庄飘着白的雪，阴霾的天空下鸽子在飞翔，白桦树刻着那两个名字，他们发誓相爱用尽这一生……谁来证明那些没有墓碑的爱情和生命？雪依然在下，那村庄依然安详，年轻的人们啊消失在白桦林……"

天，谁写的啊？让人只想一声长叹，把一杯酒倒进喉咙，这首歌真是比所有祝酒歌、敬酒歌都适合拿来劝饮。一曲终了，许多人大声叫好，狂热地鼓掌，而我做了平生最反感的事情：把刚送来的一大盏青稞酒，端起来一饮而尽。

女人这样滥饮好像是一种刺激男人雄性荷尔蒙的信号，旁边桌上的几个男人立即骚动起来，他们请我过去一起坐，请我喝酒。请我喝我就喝，不知道什么酒，喝着喝着我的眼前起了一层雾，在雾中，一个男人问我："美女，你能帮一个忙吗？告诉我们，你遇到了什么事？"我笑起来，另一个说："我说你失恋了，他非说是家里有人去世了，我们打赌，谁输了就请大家喝酒。"我听了第一个反应是想把手里的酒泼到他脸上，但第二秒钟我改变了主意，他们看得很准，聪明人说话直率应该可以原谅，我就说："要我说实话？"他们齐声答道："要啊！"我就打手势让他们靠近，然后对着几个认真到抽筋的红耳朵低声说："我杀了人，逃到这里，准备把所有的钱花光，然后就不活了，跳进诺日朗瀑布。"耳朵们马上不见了，变成几张大嘴巴，嘴巴们大声喊："不会吧！你不要吓唬人！"我笑了起来，说："反正我告诉你们了，你们哪一边请喝酒呢？"嘴巴们怪叫起来："那，我们一起请你喝酒！"我哈哈大笑，然后酒杯就像走马灯一样地在我眼前来来去去。

　　喝吧喝吧，不要停啊，因为歌声一直没有停顿。多么好听的歌，句句都在诉说心事，但都是谁的心事？

　　"如果爱让我走下去，我会拼到爱尽头。心若在灿烂中死去，爱会在灰烬里重生。"（可是可是，那么苦那么痛，还要重生吗？哀莫大于心死，哀莫大于心不死。）

"灯火辉煌的街头，突然袭来了一阵寒流。爱若需要厮守，恨更需要自由，爱与恨纠缠不休。我拿什么拯救，当爱覆水难收。"（拿什么拯救？谁说要拯救？没救了，爱没救了，人也没救了，不要救了，不要对着变冷的尸体做人工呼吸，不能做什么，就什么都不做吧。受着吧，再难也只能受着，安安静静地受着。呼天抢地也需要能量啊，还是安静一点吧……）

"天青色等烟雨，而我在等你。炊烟袅袅升起，隔江千万里。月色被打捞起，晕开了结局。"（想等就等，但不要指望结局，不，有时候等就是结局了，不了了之也是结局，或者等到时光过去了，人不在了，就什么都一样了，人和感情两无挂碍，生命和时间两不相欠了。关月色什么事？别指望什么天啊，月啊，它最无情了，秦时明月汉时关，说的就是，它是不管什么朝代只管那么漠然地看着，从来不同情任何人……）

那夜我不太清楚是怎么回到房间的，只记得一直到像一摊烂泥一样躺下来，耳朵里还满是歌声，好听得要命、让人只想喝酒的歌声。

那确实是天堂里才有的歌声吧。

往回飞的时候，耳朵里还一直响着歌声，所以一点都不害怕。

回到家，我收起脸上的傻笑，深吸一口气，对自己说：好了。真的不出去了，闹够了，不闹了。

躲得过初一躲不过十五，躲在外面总要有个期限，庸常的日子总要面对的。何况有时候人需要日常生活。很早以前，我在自己的那本随手乱涂的《笺注》里这样认识——

日常生活

极其厌恶的日常生活是必要的。庸俗的社会规则也是必要的。

它固然像一件黏腻的外套一样裹着人，像渣滓一样渗透在人的天性里，但也使人避免疯狂。

当内心的狂乱和灼热沸腾，当岩浆撕开口子等待更大的爆发，当地表的一切在毁灭的预感中战栗，空气凝固，心甚至来不及叹息。

这时，你偏偏被迫不得不走出门。你并不知道接下来会发生的一切，你早就失去了预感和好奇。但是只要你跨出那一步，阳光一下子像刀尖挑开你的眼帘，也挑开你昏沉的、隔绝的心幕，你被迫将专注逼视内心的眼睛转移开看一下世界。它的陌生让你惊讶。这就转移了你的注意力。然后你遇见人，熟人，陌生人，通常你分得清，但是今天你觉得他们看上去非常相似，你费力地辨认着，这花了你不少气力。然后，你恢复了分辨的能力，你开始对陌生人漠然，本能地对熟人开始微笑，调整脸上僵死的肌肉线条……

最后，你发现那个喷发的口子温度下降，暂时趋于平静。

然后，你可以工作了。你不会发疯了。

既然早就知道，我应该回到正常之中，应该接出版社的电话，应该在电脑键盘上噼噼啪啪，应该每周等待小雨回来一起吃那几顿饭，应该……那么，我要振作起来，回到我的日常。不论难度大小，这是必须完成的任务。这时候，我淡淡地想起了"笨女人"，我在心里对她说："我和你不一样。你说我冷血也好，麻木也罢，我要活下去，看老天爷给我还安排了什么。"

小雨周末回来，再次看到我做的四菜一汤，她眼睛一亮，但马上问："写得顺利吗？"我说："顺利啊。今天这一段还挺得意呢，你要不要看看？"小雨低头不说话，我推了推她，"怎么啦？想什么？"她抬起头，突然说："我崇拜你。"

我的亲人、我的姐妹这样说。一双晶莹透亮的眼睛，秋水一样地照着我。那样的注视，可以洗清所有的阴暗、卑微和罪孽，让人感到尘世之中，幸福是可能的。

第二十五章　写作与梦境

不想写小说，但是需要有事情做，所以我要写点别的。虽然写作需要体力，这方面我还没有把握，但是不写作我的体力全部拿来和回忆纠缠，和虚无作战，更加没有胜算。

我和优品出版社谈好了，现在开始写一本这样的书，关于古诗词，但不是解读（包括所谓的新解或者戏说），而是当代人读古诗词的一些联想，或者说由古诗词引发出来的信马由缰的想象。

第一篇写的我想象之中的一种情怀，一种爱情——

还珠简

题记："还君明珠双泪垂，恨不相逢未嫁时"。——

我当然知道，许多诗词中这样的名句，并不是写男女情爱的。"还君明珠双泪垂，恨不相逢未嫁时"是一个文人已经投靠一个官僚之后对另一个赏识自己的官僚的婉拒；"画眉深浅入时无"这样妩媚的低语不过是担心自己的文风是否入时，是对考官精致的马屁。男人的"闺情诗"难免如此，他们只有在思恋渴慕功名利禄的时候，才能无意间体察女性的心灵世界。

但是这些美丽的诗句有它们自己的命运，一旦诞生就与制造者无关了。

今天重读，当现代的眸光与纯古典相遇，就是另一种解释另一番境界了。

生命精彩如传奇。每一个人就是一个世界。

可是，一个生命个体怎会色彩如此鲜亮，魅力如此强烈！你的目光令人不由自主，我不知道为什么就接受了你双手郑重递过来的明珠。看着掌心里莹光闪闪的珍珠，我突然就没有了自己。

可是，那令我失去自己的却不来主宰我、操纵我。你只温和克制地退在一边等着，珠光莹莹，替你默默地诉说。知道你的心意像太阳一样炽烈，你的情愫像月光一样纯净，可是你为什么固执着要让我自己决定呢？如此沉重的决定，你要我一个人背负吗？泪眼看珠珠不语，我知道我不能谴责这样的尊重。明珠无疵无痕，圆润匀净，我知道，只有一个人自由地做出的选择、毫无保留地交付的感情，才能配得上这样的珠子。

我开始手足无措。

没有一个人能漠视这样的情感，何况来自这样堂堂正正的君子。如果不是经过了很久很久的挣扎、煎熬，一个像你这样骄傲的男人如何会承认爱上了一个别人的妻子。多么难堪的事实。你终于做出了一个决定，那就是要为此背叛你以往的整个世界，把自己的生命和这个女人熔到一起。当然，如果那个女人也愿意。你在爱里变得坚强，可以和整个世界抗衡，可是你也变得脆弱，你不能忍受她的一点泪痕、微微的颦眉。你不能主宰她，连自己都不能主宰，你把你的心、你的命运变作那粒珍珠，交到了她手里。

我没有回答，从冬天到春天，又从夏天到了秋天。

你终于忍受不了我的愁容，你开始不断出游，渐渐越走越远。现在你说你要出发，开始一个不知道终点的旅途，谁都看出你天涯漂泊、终老异乡的决心。

我知道，你临走之前，会来向我告别，你依然什么都不会说，只会深深地看我一眼，好像我们今生今世从此就不再见面。你每次出门之前总是这样的，而我每次都沉默着，把珍珠紧紧地握在手里，担心它从指缝里透出光芒。真是对不起啊，我让你等得太久了。这一次，我该把珠子还给你了，是时候了。我知道你没有责怪我，可是你远行的步子每一次都踏在我的心上。是时候了，让我们有一个了断吧。

没有一个女人能漠视这样的感情，何况来自于你这样一个男人。本能地，我想追随你。

如果束缚我的是绳索，我会不顾一切地挣脱它；如果束缚我的是黄金、钻石的冠冕，我会不顾一切地丢弃它。我想追随你。

我不会想到要向你索取什么，也不会奢求因你而获得荣耀和永生。我只是想追随你，让我看你听你触摸你，把你的每个步幅、每个笑意嵌入眼里，把你一生的话语、叹息一字不漏地装进心里，跳你的心跳，呼吸你的呼吸。而且在某一个晚上，让我把从来没有说过的话对你一个人说出来——在遇到你之前，我曾经以为这些话永远没有机会说出来了。然后在你的怀抱里像落叶一样死去。

我想追随你。追随到功利、世俗走不到的地方，追随到肮脏的窥探、无聊的恭维渗透不进的地方。在那里只有我们眸光交汇、言语交错，你的眼里没有迟疑、矛盾，我的心里更没有。喜怒哀乐赤裸得像婴儿，而那些喜怒哀乐是那么光明坦荡。那是我一直盼望的生活，可是我知道如果没有你，靠我自己是不可能做到的。我只想这么追随你。

我想追随你。

可是，束缚我的不是绳索、皇冠。束缚我的不是我能够抛弃的任何东西。我的血肉和一些别的东西长在了一起，那是另一个人或者另外几个人的血肉、骨骼。我不能抛下这种相连，除非我割舍。你知道什么叫割舍？是先要割然后才能舍去啊。要用刀切下去、剁下去才行。

可是，我往哪儿剁？如果狠心一点，我把别人的一部分剁了下来，我自己固然是完整了，可我怎么拖着别人的一部分去追随你呢？如果仁慈一点，把刀对准我这一边，那就有一部分的我永远留在了别人那儿，我将永不完整，我可以追随你，但一路上血迹斑斑。你不会喜欢看到那样的景象的，你喜欢清洁甚于生命。而我，无论怎么做，都无法保持清洁了。

我是无法追随你了。无法追随我那么想追随的你。

我曾经想过也许可以用视线追随你。我不走在你身边，不和你双手相牵、呼吸相闻，不和你走在任何一个幻觉中，我可以把你当成一本书，独自藏在属于我一个人的现实与梦的夹缝里，时而拿出来静静地读。可是即使你是一本书，它也不属于我，在你漫长的一生中哪一段是可以让我阅读的时间？何况你不是一本可以轻易翻动的书，才读过几行，我就意识到它的不同寻常，它令我挺直脊梁、睁大眼睛、暂时屏住了呼吸——这是本要人全神贯注才能领会的书！

可是即使我全神贯注了，仍有一些段落对我太费解了，有些字眼我从未见过，我不知道后面有没有注解，那几页可能是注解的书页没有裁开。我不是主人，我不能碰它。这样的阅读该有多痛苦。我知道我可以把它的每一页都裁开，把每行字都细细地反复揣摩，只要我买下它。而对我来说，世上的书唯有这一本是要花大价的。那个价钱说出来有如耳语，我知道它值，可是也知道我付不起，因为我身无分文。我得放下手中的书。不管我多么想看完它，想看懂它。

我知道我错过了，肯定错过了。确定错过已令我流泪，可我竟没有资格知道，自己错过的全部到底是什么。苍天啊，如果这是我命里无法逃避的，求你给我力量，像一块风中的石头，安静地面对命中注定的痛彻心扉。

可是我不能告诉你，因为我怕你会因为我而停下你的脚步，就像有人因为怜悯而将绝版的奇书贱卖给了我。因为爱而毁灭了对方，那才是最悲哀的事。

终于，有一种热切就是最冰冷的无言，有一种阅读就是永远不翻动其中的任何一页。

你远去，背影是自由的；书还在，等待着命定的时刻由上帝选中的一双手翻开。这是最好的结局。

既然不能同行，成为你肉中的肉、骨中的骨、血中的血，我就没有什么要说的了。今天分别将永不再见——就像你我迟早要永别那样，语言早已蒸发。甚至眼泪都是一种轻浮、亵渎。

魂魄的事由不得我们自己，让我把珍珠完好无损地还给你吧。珠光不灭，让世界变迁、让时光流逝，让你我就此老去吧。

都是诸如此类的借题发挥、自说自话。出版社里有分工，这回负责我这本书的不是那个小姑娘，而是另一个编辑，男的，大概有五十岁。那人看了前几篇，很惊喜地说好，还说现在年轻的作家里头能有这样的古典学养，文字又这么漂亮的不多，而且可以借着我上一部长篇《路过春天又路过夏天》热卖的势头，宣传"深蓝华丽转身"，应该会更加受欢迎。这个人好像也挺能干，至少按照通行的标准是一个能成事的人，之所以他在我笔下没有名字，是因为我总是记不住，和他见面之前我需要翻看名片才记得住他的名字。这样的人，应该叫作陌生的熟人，还是熟悉的陌生人？

我曾不止一次听到他眉飞色舞地提起某一个作家或者某一个写作人，说他（她）如何如何当红或者肯定加确定势不可挡，即将、马上如日中天，对我的不甚了解甚至一无所知感到惊讶和愤怒，然后马上对我进行紧急补课，我称之为出版流行知识大普及。起初我也有点惶恐，觉得自己现在很少去书店，可能是完全落伍了。但是我去买了他说的书来看，却完全是不知所云、肤浅潦草或者生硬夸张的东西，而且他前后推荐的东西不但不在一个层次上，也毫无内在逻辑，我就放下心来，知道他们的标准和我无关了。不过，因为我们毕竟是合作关系，我没有流露这种判断，有时我为了套套近乎皆大欢喜，也会特地问起他提过的那个听上去还正常的人名或者类似九寨天堂菜谱上的"牙则扎如拼"那么稀奇古怪的笔名，他的反应不是很惊讶："你还看他的东西？他写得太滥啦！还抄袭！现在都臭大街了！"就是很蔑视："这女人过气了。书全到三折书店了。"然后眉飞色舞地提起另一个名字。我看着这熟悉的一幕，心想：这个人在你嘴里停留的时间会多久？一个月？一星期？

这样的人，我都不知道该怎么说。没原则？太高要求，简直奢侈。浅薄？比浅薄冷酷，而且浅薄的人不一定这么自以为是。势利？接近了。无情无义？更接近了。总觉得现在的一些出版人，有时候，整张脸就剩一张嘴，一张天花乱坠、死马说得活的嘴，有时候，整个人只剩一双眼睛，一双只认银子不认人的势利眼。当然，哪一行都盛产这样的风流人物，只不过我碰见得最多的是出版人。

这样的人本来应该对我的感情世界没有影响，但是意外的，他们对我有影响。这样的人让我怀念漆玄青。这样的人越多，我越忘不了他。这种怀念是爱情之外的，是一个作家对一个好出版人的怀念。我总记得他说服我的时候那双诚挚的眼睛，记得他为我着想的主动和细致，记得我把作品交给他之后的踏实心情，记得他惜字如金、承诺了就一定做到的每一句话。

也许，我们应该永远做个朋友，那样我们会成为一生的好搭档。像落入凡间的天使奥黛丽·赫本和她的朋友纪梵希，他们是那么互相欣赏和互相信任的两个人，但是他们不是一对夫妻或者情侣，他们坚定地做了一辈子的互相依靠的事业伙伴，灵魂契合的知己。那样的关系大概是上天给最优秀、最美丽、最有理解力的人的特殊奖赏吧，一般人只能仰望和叹息。

也许，不是上天吝啬，错的是我，是我自己不能免俗，错过了上天给的机会？我一贯觉得现行体制的一大荒谬就是把各行各业的优秀人才弄去当官，明明教师讲课讲得顽石点头，却让人家去当校长费劲不讨好地管人，明明一个演员电影演得出神入化，却让她去恭逢其盛开什么傻会说些傻话……可能我们自己也会犯这样的错误，看见一个人为人这么好，事情做得好，就会模糊界限去爱上他或者她。忘记了很基本的一条：一个可信、能干的好人，和一个好爱人，这中间没有必然联系。何况私生活中的表现，是人性最深不可测、幽暗摇曳的部分。

这么说来，错的是我，我们。

现在认错也没有意义，我现在就是自认罪该万死也于事无补，早已经一着棋错满盘皆输了。对作为男人的漆玄青，我已经绝望了，可偏偏就是有那么多人，那么多浅薄势利、言而无信、哗众取宠、见识卑微外加獐头鼠目的人，让我怀念他——作为一个人。

有一天晚上，我梦见了漆玄青。在梦里，我虽然忧伤，但是平静，我好像已经接受了我们永远不能在一起的结局，好像还有点跌倒了不能空手爬起来、想找点补偿的感觉，我说："你可以走，这是你的自由，我只是想请你告诉我：我以后再也不能爱了，我应该怎么办？"他的脸有点模糊，但是听得见他在叹气，他不是叹气完了再说，而是他的话音里就混合着叹息，他说："写作吧。有时候上天不让一个女人幸福，是要她成就一番事业，你好好写作吧。"我好像料到他会这样回答，只是想听他亲口说一次，所以我依然很平静地点点头。然后他转身走了，就在他背影消失前的一刹那，我突然喊起来："等一下！可不可以告诉我，你要去哪里？到底为什么一定要丢下我？"他停了一下，回头看，这时候他的脸突然变得清晰，脸上是失望而厌恶的表情，然后他就一下子不见了。我又痛又急又后悔，一下子挣醒了。

也许，我确实是太不理性太不洒脱太没出息了。我再这样放不下，连我都有点轻视自己，所以在梦里他是那个表情。他早就把我当成切除掉的阑尾、扁桃体一类彻底废弃、不再想起，那么，失望而厌恶的，应该是我自己吧。我不想再这样下去了，否则连我自己都看不起我自己。

我知道这很难，对我这样的人，简直是不可能的任务。因为这意味着我亲手扼杀心灵中最珍贵的一部分，而且从此不能复原不能再相信任何人，不能再爱。思念是一张大网，我是一条网中的鱼，现在鱼想挣脱了，哪怕倾其所有变得面目全非，哪怕鱼死网破。

当初，我不能爱而躲在小说里的时候，写过这样一条《笺注》：

得失

有些事的得失，前人早就用一个成语告诉你了：鱼死网破。

鱼必须拼却生命中最精华、最锐利的力气，还必须用支撑生命的最后一丝力气来最后一击，网才会破。网不破，鱼虽生犹死，可是鱼想让网破，鱼要下定必死的决心——因为，鱼死网破，说的是：鱼不死，网不破。

对一条濒临死亡的鱼来说，网破不破还有什么意义？

理性要思考的是：要不要去挣去撞？值不值得？可是鱼已经弓起了身体，开始挣扎，那个平和的声音变成了嘶吼：你会死的，没有一件事值得付这个代价，行动之前你必须知道付代价的界限……

鱼的眼睛里流下了一滴泪珠。你说得对，我知道，千百年来，你总是对的，所以人们总是歌颂你。可是你不明白，就是明白也毫无用处，任何真理都不能代替我的感受，一条整天自由自在游来游去的鱼现在悲惨而屈辱的感受。

终有一死。可是死前的心情不一样。做一条一直自由的鱼，或者失去自由又拼死争得了自由的鱼。这是我唯一的身份和骄傲。

得失没有意义。

不得不这样做，因为当那张网选择了我，我已经没有选择。

争取不可能的爱情可能是鱼死网破，而摆脱绝望的爱情不是这样的。

摆脱绝望的爱情更像是一只小兽被猎人设下的机关夹住了，百般挣扎不能脱出，又没有人来解救，最后只有两个选择：就这样无望地等死，或者自己咬断被夹住的一条腿，挣脱那残忍的禁锢，一路血迹地逃脱。每个从感情灾难中逃出来的人，其实都是这样死里逃生的，他们从此残缺，但是幸存下来了。

这个笺注肯定更贴切，但是我没有记下来，因为觉得有些事就这样放在心里，自生自灭也不错，什么都要记下来，好像也是一种自恋吧。对于女人来说，最可怕的不是长得丑偏偏自我感觉良好，而是，没有任何资格自恋的人，错误地把应该用来自强的时间和力气，用来自恋。

我后来做了一个梦，在梦里，我拿着铁锹，在一个空地上挖坑，是夜里，天下着雨，我浑身湿透，不停地挖着，偶尔还因用力过猛，摔倒在地，弄得满身泥水，我爬起来，拨开遮住眼睛的头发，继续狠狠地挖，最后我挖了一个很大很深的坑，拼尽力气把一个很大的箱子搬过来，推进了那个坑，然后我又把那个坑盖好，这时候，雨停了，四周突然亮了起来，我就往回走。走了没多远，就听见坑里发出了一阵响动，然后是轰隆一声，我毛骨悚然地回头，只见——没有什么鬼魂或者怪物，而是一棵树在那个坑上长了出来，是一棵碧绿闪光的树，它迅速长大，树冠追上了我，像一把伞一样张开在我的头上。我抬头一看，真绿！从来没有见过这么绿这么密的树！它的叶片全都像翡翠片一样精致和透亮！而且它还在不停地长，向高处，向远处，整个空地都被它覆盖了，它还在长，还在长，哗啦啦地长……

这似乎是一个启示。中途夭折、没有墓碑的爱情，也许带来的不仅是伤痛和绝望，在掩埋了一部分的自己之后，也许会有意外的新生。就像墓地，上面可能游荡着不甘心的幽灵，也可能长出生机勃勃的大树。

我突然想，也许我以后会写出和现在完全不一样的作品，它们质地坚硬，不会再有表面的血泪，而是成了带着血沁的美玉，那是没有伴随过死亡的新玉所没有的质地和光泽。因为，我在梦中掩埋过一切，又仰望过那样的一棵树。那个埋葬和生长的地方，无人知晓，无人抵达。

第二十六章 一动一静

季节是时间的刻度。时间总在过去，处心积虑的冬天到来了。

小雨这个星期五又没有来吃晚饭，她说她去一个剑道俱乐部练剑道了，晚上会练到很晚，明天才来。上个星期五她说有事，这个星期五又冒出来什么剑道。我说："再晚也回来吧，我给你煮点心吃，不然又去吃你们学校门口摊头上的垃圾食品。反正我也很晚睡。"这丫头明明很高兴却故意说："那多不好意思，您老人家睡晚了会出眼袋，第二天别骂我。"我笑了："这把年纪了，有没有眼袋不是重点了，我这个人一向靠心灵美。"她哈哈大笑起来——我们经常说，所谓的"心灵美"只不过是容貌不美的挡箭牌，因为长得丑一望而知，心灵看不见，无法眼见为实。

挂电话之前，我突然多心："你是真的练剑道吗？如果是和男朋友约会，不要编这种借口来骗我哦。"她笑了起来，说："倒是有一个男生对我有意思，特别搞笑，我晚上回来说给你听。"我故作不屑地说："才一个？等到有十个以上你再来说给我听。"

我一个人吃周末的晚餐，心想，那么小小年纪、花一样的女孩子，描龙绣凤是过时了，怎么不学学文雅一点的琴棋书画？就算要锻炼，也应该学学体操啊瑜伽什么的，怎么会去学剑道？和园林设计有什么关系？真是的。好像在哪部电影里看过，全身披挂，脸上也戴着护具，手握冷兵器，特别杀气腾腾的。那么剧烈的运动，会不会容易受伤啊？别是迷上了里面的帅哥教练了吧？……

我发现我现在真是老了，对小雨的心情越来越像个婆婆妈妈的长辈，动不动就担心就要限制。再这样下去，也许她很快就要对我逆反，要自己搬出去住了呢。到那时可怎么办？我要不要对她说："什么？你要造反啊！"这个口吻活像一个母亲了，而且是更年期的母亲。我不会沦落到这一步吧？忍不住，独自笑了起来。

小雨回来了，我看时间还不到十一点，比我想象的要早。我看她脸色红润，头发凌乱，确实是运动过的样子，"饿了吧？"我起身给她完成小火锅的最后工序，火锅的汤底是我用龙骨和虾壳熬出来的高汤，里面的虾丸、贡丸、蛋饺之类的都已经煮好，现在我往里面加上一把云南米线和洗好的菠菜，就是一个热腾腾、香喷喷的小火锅了，最适合这样寒冷的冬夜当夜宵。

小雨扑过来一看，"哇！"马上埋头窸窸窣窣大吃起来，吃了一会儿才抬头对我说："你不但是个天才的作家，而且是个懂得生活真谛的人。"我说："怎么又给我戴高帽？"她躲开我要拧她鼻子的手，一本正经地说："这种时候，对一个又饿又冷的人来说，这个小火锅就是生活的全部真谛！"总是这样，她一回来，整个家马上活泼起来。

吃完她要洗碗，我说："明天洗也不迟，放着吧。"她说："那我们说说话，我刚吃饱也不能洗澡。你这几天写得顺利吗？""还可以。""嗯，工作正常，身体，让我看看，气色还可以。那么，心情怎么样？"我以一个瑜伽中的盘腿打坐姿势悠然答道："也无风雨也无晴。"她说："如此甚好。"然后突然扑哧笑了出来。我问："笑什么？快说来听。对了，你不是要说那个追你的男生吗？"她说："你现在真是越来越中老年妇女了，就爱听这种无聊八卦！"我说："谁不爱听？不然那么多花边小报和八卦周刊怎么卖得出去？说来听听嘛！"

原来那个男生姓郭，是同系比她高一届的，身高一米八四，身手矫健，是个运动场上的明星，他最近努力接近小雨，知道小雨喜欢文学，也会和她聊一些这方面的话题。前天，他和小雨在食堂里一起吃饭的时候，突然说关于李白有一个新发现，小雨很惊奇，不相信像他这样的人会对李白有什么发现，结果这位郭同学说：李白的酒仙称号名不符实。小雨很奇怪，问为什么？郭同学说：你知道李白一生喝了多少酒吗？不过是三百瓶啤酒。小雨更惊奇了，问怎么知道？郭同学说：杜甫把他卖了啊！他说"李白斗酒诗百篇"，李白一生写的诗，传世的有一千首，没有传世的也算一千首好了，加起来是两千首，每一百篇一斗酒，一共就是二十斗，现在的啤酒一般是六百多毫升，折合下来也就是三百瓶左右，一个人一生只喝了这么些啤酒，能算得上酒仙吗？

　　小雨一口气说完，见我还愣在那里，自己撑不住先笑了起来，"这个理工科的呆子！哈哈哈哈，乐死我了！"我倒是觉得这个郭同学是个讲笑话的高手，虽然无厘头，但是颇能自圆其说，乍一听能唬得人一愣，要稍后品过味才笑出来。

　　"那么你不喜欢他了？"

　　"没说不喜欢呀！"

　　"那么算喜欢？"我问。

　　"也谈不上喜欢。反正不讨厌，他想来往就来往呗。喜欢不喜欢的，想了就很累。"小雨说，"对了，我给你带了一件礼物。"她说着从包里翻出一包东西，打开一看，是一块十字格布和好多种绣线，我不懂："这个干吗？""你在家闲着的时候，可以绣十字绣啊！现在可流行了，男女老少都在绣！"我一听就很抵触："我不会！也不想学！再说，我从来不喜欢流行的东西，我觉得你像国营百货公司的老土营业员，推销时就会跟人家说：这款买的人可多啦！越这么说我越没兴趣！"

　　小雨说："盲目拒绝新鲜事物，是衰老的表现，如果还很顽固，就是慈禧太后。"我说："大小姐，你可怜可怜我从来没绣过花，没有基础啊！"她说："你看看，就这样，对照专用的坐标图案，打一个交叉，再打一个交叉，像钉纽扣一样，你怎么不会？你知道十字绣又叫什么吗？傻子绣！傻子都会，你好意思说你就是不会？"我说："好吧，我学得会，可是我为什么要吃饱了撑的，学这个？"小雨用一种明显不是说真话的口气说："嗯，我马上要生日了，你把这幅绣出来，送给我当生日礼物，这个理由可以吗？"我一看，那是一幅很复杂的风景，我叫起来："不可以！我除了当你的厨娘，还要为你做女红，这不公平！"小雨笑嘻嘻地把那一堆东西留给了我。对我，她总是这么有把握。

整个周末我们看书，听音乐，做吃的，各人熨各人的衣服，还一起去了一趟屈臣氏，买了一些洗发水、润唇膏、卫生巾之类的东西，我劝她买一支美宝莲的口红，我一向觉得皮肤护理要尽量高级，而彩妆没有必要盲目高端，像她这个年纪，一支口红一罐粉底霜，性价比很高的美宝莲和玉兰油就够好了。但是她毫无兴趣地走开了，我望着她的背影叹了口气，这就叫恃美而骄吧，她还可以不用任何脂粉这样骄傲十年。

　　整个周末，我都没有看她塞给我的那些东西，我不能表现得那么言听计从。等她回了学校，我才开始慢慢研究这该死的十字绣。试了几针就明白了，一点都不难，不论多么复杂的图案，只要根据设计好的图案的标示，配上不同颜色的线，通过简单的十字交叉，就可以完成颜色的搭配和色彩的过渡，交叉复交叉，十字又十字，直到整幅作品完成。只要有足够的耐心，任何人都可以绣出一模一样的作品。绣了一会儿，我意识到小雨的这幅风景大概需要两个星期的时间才可以完成。我马上起身，去洗手。这种情况下，需要特别注意手的清洁，不然到最后绣品肯定会脏兮兮的，看上去像刚刚抹过桌子。

　　绣着绣着，我专心起来了，因为它需要你平心静气，眼睛、手、心都专注于那简单的一针一线。随着这简单的重复，随着一些小难题的出现和解决，漂亮的山峦和云朵渐渐在我手底下长出来了。如果是我自己的设计，可能不会用这样鲜艳的颜色，但是绣了出来居然也很好看，有一种强烈的装饰性的美感——它没有打算含蓄低调，也没有打算模仿真实的大自然，它就是夸张的好看，孩子气的想当然，了无心机，直截了当，因此有一股子讨人喜欢在里面。

小雨真是了解我，她知道我会喜欢，我不但喜欢，而且上了瘾。这和写作有相通的地方，都是通过一点一点细小的积累来完成一个整体。写作时用一个个字，这个用一针针的线，都需要绝对的耐心和细心。也许是有写作对我的长期训练吧，我觉得我已经是熟手了。真有意思，人不知道自己有多少潜能，我现在知道了，其实我一直在用文字刺绣。我还知道了，如果我不能写小说了，我可以专门绣十字绣。小雨说，有许多店铺在卖，如果绣得快，可以靠这个养活自己。又发现一个可能养活自己的技能，我有点窃喜。

等到小雨再回来，一看我的战绩就大喊："哇！"马上拿起来细看，然后说："真均匀！真棒！你真是文武全才啊！"我笑起来，说："还不是着了你的道儿，都上瘾了。""找到感觉了吧？""是，能让人心里安静，我写累了就拿它休息。"

再一个周末，我已经完成了。和小雨一起看着整幅风景，青紫色的山峦秀美，山谷间溪水清澈，高高下下的树木都正葱茏，彩云自在飘浮，有小鹿正在羞怯地饮水，小鸟正在飞离枝头……真是人间仙境。而这幅仙境是出自我手。那成就感真不亚于端详自己的一本新书。

"我觉得，如果当一个绣娘也很不错，整天看的都是好看的东西，不用管那些不好看的事情。不过，如果那样，我一定会自己设计，不要用人家的设计，我要设计出世界上独一无二的图案，这样这件作品从灵魂到躯体都是我自己的。"我说着，竟然有点心驰神往的意思。

"是啊。目前世界上很多国家都有专门做'十字绣'图案开发的公司和专业人士，他们就是专门设计的，所以现在每天都有新的图案设计源源不断地出来，在网上和好多商店里都在卖。"

啊，原来还是个新兴行业。我要么就不做，要是做肯定可以成为其中的高手。我发现我最近似乎元气恢复，开始有自信了。

"你的剑道练得怎么样了？"自己的业余生活有了着落，就想起人家的。

她说："现在这个阶段还不好看，过一段时间你来看吧。"

在临近圣诞节的时候，我被她带到了剑道馆。我还是第一次来到这种地方，整个气氛让我感到非常新奇，没想到在同一个城市，有许多人出没在我从未想象过的地方，完全沉浸于和我完全不同的氛围里。

有一次路过证券交易所，那里面的人也好像和我活在两个世界，但是里面的气氛让我害怕，人人脸上是赤裸裸的贪婪，好像时刻准备抱住一堆导火索嗞嗞作响的钱一起同归于尽，整个空间异味蒸腾，熏得人窒息，我马上逃了出来。

今天这里的空气流动而新鲜，光线充足，让人头脑一醒，眼前每一个人都身姿挺拔而灵活，脸上表情明快单纯，整个城市的尘埃、废气、油烟、阴柔、琐碎、汽油味、霉烂气息都被关在门外，渗透进来的一丝半缕也被人身上的那股子英气逼出去了。居然还有这样的所在，这样的人群。看来我一向的视野还是太局促了。

小雨换好衣服出来，我几乎认不出来她了。她身穿深色布的剑道服，脸上戴着盔甲般的护具，手握一柄竹剑，她和对手面对面站定，两个人并不动手，她整个人安静得像深潭，深潭的表面水波不兴，但是冷冷的波光倒映上来，舔上剑身，让那柄竹剑变成了寒光闪烁的真正的利器。她不动，对手也不动，对峙之中有一股杀气隐隐逼人。

我觉得好像来到了古老的冷兵器时代，正在目击一场贵族武士的对决。不同的是，双方都是女孩子，身形还是透出纤秀，挺拔之中格外清新俊逸。这时只见她们动了起来，是对方先进攻的，但是气势上小雨压倒了对方，她的击打动作利落、强悍简洁，很快就以她胜利而告结束。整个比赛过程中，小雨让我惊讶不已，她的控制能力完全不像一个这个年纪的女孩子。等待机会时她静如深渊，伺机反击时她敏捷如电，简直算得上雷霆万钧，动作那么冷血，又那么优美。这是那个大学开学时我送她去的小姑娘吗？这是那个吃我做的饭、吃得眉开眼笑的小姑娘吗？她什么时候变得这么成熟、这么有定力、这么气势如虹锐不可当？

我完全被她镇住了，等她走到我面前，我还回不过神来，半晌才喃喃地说："现在我知道你为什么要学这个了。"她微笑着问："为什么？""它是一种修炼。它表面上是对抗，其实是求和。它能让一个人的精神和肉体讲和，让人和整个天地讲和。"小雨说："小说家，太深奥了吧，我没想那么多，就是觉得女孩子总是比较柔弱，练点狠的，有反差，才过瘾。"

"我可没力气过你这种瘾，我还是回去绣我的十字绣吧。"

"现在就走啊？你为了十字绣就六亲不认了？要么就碰都不碰，一碰又马上变得不可自拔，你这个人就是这样，没有分寸感！"小雨抗议道。我头也不回，举起手用手背朝她挥挥手，走了。

"真走啊？你又不是约会！"

她错了，我有约会。约的是一个外国人。我最近已经开始绣油画了，这回绣的是克拉姆斯柯依的《无名女郎》。美丽的黑衣金发女郎，倨傲地昂着玫瑰一样的头颅，仪态万方地坐在一辆马车上。

等我的手艺更上一层楼之后，我会开始绣照片。比如那张在小岛上拍的，一个女子在一池碧蓝的水边，穿着一件白色的细吊带衫和红色短裤，脚泡在水里，在仰头大笑，远处有个男子在长廊上看着她，那个人，身上的衣服是蓝色的，像海水一样。

那是我这一生中最美的时刻，那样的瞬间，许多人一生都没有过呢。当时我不知道它有多美，就像我不知道分离和死亡会是黑色的画框，将衬得人生所有美好回忆更加鲜亮夺目那样。我要把它绣成一幅精美绝伦的绣品，装上胡桃木镜框，等老了以后挂在墙上。

第二十七章　水和海市

　　我又变成一个人了。小雨去了英国，她才读完二年级，学校和英国有交流计划，她和几个同学去留学一年，学欧洲皇家园林和古典庄园设计。然后回来继续学业，但那时就要进入紧张的实习和毕业论文阶段。如果她想考研究生，还要复习迎考，如果不是就要找工作。但是她一点都不焦虑，而是气定神闲地整装去了英国。她做决定总是很快，行动起来让我来不及反应，就像她在剑道比赛中的表现那样。

　　我整整不习惯了两个月。当然，我们经常在网上聊天，视频上见面，她还是衣着朴素，但表情愉快，气色越来越好，让我很放心。感谢现代科技，让远隔重洋的人不觉得分隔那么远。只是周末再也没有人来和我一起吃饭，一起度过两天的家庭生活了。

小雨说："与其把分开当成一个坏消息，不如看作一个好消息，对于你来说，这是个机会。""什么机会？"她说："你没有听说吗？单身女人养宠物会影响男人缘，男人看到女人养了宠物，都会觉得你不需要男人。所以我走了，对你有好处。""胡扯！你是猫还是狗啊？你是我的亲人。""职业病！不要这么精确嘛，你大概听个意思就行了。你要抓紧机会哦，不要一年之后我回来了你还是毫无变化。""怎么可能没有变化？一年之后，我肯定老了一岁呗。"小雨很不屑地发出一声："喊！"

我微笑。我以后再慢慢告诉她，是她自己应该开始看看身边的男孩子了，是她进入恋爱的季节了，现在已经是她的时代，属于我的，已经过去了。奇怪的是，我这样想的时候，并没有悲伤，除了微微的感慨，我甚至有一种庆幸的感觉。可以疯狂地爱是一个特权，但爱也是一片暗流湍急的汪洋，多少人溺死其中，现在我已经上岸了，终于安全了。过去的我，为此毫无保留地付出了，体味了足够的挣扎和足够的沉溺，经受了足够的收获和足够的剥夺。细想想，也够了。

　　什么事都会有一个终结，一个人"爱的时间"或者说
"可以爱的时间"其实也是有开始和结束的。属于我的时间
是终结了。是和那样一个人，一起经历了那样的事，我觉得
这个终结还不坏。多少女人想谈一场让人哭哭笑笑身不由己
患得患失寝食难安的恋爱都找不到对手，她们能遇到的往往
是以下几种：不知道女人也有灵魂、只会对着封面女郎露出
一半的胸脯流口水的粗鄙男人，溜肩膀、水蛇腰、面色苍
白、骨质疏松到连拥抱都可能骨折的弱男子，除了腰围壮观
别的一无造就、有着和长相一样油腻不堪内心的中年已婚
男。而我遇到的不是这样的男人。古代交战，将军们常说：
"刀下不斩无名之辈！"我也一样。由他来终结，我觉得还
不坏，对得起我自己。我们经历的，不只是身不由己寝食难
安的感情，我们是铭心刻骨，而且改变了人生——不只是我
的，还有他的人生。一个人这样爱过，从此不再爱，也可以
安心。

　　现在的商业广告也开始别出心裁，有一家还颇有名气的
化妆品，居然找到我，想让我为他们的一款眼霜做广告。找
我这样相貌中下又不年轻的女人做广告？我没想到太阳下面

还有这等新鲜事，大为惊奇，就和他们见了一面，想知道人可以异想天开到什么地步。

来人是一男一女，不愧是做这一行的，看上去都很舒服。男的穿着特别合体的深色西服，面料讲究，放在桌子上的公文包也是很好的质地。女的一套保守米色套裙，简洁而低调，反倒显出身材玲珑有致，化了流行的裸妆，秀气的颈上只有一粒黑珍珠。他们告诉我，这是一款新研制的、专门针对熟女的眼霜。

我问："什么叫熟女？""也就是成熟女性的意思，大概指三十岁到四十五岁的年龄段，二十五岁以上叫作轻熟女。"明白了，以前叫作中年妇女。

"这款眼霜的卖点是帮助每周在电脑前需要用眼四十小时以上的女性，这些女性的眼周很容易出现细皱纹和黑眼圈，但又不同于五十岁以上的女性，不可以用过分滋润的眼霜，否则会出现脂肪粒，所以这款眼霜就是特别针对这样的女性的，而且它非常有效，因为含有以下成分……"

我笑了，打断了他们的滔滔不绝，我问："为什么想到我？"他们说这次不想找影星歌星，因为一般人的感觉中她们根本不太用眼，何况让她们代言化妆品也早已司空见惯，消费者不会有新鲜的感觉。"没名气的没有用，大牌的又太贵。"我开玩笑地补充。他们有点冤枉地说："不是为了省钱！我们这次准备请三五位不同行业的职业女性，都是这个年龄的，有律师，有CEO，有教师，有医生，还有作家，强调她们的职业特点和优雅气质，这样更有代表性，对我们的潜在消费者更有说服力。"事先说明和协调大概需要两天，然后拍摄短片和摄影，需要三到七天不等，看化妆、灯光、服装、天气、场地等因素而定。做这行的都是脑子超好用的人，所以一切听上去似乎不那么荒唐。

他们开出了价码，是五位数，很合理的数字。我说："让我考虑一下。"

我给妈妈打电话，顺便说起了这件事。她很兴奋地赞成，而且说："那我的很多老同事老朋友都会看见，她们都会跟我来说的！比起你写小说出名快多了！"我倒吸一口冷气，真不懂一个人到了这把年纪，怎么会有这么强的虚荣心。和以前一样，凡是妈妈赞成的我就反对，因为如果我听她的，一定会很后悔。我决定不做了。我觉得这终究不是我该扮演的角色，加上我最怕抛头露面，多少次电视台的采访、访谈都统统谢绝，出《深蓝手册》已经是我的最大限度（如果不是漆玄青我可能连这个也不会做），我不喜欢让别人看，我喜欢看别人。作家就应该让人家看你的作品，至于作家本人，还是留给作家自己的好。我已经放弃那么多，坚持了那么久，都这把年纪了，不像自己的事情就不做了吧。

我打电话去推辞，他们一再说希望我三思，还暗示对我的作品销路也有好处，这个我也想到了，但还是维持本意拒绝了。我说："请放心，我会买你们这款眼霜的。听上去适合我。"对方笑着说："来找我，我给你打折。"是通情达理的人，而且反应够快，知道买卖不成仁义在，是利人利己。我发现，有时候，商界的人反而比文化界的讲道理，也好相处，因为他们在商言商，不用迂回曲折、声东击西、挂羊头卖狗肉，更没有那股子又想钱又不明说的酸溜溜。

被小雨说中了，这一年我没有任何变化。但是最近妈妈似乎变了一个人。她热衷逛街，买了许多衣服，然后穿得雍容华贵，不是去社交场合，而是去锻炼身体。她经常不做饭，在外面吃，吃了还打包回家，留到下一顿。我还没有全部理解她的变化，谁知道她又开始炒股，一炒就热情万丈，深陷其中。她对我说拿出了多少本钱，现在已经变成了多少，多么激动人心，接下来准备再如何如何，肯定会更加盆满钵满。她甚至问我要不要把手头不用的闲钱交给她，她帮我做。我连忙拒绝。一方面是不相信她，更主要的是我讨厌这种投机行径，想不通怎么连妈妈这样的人也会去梦想不劳而获。我从来不想不劳而获，我只是努力避免劳而不获。靠自己，劳而获，是我这种人最基本的信念和最安顿的归宿。

不炒股也不拍广告，我也没有时间寂寞。最近有一个保护水质的民间环保组织找到了我，他们说需要我这样的人。我不知道中国已经有这样的组织，而且他们已经艰难地做了很多事情：到处观察水质污染动态，记录数据，将这些在网上公布，引起环保部门的关注和民众对污染制造企业的自发性"制裁"，到企业宣传水质保护的紧迫性，到居民中呼吁节约用水，合理排放污水……他们已经奔走了好几年了，但是他们的力量还很小，民众的参与和支持还很不够。

我亲眼看到过云南的滇池里面黑一块黄一块，让现在的人面对大观楼的"天下第一联"感到羞愧。听说过珠江又黑又臭，使有的人宁可放弃高薪也要离开，甚至移民国外。更知道太湖里那些阴影不是天上的云投下的影子，而是不可遏止的蓝藻，太湖边的无锡人居然在春天里没水喝，自来水发臭，满城抢购瓶装水……但是我是第一次知道这些情况不是一个个点，而已经扩散成面，而且如果不做些什么，情况只会江河日下——那是真正的江河日下，而且越来越难挽回，就拿苏浙沪来说，太湖水质要在十年内恢复到上世纪八十年代初的水平，最少要投入2251.5亿元——这样的天文数字，而且是最少。如果不能保证这样的投入，如果环湖的工厂企业继续制造污染，农田继续往湖里渗透化肥的话，太湖会衰亡，歌中的《太湖美》可能变成一首催人泪下的哀歌。还有原本水资源丰富的上海，由于水体遭受严重污染，已被列为全国三百个水质型缺水城市之一，除了长江口三岛河流水质较好，其余全都污染严重，上海人轻轻松松就可以进入守着江海喝污水的时代……

　　"我们的口号是：'宁可骑自行车喝干净水，不坐宝马喝污水。'"给我介绍情况的人姓鞠，鞠先生关上给我看的幻灯，这样温和地对我说。

　　不等他们说，我已经猜到了，他们是要我和他们一起呼吁，让目前还麻木不仁甚至倒行逆施的人真正明白保护水质的重要性，能够马上起来行动，拯救水体，拯救人类自己。

　　我喃喃地说："对不起，这么多年，你们做了这么多，我什么都不知道。"鞠先生笑了起来，"别这么说。我们也是最平常的人，但是我们可能先明白了一些道理，想告诉大家，免得事情来不及。什么事都要有个开始，日本的环境运动就是从民间开始的。"我叹了口气，说："可是中国的事情……难哪。"

　　鞠先生说："你有没有听过这样一个故事？在暴风雨后的一个早晨，一个男人来到海边散步。他一边沿海边走着，一边注意到，在沙滩的浅水洼里，有许多被昨夜的暴风雨卷上岸来的小鱼。它们被困在浅水洼里，回不了大海了，虽然近在咫尺。被困的小鱼，也许有几百条，甚至几千条。用不了多久，浅水洼里的水就会被沙粒吸干，被太阳蒸干，这些小鱼都会干死的。男人继续朝前走着。他忽然看见前面有一个小男孩，走得很慢，而且不停地在每一个水洼旁弯下腰去，他在捡起水洼里的小鱼，并且用力把它们扔回大海。这个男人停下来，注视着这个小男孩，看他拯救着小鱼们的生命。终于，这个男人忍不住走过去：'孩子，这些水洼里有几百几千条小鱼，你救不过来的。''我知道。'小男孩头也不抬地回答。'哦？那你为什么还在扔？谁在乎呢？''这条小鱼在乎！'男孩儿一边回答，一边拾起一条鱼，扔进大海。'这条在乎，这条也在乎！还有这一条、这一条、这一条……每一条鱼都在乎！'"

我说："我懂了，我们要做的，就是让每个人都在乎。"

他听见我说了"我们"，马上脸上发亮，然后他又踌躇了一下，说："我们没有经费，所有人参加活动都是自费的，如果你帮我们写这样的书，我们没办法帮你发表、出版，我们只是用再生纸把它印成小册子，到处派送，我们会筹集到印刷费和纸张费用，但是没有办法给你支付稿费。所以请你考虑。我们知道你现在投入任何写作计划都能带来不错的回报，如果你拒绝，我们完全理解，但是如果你能接受，我们所有的人都会很受鼓舞。很希望你能参加，真的。"

听到这个我有点意外，我一点都没有想到钱，从头到现在，我没有想过钱——这是考虑钱的地方吗？但是我觉得我应该表现得慎重一点，于是我说："明白了，我会认真考虑。"

第二天，我打电话去，接受了。我现在不缺钱，所以可以做点与钱无关、自己觉得应该做的事情。我也不知道为什么我应该做，我一向这么渺小，好像可以不承担任何责任，我一向拒绝任何外在的督导和道义的压力，我也不认为我拒绝了就会良心不安、影响睡眠，但是我接受显然让我自己更踏实更愉悦。每个人，除了自己和自己的亲人朋友，总要关心点什么吧。

水体和水质，听上去就很神圣，无法拒绝。我们天天喝水，没有食物可以坚持七天，没有水很难活过三天，我们身体里百分之七十是水。说什么哪一条河是母亲河，其实天地间所有的水都是人的母亲，没有水就没有我们。天地对我们有活命的大恩，我们应该报答，虽然是受涌泉之恩只能报以一涓一滴。

作为一个悲观主义者，我坚信，时间无始无终，空间无边无际，渺小的人的任何努力，效果都是微乎其微，不能改变历史的走向和扭转最后的结局。但是我更坚信：作为人类的一员，表现出良知是绝对必要的。如果一部分人表现出这种良知，就是给仁慈的上帝一个不毁灭地球、不毁灭人类的理由。

"你最近在干什么？好久没消息。"豆沙在电话里问。

我告诉他我正在做的事情。"那你会辛苦一阵子，还没有钱赚。"他说。

我怕他反对，就说："不会，我会想办法一部分一部分发表，然后争取正式出版的。说不定也有人看呢。"

"哦，那个不重要，你想做就做。听上去你状态不错。"

"还可以吧。你呢？最近有什么好消息？说来听听。"

"我当爸爸了，生了一个儿子，刚满月。"

我脱口而出："啊，真的？哎呀，太好了！你这个家伙终于安定下来了。"

"你的意思是：又一只野生动物归栏做回家畜。"他心情大好，少有的幽默。

"恭喜你。我会给你儿子红包的。"

"算了吧，这种动作不是你的风格。你专心写书，写完了再管这些鸡毛蒜皮。"

不愧是多年的朋友，说得多贴心。我静了一会儿，马上给鞠老师打电话，我要和他一起去听一个外国环保专家的讲座，我需要他在旁边当我的现场同步讲解。我每次和他们出去，都要像一个小学生，不停地听讲不停地提问，回来还要上网查很多东西，看很多他们提供的资料。我才知道我以前简直是个白痴，而且是坐在即将喷发的火山口，不知道危险还在眺望远处风景的白痴。现在我知道了，我顿时变成了一个焦虑的人。

我写的速度很快，好像不这样一条接一条的鱼就会死去，许多种鱼就会像太湖三白一样迅速减少，甚至像松江四鳃鲈鱼一样灭绝，而我自己就要喝不到一滴干净的水，流出最后一滴痛悔的眼泪焦渴而死。

我的写作从来没有这样，和我自己的生活丝毫没有关系，丝毫没有纯个人的情感，我想着那一片片见过的水域，再想着那些永远消失和正在消失的清澈的水面，内心有什么像离开水面的鱼那样剧烈扑腾，我完全顾不上任何技法、修辞和文彩，我只想着必须在有限的篇幅里尽量说完所有需要说的话，我飞快地写着，双手把键盘敲得要冒出火星。

忙完了一看，居然一口气写了十五万字。天知道，我本来只想写个五六万的。但是哪一句都是肺腑之言，也就不删了，就这样交给他们。鞠老师第二天打来电话，说："我们几个人都看得流泪了，写得太好了！比我们希望的还要好！"我松了一口气，比以前任何作品得到出版社的肯定都高兴。好像好久没有这么高兴了。

他们把这十几万字去印成小册子，我则开始盘算应该如何分割、到哪里发表，还有应该找一下优品，问问他们有没有兴趣正式出书。我能想象那个我总是想不起名字的编辑、那个中年势利男的痛苦表情，在他看来，我现在写什么环保题材的非虚构作品，肯定既不时尚又不煽情，既不艺术又不另类，简直是和他过不去，完全自毁前程，自绝于读者。

但是我会试着说服他。如果读完我的这十五万字，他都还不感动——这是完全可能的，我现在已经习惯于接受人和人的巨大差别——他完全可能无动于衷，那么，我也许可以押上我的下一部长篇。

　　我就说：谁出这一本，我的下一部长篇就给谁。"你的下一部长篇？真的？"不需要想象，我闭着眼睛都知道他的小眼睛会如何像灯泡一样亮起来的。

　　同道也好，格格不入也罢，每个人都有自己在乎的东西，而最在乎的那一点就是软肋就是死穴。对待谈判对手，如果不能感动他，我就会对准他的这一处，轻轻一点。

　　写完了很轻松，就换上已经看不清原来颜色的绣花布鞋，出去走走。本来我最近想去买一双新的运动鞋，比如说正在大做广告的那款名牌散步鞋，我想我写作之余没有任何运动和娱乐，买双好的散步鞋，可以当作给自己的一个小奖励。现在我决定先不买了，我决定把这双旧布鞋穿到不能再穿为止。人总有一天会明白：穿不穿漂亮衣服根本不重要，穿不穿名牌鞋子根本不重要。真的，凡是可以用钱买到的，都不是最重要的。

　　上海著名的阴冷的冬天，有条不紊地过去了，千头万绪、杂乱无章的春天来到了。记得有一年好像就在附近看到过一树梨花，璀璨得让人忘不了。想再看看，四下里走了一遍，也没有找到。也许是那一棵还没有开，就是树枝树叶热闹地空洞着，而我只记得它开花的样子，所以认不出来。

我心里软软地责备：你不开花，叫我怎么找到你呢？人家怕辜负你，你就不怕辜负人。

不知不觉就进了常去的小书店。书店门口停了一辆卡车，正在进书。监督卸书的店员和我打招呼，说："来看你自己的书啦？卖得可好啦！"我用点头掩饰尴尬，飞快地闪进了门——为什么他认为我是来看自己的书呢？作家就给人这种只对自己感兴趣的印象吗？真不擅长面对这种充满误解的热情。

到了里面，我走到大型画册的那个书架，我想看看关于鱼类和贝壳、珊瑚的画册，最近我开始对这些感兴趣，觉得以前怎么会对这么丰富神奇的美一无所知，真是混沌无知。

我一直有个私家信念：人上了年纪，视线如果不转向天空，就会转向水。

也许是因为洞察了真相，也许是因为疲惫于长久的观察，也许是两者兼而有之，总之人不会一直把焦点对准同类的。现在看来，我可能是转向水的那一种。

　　翻看了几本，挑了一本纸张和印刷都最好的，掂量了一下，又觉得太重了，担心躺在床上看会压得胸口透不过气，不禁有点犹豫。这时听见背后有动静，我回头，收银台那里，有一个人在付钱。那个人让我呼吸一下子停止了，四周空气完全凝固。

　　是他。

　　漆玄青。

　　不用看他的正面，只要看背影，我就知道。我肯定。不管他穿什么衣服，我都不用看第二眼。不，哪怕他去掉皮肉，只剩一副骨架，我也认得出他的骨头。

　　我站在原地，看着他。我隔着三米的距离，看着他。

　　我不是在人口千万的城市里，我在沙漠里。他也不是一个人，他是三米之外的幻景。我是站在沙漠中看海市蜃楼的人，再惊讶再激动也不应该狂奔过去，因为我知道，那不是一个可以抵达的地方，那里面的楼台不能让我栖息，那里面的清泉不能让我掬饮。当人遇见海市蜃楼，最好的选择是站在原地，目不转睛地注视它，一直到它消失。我明白，所以我还是站在原地，看着他。

　　他走了。我还站着。我在等——胃液和胆汁，血液和泪水，曾经的欢笑、眩晕和心跳，许多声音和画面，我们来不及出生的一大堆孩子……一时间都在我体内翻腾起来，要等这一切沉淀。

　　缓缓沉淀……没事了。

　　我慢慢走过去，放下手里沉重的画册。

　　"三百七。真贵。"收钱的女店员有点抱歉地说。

　　"没关系。喜欢，贵就贵吧。"

　　她马上说："是啊，你不缺钱。"

　　我不知道说什么好，只用一个微笑表示听见。她却又说："你的书卖得真好！对了，刚才那个人还买了你的书，那本路过这里路过那里的，名字真长，记不住。"

　　"是《路过春天又路过夏天》。"我说。

　　出了门，没走几步，头顶上光线变化，一抬头，呀，竟然是一片梨花。也不知道是不是我找的那一棵，开得太好了，好像明亮月光照着的薄薄的纯银，偏偏花又盛，挤挤挨挨满天满地，互相映照得越发璀璨。举着头看，花光当头罩下来，整个人像掉进了一个梦里。闭上眼睛，深吸一口，吸入了花气，清甜洁净直沁入肺腑，叹一口气，呼出的是久存的郁气。花树下这样吐纳，昏重渐退，手脚温热起来，眼眸渐渐清亮。

其实所有的花开，都是一场大任性。不问人看还是不看，懂还是不懂，自顾自开个尽兴，然后也就随意谢了。必须这样倾其所有、全力以赴、一往情深、义无反顾，才能纵情绽放一次。

多好。这么明亮，这么自在，无阻无碍。

仰头对着这样一树花，我轻轻说：要好好开。

2008年11月30日　全稿毕

2009年1月21日　二稿毕

2009年11月底　三稿

2019年10月初　略改

图书在版编目 (CIP) 数据

穿心莲 / 潘向黎著. — 北京：北京十月文艺出版
社，2020.8
ISBN 978-7-5302-2041-2

Ⅰ. ①穿⋯ Ⅱ. ①潘⋯ Ⅲ. ①长篇小说—中国—当代
Ⅳ. ① I247.5

中国版本图书馆 CIP 数据核字 (2020) 第 064191 号

穿心莲
CHUANXINLIAN
潘向黎　著

出　　版　北京出版集团
　　　　　北京十月文艺出版社
地　　址　北京北三环中路6号
邮　　编　100120
网　　址　www.bph.com.cn
发　　行　新经典发行有限公司
　　　　　电话 010-68423599
经　　销　新华书店
印　　刷　北京盛通印刷股份有限公司
版　　次　2020 年 8 月第 1 版
　　　　　2020 年 8 月第 1 次印刷
开　　本　787 毫米 ×1092 毫米 1/32
印　　张　13.125
字　　数　197 千字
书　　号　ISBN 978-7-5302-2041-2
定　　价　59.00 元
质量监督电话　010-58572393
如有印装质量问题，由本社负责调换。